戲非戲151

步步生蓮

卷二十二

慣看青荷

月關作品

高寶書版集團

戲非戲 DN151

步步生蓮

卷二十二：慣看青荷

作　　者：月　關
責任編輯：李國祥
出 版 者：英屬維京群島商高寶國際有限公司臺灣分公司
　　　　　Global Group Holdings, Ltd.
地　　址：臺北市內湖區洲子街88號3樓
網　　址：gobooks.com.tw
電　　話：（02）27992788
E-mail：readers@gobooks.com.tw（讀者服務部）
　　　　　pr@gobooks.com.tw（公關諮詢部）
電　　傳：出版部（02）27990909　行銷部（02）27993088
郵政劃撥：19394552
戶　　名：英屬維京群島商高寶國際有限公司臺灣分公司
發　　行：希代多媒體書版股份有限公司發行/Printed in Taiwan
初版日期：2011 年 4 月

國家圖書館出版品預行編目資料

步步生蓮. 卷二十二, 慣看青荷 / 月關著. -- 初版 . -- 臺北市 : 高寶國際出版 : 希代多媒體發行, 2011.04
面； 公分. -- (戲非戲 ; DN151)

ISBN 978-986-185-579-0(平裝)

857.7　　100005106

目次

五百十三　美麗的母豹

任卿書的轉運使府臨時做了帥堂，折子渝靜靜地坐在主位上，看著魚貫而入的文武官員。她仍是一身玄衣，膚白如雪，蒼白而肅穆的臉頰上有種說不出的憔悴，可是一雙眸子卻熠熠放光，就像一頭受傷的黑豹，隨時會躍起傷人。

堂上一片寂靜，只有窸窣的腳步聲，很快，連腳步聲也消失了，府州的重要文武官員已全部趕到，分坐兩側，一個個神情肅然，折家已到了生死存亡的關鍵時刻，他們的身家性命、官運前程也已到了最危險的時候，每個人都心中忐忑，而折子渝的出現，給他們帶來了一線曙光。

不管是地位崇高的實權人物進來，還是只掛了個官銜虛名的府州仕紳名流步入大堂，折子渝只是據案而坐，巋然不動，似乎架子比她兄長還大，這些官員都知道五公子腿上受了傷，是以也無人露出不豫之色，何況這種時候，他們的心裡都已放在了府州何去何從的這件大事上。

竹韻當日引開吐蕃人馬以後，把守蕭關的人數果然大為減少，但是折子渝並沒有立即闖關，她忽然想到，敵人也不是傻瓜，如果竹韻剛剛現身引開大隊人馬，自己立即闖闖而出，吐蕃人未必就不會意識到這是調虎離山之計，畢竟這傳國玉璽，在有實力的野心家眼中是一件無法抗拒的瑰寶，如果倉卒突圍的話，恐怕竹韻的一番冒險就全然白費了。

折子渝耐心地潛伏起來，靠著一囊飲水和儲備的肉乾，一直堅持到第二天凌晨，選擇了另一處關隘，這才趁著清晨林中霧氣瀰漫的當口悄然闖關，饒是如此，她仍然驚動了守軍，守軍派出一個弓手隊追殺不捨，在密林中與弓手對峙，個人武藝實不足恃，折子渝使盡渾身解數，斬殺了幾名追近的吐番兵，在山林中穿越疾行半日，擺脫了大部分的追兵，最後為了避讓一箭，失足滾落山懸，雖然因此逃過了追兵的搜捕，但是一條腿卻也摔斷了。

折子渝候得追兵尋向他處，忍痛扳正了腿骨，取了樹枝綁在斷腿上以防止腿骨再次錯位，又做了一對枴杖，花了幾天的時間才走出密林，碰到一家山間獵戶。折子渝向那獵戶人家一打聽，才知道山前不遠處竟是蝦蟆寨，蝦蟆寨在隴右，並不在河西。也就是說，她擺脫追兵時，在那原始森林中迷失了方向，她並沒有翻過兜嶺，結果又繞回了隴右地境。

幸運的是，此時竹韻已成功地吸引住了尚波千的全部注意力，追兵前堵後截，被竹韻一路引著向西去了，蕭關往東方向的道路上設卡布伏的人馬已盡數撤去，儘管如此，子渝還是十分謹慎，她在那獵戶家避了幾日風頭，打聽到進城的道路已十分安全，這才花了銀錢請那獵戶雇輛車子送她進城。

那獵戶按折子渝囑咐，繞過蝦蟆寨把她直接送到了通遠城，因為這獵戶從未離開過家門百里之外的地方，到了這裡的時候，不管折子渝出多少錢都不肯繼續往前走了，折子渝無奈，只好打發他回去，自己先在通遠城匿藏下來。腿骨折斷是沒有那麼快養好的，但折子渝歸心似箭，不肯在此久待，便想方設法和那客棧老闆攀上了交情，讓他幫著想想辦法。

又過了幾日，那客棧老闆打聽到有一戶商賈要運送一批皮貨去中原，那商人是通遠本地人，家境殷實，為人仗義，是個有家有業的正經商人，便趕緊告訴了折子渝，折子渝透過客棧老闆與那商人取得了聯繫，假稱自己是客棧老闆的甥女，使了一筆錢，請那商人照料，隨他商隊一起東去。

就這樣，折子渝隨著那商賈一行人一路東行，趕到定胡城時，這裡有一家折家的消息站，公開身分是一家雜貨鋪，折子渝這才離開那商賈隊伍，在自家人的護送下再輾轉向北，趕往府州。

她還沒有到達府州地境，就聽到了赤忠叛亂，占據百花塢的傳聞，種種相關的傳說充斥於坊間，眾說紛紜之中難辨真假。折子渝又驚又怒，此時謠言滿天飛，折子渝也不知道府州治下的各路兵馬中是不是還有被朝廷收買的，因此一路上不敢亮出身分，只是加緊趕路，直奔府谷。

今天，她終於在折家何去何從的關鍵時刻趕回來了。

正式召集所有重要文武之前，任卿書已將他所掌握的情報毫無保留地告訴了折子渝，其中自然也包括折御勳已神智瘋癲，曾經叫嚷出要向朝廷獻出府州，向朝廷請封折蘭王的傳聞。蜀、唐、漢、荊、湖等國被朝廷平定，其國君也不過是封一個上將軍，加一個侯爵。

大宋如今得封異姓王的只有一個，那就是吳越王錢俶，錢俶對宋國一直恭馴有加，又是以一國國君身分主動獻土稱降，這才被趙光義封為淮海國王。折御勳封疆領土不及吳越，國勢實力不及吳越，而且他根本就不是一國國君，只是早已在名義上歸順了大宋，依照趙匡胤對他父親的承諾，一直享有較大自主權的一位節度使。

閩南的陳洪進與他情形相似、權位相似，主動投宋後也不過封了個檢校太師、同平章事，看那樣子，不到致仕退休的那一天，是不會加爵的，到時候頂多給個公爵，教他風光致仕，回家養老就是了，折御勳何德何能想要稱王？因此，傳聞中才說他已瘋癲，故而才有此狂語。府州上下對這個傳聞是不大相信的，但折子渝聽說之後，卻知道兄長這是在向自己傳遞消息，安排後事。

折御勳是折家的主人，涉及一族前途去路的大事，如果沒有這位族長表態，就算是他的親妹妹，折子渝也不能擅自作主，如今聽了兄長這句話，她已明白兄長心意，對於府州的去留，她的心中更加有底了。

人都到齊了，折子渝面沉似水，雙眼輕輕一掃間，將堂下眾文武的神色變化盡收眼底，振聲說道：「諸位，折家世居雲中，已歷兩百年，今日所逢，是我折家兩百年來，前所未有之危局。朝廷，圖謀我府州久矣，而今他們收買了赤忠，一舉挾制了我折家滿門，找到了一個堂皇出師的理由……

「如今，朝廷大軍兵臨城下，若是讓朝廷奸計得售，我雲中折家固然從此於世間除名，而諸位，也將隨我折家的消失而煙消雲散，不復與聞。不過，趙官家雖挾泰山壓卵之勢而來，可惜我折子渝回來了，我折家也不是一枚不堪一擊的雞卵。折家，不會垮！」

堂上眾人一瞬不瞬地看著折子渝，折子渝的口氣低沉下來：「諸位追隨我父兄多年，說起來都是我折子渝的叔伯兄長，子渝先禮後兵，今日在這裡先向諸位長輩們說個清楚，若與朝廷為敵，其艱其險可想而知，如果自顧出路，不願與我折家共進退的，也是人之常情，你可以現在就走出這座府邸，不管你是投靠朝廷甘效犬馬也好，抑或棄職去鄉，捲帶細軟做一個隱姓埋名的富家翁也好，折子渝都絕不留難。不過……」

折子渝語氣一轉，寒聲道：「若是讓你走，你不走，留下來，卻三心二意、兩面三刀，那時再被我發現，可休怪我折子渝不念往日情分！」

堂下文武齊齊拱手道：「吾等願奉五公子號令，與折家共進退！」

折子渝雙眉一軒，朗聲道：「好！既如此，那我折子渝便當仁不讓了！諸位，朝廷的用心已經很明顯了，那就是不惜一切、不擇手段地吞併我府州。王繼恩調了安利軍、隆德軍困住了廣原的程世雄，又親率寧化軍、晉寧軍、平定軍、威勝軍進攻我府州，其後續軍隊，仍將是源源不絕。綏州李丕壽暫時雖無異動，但是朝廷不會不用他們，他們也不會坐失良機，這也是埋在我們腹心的一枚釘子。

「我折家的府州防線在措手不及之下失去了幾處重要關隘，此時已是千瘡百孔，守無可守，我們唯一的盟友楊浩大帥此時又在西征路上，如果想要他回援，那也是遠水不救近渴。因此，我擬採取如下措施以應其變：首先，立即向全天下公開朝廷吞併我府州的醜惡行徑，朝廷勢大，此舉固然不能得道多助，但千夫所指，對朝廷來說，也是得不償失！」

任卿書聽到這裡忍不住插口道：「五公子，公開與朝廷撕破臉面，恐怕……朝廷就會更加肆無忌憚了。依屬下之見，我們不如公開五公子已控制府州全境的消息，盡全力以最快的速度平息百花塢赤忠之亂，朝廷打出來的可是受折帥請兵平叛的幌子，府州之亂既然已平，朝廷還有什麼藉口出兵？」

當下便有人連連點頭，隨之應和。

折子渝冷笑道：「任叔叔，趙光義羞刀已出，不沾人血豈肯入鞘？這府州，他垂涎已久，如今已把這口肥肉叼在嘴裡，你道他肯輕易撤兵？我折家的人都在他的掌握之中，他想找什麼樣的藉口找不到？這齣戲要怎麼唱，還不是朝廷說了算嗎？」

她又面向大家，沉聲說道：「不管我們現在怎麼做，朝廷都會找出一個理由繼續進軍府州，而對我府州軍而言，朝廷持著我兄長的書信為憑，又挾我姪兒惟正為人質，如果這時候我們仍然顧慮重重，遮遮掩掩，不馬上公開朝廷的醜行，朝廷混淆是非、指鹿為馬，種種下作手段之中，我府州各路兵將如何分清敵我？在此刀兵加頸，迫在眉睫之際，我們不直指朝廷之非，旗幟鮮明，麾下兵將那是該戰還是不該戰呢？如果戰，又以何名義與朝廷一戰呢？」

任卿書鎖緊雙眉，沉沉地點了點頭。

折子渝又道：「其次，朝廷謀而後動，而我們卻先機已失，府州核心的百花塢現在掌握在赤忠的手中，而府州外圍防線，在各路兵將不明所以的情況下已坐失戰機，幾處重要關隘失守，整個防線漏洞百出，各處關隘、烽隧、堡寨之間已被切斷聯繫，這種情況下，各自為戰的前線部隊只能被朝廷兵馬逐一吃掉。

「是故，我決定，令程世雄放棄廣原，在朝廷援軍趕到之前，立即殺出重圍撤往府州，否則的話，廣原孤懸於外，等朝廷援軍一到，廣原必然失守。此外，府州最外線的關隘、烽隧、堡寨，已被朝廷兵馬切割開來，各自為戰的幾路兵馬，也須迅速收縮，在府谷周圍構築第二防線。

「第三，集中內線軍隊，全力解決百花塢赤忠的人馬，穩定內部，不授朝廷口實。第四，立即與遠征西域的楊帥取得聯繫，朝廷西進，此已非我府州一家之事，折楊兩家休戚與共，共損共榮，所以這大政方略，還需要楊帥拿個章程出來。

「第五，立即與麟州楊繼業加強聯絡。我說要公開朝廷醜行，這也是一個原因，如果我們還是顧慮重重，遮遮掩掩，真相不予公開，則麟州沒有理由赴援，這正中了朝廷分化瓦解、各個擊破的奸計，麟、府兩州從地理上說是脣齒相依的，兩者失其一，則門戶大開，再不可守，所以兩家須得同心協力，共禦強敵。第六……」

折子渝侃侃而談，顯見對於如何應變，早已經過一番深思熟慮，待她說完自己的打算之後，向眾文武朗聲問道：「這是子渝心下的打算，諸位對我的部署，還有什麼意見或者建議嗎？」

都指揮使馬宗強踏出一步，說道：「五公子，末將還有一個疑慮，我們這樣和朝廷公開作對，已是形同反叛了，這樣的話，折帥還在朝廷手中，他們的安危……怎麼辦？」

折子渝眉宇間煞氣一現，冷冷笑道：「我折家滿門的安全……哼哼，我們對朝廷罵得越兇，對朝廷打得越狠，我折家上下才會越安全，懂嗎？」

馬宗強幡然若悟，折子渝雙手據案，緩緩站起，堂上眾文武不約而同地站了起來，折子渝向下凜然一掃，一雙美麗的眸子如修羅般充滿殺氣，慄聲喝道：「最後，我再糾正馬指揮的一句話：從現在起，我們不是形同反叛，而是真的反了！」

五百十四　背水一戰

綏州，刺史府沉寂兩年之久的聚將鼓突然再度響了起來。

綏州治中從事楚雲天、別駕從事吳有道，一左一右，侍衛在刺史公案之前，各路將領頂盔掛甲，匆匆跑入。

這幾年，在麟、府兩州的排擠打壓下，綏州苟延殘喘，餓殍遍地，幾乎變成了一座死城，在這座城裡，唯有從軍入伍者，尚能有口飯吃，所以綏州百姓踴躍參軍，連老帶少，綏州此時怕不有四萬以上的軍隊。

李繼筠對士卒那是多多益善，只要開得了弓，扛得起槍，大多都招納進來，府庫的存糧吃完了，所有的大戶分光了，所有的金銀珠寶都拿去從走私商人那裡換了米糧，優先供應軍隊，饒是如此，糧食也是一天天減少，如果不是朝廷成功收買了赤忠，適時發動了對府州的襲擊，綏州真就堅持不下去了。

「眾位將軍，咱們綏州苦苦熬了兩年，如今……終於有了出頭之日！」

李繼筠對眾將領興奮地說道。朝廷出兵府谷的消息，除了他的幾個心腹將領，其他所有人都還蒙在鼓裡，此時一聽李繼筠此言，都齊刷刷地把目光投向他。

兩年多的隱忍、藏匿，痛苦的煎熬，已經使李繼筠產生了很大的變化。他的外貌與以前並沒有什麼分別，但是氣質沉穩多了，以前他的眼神是目空一切的，性情是粗暴狂傲的，而今，他不管看向誰，那雙兇睛中閃耀著的都是陰鷙如鬼火般的光芒，遇事也變得陰忍起來。

他沉穩地一笑，這才向消息極度閉塞、已經陷入絕望的將領們宣布道：「諸位，我們的大仇人楊浩，勾結了草城川的赤忠，意圖奪取府谷，事機敗露，折楊兩家的聯盟已然瓦解，府州折御勳逃亡至京，向趙官家請兵平叛，如今趙官家已調集六路大軍，兵發府州，又派潘美率五萬大軍，如今正在征途之中，嘿嘿，朝廷和楊浩，終於要幹起來啦！」

堂上眾將一聽，不由得精神大振，李繼筠又道：「你們以為本官壯志消磨，這兩年來只是醉生夢死嗎？本官這兩年來，亦祕密與朝廷建立了聯繫，此番朝廷發兵攻打府州，本官亦得朝廷令諭，令本官奇襲銀州，使楊家軍首尾不得兼顧，為潘美攻打麟、府兩州製造機會。」

營指揮使蕭楓寒大喜道：「大人，咱們要是奪回銀州，憑此堅城便足以立足了，西北以我党項羌人為主，朝廷想要控制西北，總要扶植一個能被羌人各部所接受的頭人，楊浩一倒，還有誰比大人您更有這個資格？得了朝廷的幫助，楊浩和折御勳又垮了，這西北、這定難五州，一定能回到大人手上。」

李繼筠手下這些將領，除了擺設似的楚雲天、吳有道，全是這兩年前李繼筠提拔的親信，這副將蕭楓寒更是李繼筠的侍衛隊長，提拔做了營指揮使。聽了蕭楓寒的話，李繼筠嘿然道：「楓寒，你想的也太簡單了。」

蕭楓寒一怔，訝然道：「大人，屬下說的不對嗎？」

「當然不對。」李繼筠扶案坐下，躊躇滿志地瞟了眼恭謹地立於案前的眾將，沉聲說道：「朝廷之所以一直不能把西北牢牢控制在手中，就是因為我西北自成一格，為將者享有獨霸地方的生殺之權，儼然一方諸侯，而今朝廷有機會進軍西北，如非得已，豈會把到手的領土和子民再交予他人？哼哼，自古以來所有的皇帝，還有比他趙家更喜歡把持軍權的嗎？」

蕭楓寒唯唯稱是，李繼筠目光閃動，獰笑著道：「如果我們的實力夠強，如果朝廷自忖吃不下西北這塊肥肉，平息不了西北之亂，那麼……官家才會心不甘情不願地扶植一個人，對西北施以羈縻之策。我們現在要做的，就是想辦法火中取粟，製造這個機會。」

行軍司馬吳火火也是李繼筠一手提拔起來的將領，聞言大聲道：「他娘的，這兩年來憋在這綏州城，生不像生，死不像死，屬下早就忍夠了。大人，屬下是個粗人，想不明白這些彎彎繞繞的事情，你說怎麼幹，咱們就怎麼幹便是了。」

李繼筠微笑道：「本官的意思……咱們佯攻銀州，半途改道，直取夏州。奪回我李氏中興之地，諸位都知道，夏州對我党項羌人意味著什麼，夏州對我党項羌人，就像蘆嶺州是西北僧侶們的聖地一樣，只要我們奪回夏州，楊浩已然得罪了朝廷，樹下了他最大的敵人，又失去夏州，成了一條喪家之犬，野亂、細風等七氏族長，豈能不為自己一族的命運前程著想？到那時候，他們只得掉回頭來，再度向我效忠，嘿嘿！」

別駕從事吳有道眉頭一蹙，忍不住說道：「大人，夏州如何重要，我們知道，楊浩也知道，恐怕……夏州會比銀州更難打吧？」

李繼筠瞥了他一眼，咬著牙笑道：「不然，楊浩如今不在夏州，他野心勃勃，欲一統河西，已率兵一路殺向玉門關去了，甘州回紇兵強馬壯，不好對付，楊浩便繞過了甘州，嘿嘿，這邊戰事一起，他的糧草接濟就會斷了，當楊浩軍心大亂，倉卒逃回的時候，你以為甘州回紇會放過這個天賜良機？你以為歸義軍會放過這個機會？後有追兵，前有強敵，楊浩能不能活著回來授首於本官刀下都很難說了。」

吳有道與楚雲天對視了一眼，都隱隱聽出了不對勁的地方：既然赤忠是被楊浩收買，夥同楊浩意欲吞併府州，那麼在此緊要時刻，楊浩豈會精銳盡出，西征玉門關？這也太有悖常理了，就算他想聲東擊西，故布疑陣，也不會真的不留一支伏兵以應付萬一吧？

不過，雖然心中存疑，二人卻不敢說破，他們兩個能活著，完全是李繼筠化名李丕壽時，需要他們兩個原綏州官吏充門面的原因，兩人的權力早就被架空了，如今掌兵的人都是李繼筠的心腹，他們豈敢觸怒於他。

李繼筠說得得意，一挑眉頭，又道：「楊浩臨行之前，將夏州大軍盡數調往西域，而東線，主力則部署在銀州和麟州，他本以為夏州在其腹心之地，最是安全不過，怎會想到如今處處火起呢？我們打夏州，正是出其不意。說起來，銀州和夏州一樣城高牆厚，不好攻打，可是我李家坐鎮夏州百餘年，城中豪紳士族，豈會那麼快就全部歸心於楊浩？只要本官趕到夏州，亮出我李繼筠的名號……」

李繼筠說到這兒，把拳頭緊緊握起，怨毒無比地道：「這一幕，和兩年前何等相似？呵呵……當初，他楊浩是如何奪我夏州的，我如今就要依樣奪回來，當初，我父子是如何狼狽不堪，末路窮途，今天……我也要讓他楊浩嘗嘗相同的滋味。」

通政參議吳尤之是綏州的老人，不過這人見機得早，一見情形不妙，便已投向了李繼筠，在他身邊參謀贊畫，甚受他的器重，聽到這裡不禁有些擔心地道：「大人，既然朝廷令咱們去打銀州，以牽制楊繼業，若是咱們貿然轉向夏州，會不會觸怒官家？」

李繼筠陰陰一笑道：「誰說咱們不去打銀州了？只不過……眼見銀州兵精糧足，早有準備，無奈之下，我們才轉攻夏州罷了。嘿嘿，守夏州的是個從未帶過兵，只會紙上談兵的种放，一個考中過進士的文人，咱們去打夏州，豈不是更能配合朝廷兵馬，牽制楊繼業嗎？」

吳參議疑慮重重地又道：「大人所言甚是。不過……若是朝廷得了麟、府兩州，而咱們偷襲夏州得手的話，楊浩的人馬軍心大亂，則朝廷可輕易謀取銀州，到那時，銀州、府州、麟州、綏州盡在朝廷掌握之中，朝廷不會繼續西進嗎？如果朝廷迫大人交出夏州，那時我們該如何應付？」

李繼筠哈哈大笑，搖頭道：「不會的，不會的，到那時候，朝廷一定會任命本官為定難節度使，為朝廷牧守西北的。」

吳參議訝然道：「大人何以如此篤定？」

李繼筠笑而不答，轉首他顧道：「眾將士，立即回營，點齊兵馬，攜帶所有糧草，巳時三刻，全軍拔營。」

他霍地立起，沉聲說道：「是非成敗，在此一舉，我們要斷去所有退路，向前有生，退後必死，三軍一心，共謀大業。所以……出兵之前，把這綏州城給我一把火燒了！本官要……背、水、一、戰！」

*　　*　　*

三名信使站在黃河邊，洗了把臉，潤了潤皸裂的嘴脣，然後便取下水囊汲起水來。這裡的黃河水碧水悠悠，清冽甘甜，然而河畔卻是黃沙漫漫，一望無垠。正是夕陽西下的時候，遠處起伏的沙山，在夕陽下幻化出火紅的顏色，就像燃燒著的火焰。

大概幾里遠的地方，正在上演著一幕沙漠奇觀，一個兩頭粗、中間細，連天接地的巨大龍捲風，正捲起無數黃沙，在空無一人的大沙漠上肆無忌憚地呼嘯著。

水囊汲滿了，三名騎士翻身上馬，又向那無垠的沙海、火焰般的沙山，以及那接天連地的風龍看了最後一眼，便披著一天晚霞，繼續向西方趕去。

腳下是鬆軟乾燥的黃沙，最出色的西域駿馬也跑不起來，他們時而馳騁，時而下馬牽著馬兒艱難地跋涉沙山，時而整個人坐在沙山上，在轟隆隆的響聲中直滾下山坡，而他們的馬兒則希聿聿一聲長嘶，搖著尾巴追上去。

他們是自府州趕來的信使，正揣著府州的緊急軍情，送往正督師西征的楊浩那裡。楊浩剛剛打下涼州和肅州，中間還隔著一個甘州，還沒來得及架設訊息傳遞管道，西域的路本來就不好走，再加上環境惡劣，他們這一路可真是吃盡了苦頭，然而他們知道自己肩負著多麼重要的使命，仍然頑強地與天地搏鬥著，行進著……

楊浩已兵臨瓜州城下，瓜、沙二州的關係正如麟、府兩州的關係，脣齒相依，互為倚靠，失其一則門戶洞開，如果瓜州有失，楊浩以此為據點，就完全可以抵消勞師遠征戰線延長，供給不力，進退無據的不利因素，對歸義軍形成致命的威脅，所以曹延恭親自坐鎮瓜州，嚴陣以待。

楊浩在瓜州城下紮起了大營，大營綿延十里，軍威肅殺，不可一世。

他沒有急著進攻，大軍駐紮之後，立即使人射空頭箭五百枝，每枝箭上都附著召降歸義軍的書信，言詞切切，極富煽動力。曹延恭、曹子滔叔姪如臨大敵，立即指揮親信部隊滿城搜索，回收楊浩的傳單，但是消息已然傳開，歸義軍原本對楊浩就缺乏敵意，當遙不可及、只是傳說中的他真的親自帶著大軍趕到瓜州城下，且又對他們發出招降傳單時，他們的士氣變得更加低落，曹延姪叔姪驚恐莫名，只得派了他們最忠誠可靠的人分赴各營擔任監軍，以防軍隊譁變。

第二天，楊浩才正式對瓜州城實施攻擊，因為自肅州而至瓜州，中間要經過相當長的一段沙漠道路，重型的攻城器械無法繼續攜帶，所以楊浩的攻勢對瓜州造成的實質性威脅相對有限，但是楊浩軍所展示的一具具攻城硬弩，還是給沙州守軍造成了相當嚴重的殺傷。

威加之餘，楊浩還日夜對城中實施騷擾戰術，間以宣傳攻勢，曹延恭叔姪則指揮兵馬苦苦支撐著，又是一場苦戰結束了，沖霄的喊殺聲消失了，血還未乾，天地重又被風沙占據，曹延恭叔姪登上了城頭，眺望著楊浩的軍營：歸義軍占據了地利，這瓜州是由此向西唯一的綠洲，四面都是漫漫黃沙，如果楊浩的攻勢僅止於此的話，他們相信自己能捱過這一關，捱到楊浩糧草耗盡主動退兵為止。

夕陽西下，楊浩披著一天殘陽，靜靜地站在沙漠裡，在他前面，是那座漫漫黃沙中屹立不倒的孤城，夕陽將他的影子拖得好長好長……

他也在等待，等待沙州的消息。張家的後人已經離開歸義軍權力中心很久了，對歸義軍的高級將領影響力有限，但是張家在瓜沙士林、世家、民眾和普通士兵中，仍享有極崇高的威望，瓜沙的佛教勢力，是不會反對他一統河西的；調路無痕任肅州知州這步妙棋一下，不但對瓜沙士林更造成了極強烈的震動，更使得曹延恭陣腳大亂，把許多與路無痕有瓜葛的官員推到了他這一邊。

一切先決條件都準備好了，在發兵前，他更是派出了狗兒，帶著最出色的飛羽密諜趕赴沙州，暗助張家成事。現在，他已把曹延恭成功地拖在瓜州，只等沙州傳出好消息了。

「同為漢家兒女，如非得已，我絕不與歸義軍刀兵相見。但是，如果沙州事敗，曹延恭又執意不降，那麼……對阻撓我一統河西的歸義軍，說不得……我也只好下辣手了！」

楊浩眺望著遠處的瓜州城決心暗下，他伸手一攬被風沙捲起的披風，正欲轉身回營，身形一轉，就見兩個士兵急匆匆地向他跑來，腳步急促，踢起一地黃沙，楊浩不由眉頭一挑，那兩個士兵搶到面前，急匆匆叫道：「大帥，請……請速速回營，府州信使帶來了緊急軍情！」

五百十五　素手調羹

鍋中熱氣蒸騰，上好的小牛肉正在沸水中翻滾，精心調配的佐料一放下去，立即消除了牛肉本身的腥膻，濃郁的肉香撲鼻而來。竹韻滿意地笑了，這是她親手煨製的牛肉湯，這麼香，一定會合大帥的口味吧？

旁邊另一個灶上，陶罐裡的水已冒起了蒸騰的熱氣，竹韻正要把陶罐拿下來，忽聽遠遠地似乎有人在喊：「大帥回營啦，大帥回營啦……」

隱約中，那一線呼聲夾雜在士卒們的談笑聲、歌唱聲、樂曲聲以及馬嘶牛哞聲中傳來，並不特別明顯，不過竹韻卻馬上聽到了，她的耳力固然遠超於常人，但是各種聲響混雜在一起，要想從中抽取一點特殊意義的聲音並不容易，然而……太尉、大帥、楊浩，這些特殊的字眼，只要落入她的耳中，準能馬上引起她的注意。

竹韻立即起身，踱出了氈帳，她身上穿著楊浩的一套常服，布帶束髮如馬尾，脣紅齒白、杏眼星眸，儼然一個美少年。她的傷還沒有好，失血過多的臉頰還有些瘦削蒼白，剛剛結痂的創處還經不起劇烈的運動，但是她不肯整日伏在帳中養傷，適當的活動和充足的陽光，是有助於她身體康復的，身體稍見起色，她就盡量做一些力所能及的活動了。

此時夕陽如火，彩霞滿天，金色的黃沙地上氈帳星羅棋布，有些戰士裸著上身正在角力摔跤，旁邊圍了好多人為他們喝采叫好，有人卸下鞍韉正在飲馬餵食，梳理馬毛，有人蹲在灶坑前邊忙碌著，一縷縷炊煙裊裊升起。竹韻的目光穿過這一幅幅優美的畫面，直接定格在楊浩的身上。

楊浩騎著高頭大馬，帶著十餘名侍衛，正飛騎馳過營中一條淺淺的小河，河水濺起一人多高，在夕陽的透視下，就像一粒粒美麗的琥珀，一絲溫柔而歡喜的笑容，悄悄爬上了她的臉頰，淺淺的酒窩、甜甜的笑靨，乍然一笑，百媚叢生。

人如虎、馬如龍，飛騎馳騁，身手矯健，楊浩繞過一頂頂氈帳，向這個方向疾馳而來，竹韻忽然想起了什麼，連忙蹣跚著趕回帳去，沏了一壺清香四溢的熱茶，然後又快步迎向帳外，等她再走出來時，楊浩一行人已蹤跡全無，竹韻茫然若失，四顧之下，這才發現不遠處的中軍大帳前已停著十餘匹駿馬。

「啊，原來太尉還有事要忙……」

竹韻釋然，她側頭想了想，回到帳中，把灶下的柴火撤了些，用小火慢慢地燉著肉，然後搬了個馬札回到帳口坐下，雙手托著下巴，一雙大眼睛忽閃忽閃地凝視著中軍大帳。夕陽的餘暉披在她的身上，就像蒙上了一層緋色的薄紗，她神情恬靜、體態安閒，就像一個耐心地等候她的郎君回家的小婦人。

是的，自從楊浩看過了她的身子，在竹韻心裡，她就已經是楊太尉的人了。她賤命一條，什麼都沒有，只有這一個乾淨的身子，如今這身子已被楊太尉看了個遍，那她不是他的人，還能是誰的人？

比起冬兒的端莊大方、焰焰的風情萬種，和娃娃、妙妙的妖嬈嫵媚，她自卑得很，冬兒是楊浩的元配夫人，曾甘苦與共，焰焰是唐家的大小姐，富可敵國的唐家，她自然是聽過的。娃娃和妙妙是汴梁出了名的花中魁首，琴棋書畫、詩詞歌賦無所不曉，這樣的女子，正是世家豪門、位高權重者喜歡納入私房的尤物。可她是什麼？

她只是一個雙手染滿鮮血的殺手，那些做為一個江湖人引以為傲的殺人手段，在權勢和地位面前不值一文，在楊太尉這樣位高權重、威儀日盛的男人面前，她是一個傑出的手下，可是做為一個女人，她沒發現一點引以為傲的本錢，就算一個普普通通的人家，也不會喜歡把一個只會舞刀弄劍、殺人如麻的女殺手納進門來，何況楊浩是手握重兵的一方諸侯。

她不敢向楊浩索取什麼，甚至連表白的勇氣都沒有，然而當楊浩看光了她的身子，在她心裡面，她已經是太尉的人了，在她心裡，她已經有了屬於自己的男人，這已讓她心滿意足了。她不敢奢望其他，只希望能跟在他的身邊，看到他的笑臉，聽他和自己說幾句話，她想要的，只有這麼多。

曾經拉著楊浩一起在冰天雪地的蘆葦河上數星星，曾經在她以為自己即將死去的時候，由她喜歡的男人親手為她包紮了傷口，這些溫馨的回憶，已經足夠她用一生來回味和歡喜了。在楊浩身邊，她不僅僅是一個殺人不眨眼的工具；在她心中，楊浩已不僅僅是一個和藹可親的上司，這就足夠了。

她很滿意現在的生活，父親年紀大了，老不以筋骨為能，可他現在不必再像以前那樣賣命了。他如今是蘆嶺州講武堂的教授師傅，是一個受人尊敬的體面人，而她，也不再是一個躲在陰暗角落裡隨時準備取人性命，也準備著被人取走性命的殺手，儘管有時她仍然需要執行一些危險的任務，但是這完全出於自願，她的生命，已經開始掌握在自己手中，而不是一個被人豢養、命若浮萍、任人擺布的刺客。

楊浩，就是改變她生命的那一縷陽光。

竹韻坐在帳邊，耐心地等待著，沒有一絲不耐煩，她有的是時間、有的是耐心等候他，就算一直這樣等下去，她也不煩。

晚風起了，羌笛的嗚咽聲中，最後一縷陽光漸漸消逝在天盡頭，灶坑中紅紅的火苗，取代了陽光，依然把光明，送到她的眼前……

＊　＊　＊

中軍大帳，一隊甲冑鮮明的持槍武士巡弋於外，楊浩的親軍侍衛則如眾星捧月一般，將整個大帳團團圍住，按刀面外而立，帳中，楊浩麾下各路將領各執己見，正爭論不休。

一開始各路將領的意見分歧很大，什麼奇異的想法都有，漸漸地，有些人被說服了，意見漸趨統一，形成了截然不同的兩種意見，一個建議留、一個建議走，兩派意見針鋒相對，各執一詞，爭得面紅耳赤。楊浩坐在帥位上努力保持著冷靜，聽著兩派人馬各自陳述的理由，一壺釅茶已經續了好幾次水，茶水已喝得淡而無味，他仍然不置一詞。

現在所議之事，關係重大，往大裡說，甚至可能關係到他稱霸西北的楊氏政權能否存續，而這又關係到他麾下來自各族的將領、以及他的直屬將領們的切身利益，絕不是他簡簡單單說一聲走或者留就能統一意見的事，他必須充分了解大家的想法，權衡走留的利弊。

事情發生的實在是太快了，當赤忠占領百花塢的時候，南城許多百姓還茫然不知所以，同時他西進的戰線也太長了，而府谷並不是他留守東線的勢力重點監察的對象，所以，最先送到消息的，不是他的飛羽密諜，反而是事發次日就遣派了信使一路疾馳而來的任卿書。

目前，他所掌握的情況是：赤忠反叛，夜闖百花塢，折家上下已盡在赤忠的掌握之中。府州外線暫無消息，赤忠謀反的原因亦尚未查明。這樣的消息，讓人如霧裡看花，難辨清晰，但是誰也不相信赤忠會發了失心瘋，以他區區一軍之力悍然控制百花塢，就能夠改朝換代。

毫無疑問，在他背後必有一個強大的支持者，力量強大到足以使赤忠相信，可以在這股勢力的幫助下控制府州。

能夠直接插手西北，左右府州命運的強大勢力只有三股，遼、宋和他楊浩，而這其中最可疑的就是宋。楊浩當然清楚，自己絕對沒有下令吞併府州，更從不曾勾結赤忠，那麼剩下來的只有兩股勢力了：遼和宋。

遼國目前的國策很清楚，完全是休養生息、消化內部矛盾，恢復幾次內亂大傷的元氣。此外，即便遼悍然決定對外擴張，選擇西北的可能也不大，西北沒有遼國想要的東西，他們想要的是中原的錦繡江山、花花世界。

而對宋國來說則大大不然，宋國最想征服的是幽燕，欲征服幽燕就必須與遼國為敵，與遼國為敵，宋國最大的弱點就是缺少戰馬和養馬之地，而這個不足，一旦得到西北就可以彌補。

宋國的經濟實力和武備科技、軍隊素質實際上都強於遼國，唯一缺乏的就是戰場上的最強大兵種——騎兵，在疆域遼闊、戰線綿長的領土上作戰，如果少了機動力最強的騎兵，就算是殺神白起、冠軍侯霍去病任正副統帥，那也勝算寥寥。

所以，楊浩判斷，收買赤忠，奇襲府州的幕後力量必是趙光義，這一點業已得到所有將領的認同，這樣的話，這些信使趕到這裡前的這段時間，天知道府州已經發生了怎樣天翻地覆的變化？

艾義海急急地道：「大帥，末將以為，應該撇下瓜州之事，以最快的速度殺回去。趙光義如謀府州，絕不會就此罷手，府州到手，必攻麟州，麟、府兩州到手，就該長驅直入，攻我夏州了，夏州是大帥的根基之地，這瓜、沙二州今日不取，來日還可再戰，如果失去根基之地，那咱們才是一敗塗地了。」

木恩也急道：「大帥，我也同意艾將軍的意見，留得青山在，哪怕沒柴燒？定難五州，才是咱們最重要的所在。」

李華庭也道：「大帥，李光睿當日之敗，前車之鑑啊，不要猶豫了，還是立刻拔營，披星戴月趕回夏州去吧。」

涼州軍指揮使劉識大聲道：「大帥，府州情形如今怎樣，末將並不知道，不過末將曾聽人言，鎮守麟州的楊將軍乃善守之名將，而鎮守夏州的种大人，也是精於用兵的人物，這兩位大人絕不會坐以待斃的。而我們倉卒返回夏州，眼下卻有幾樁難處：

「統治瓜沙二州的曹延恭，並非等閒之輩，我軍若倉卒撤軍，這個機會他不會放過，我軍一退，軍心必亂，這裡的地理，沒有人比曹延恭更熟悉的了，若是他自後追殺，我們既不能紮下營盤與之纏鬥，便只有一路被他追著打。而我們的退路上還有甘州回紇人，他們如困獸一般仍在垂死掙扎，我軍一退，甘州回紇必也竭力截殺，恐我大軍未至夏州，先就折了五成了。」

肅州軍將領鄧弘贊同地道：「不錯，以殘敗之師，咱們縱然趕回夏州那又怎樣？何況那時兵疲馬困，不過是趕回去送死罷了。以末將之見，可令麟州、夏州守軍據城自守，竭力防禦，我們則盡快打下瓜沙，再回過頭來滅了甘州回紇。到那時候，率大捷之師，挾一腔銳氣返回夏州，方有勝算。

「如果定難五州已然失陷，大帥那時以靈州為中樞，西據瓜、沙、肅、甘、涼五州，北擁順、靜、懷、定、興五州，往東，還有鹽、宥、夏諸州，也未必就不能捲土重來，重新打下失陷的領土。若是此刻倉卒退兵，只怕兩頭落空，這是自亂陣腳啊。」

楊浩自夏州帶出來的將領大多已方寸大亂，一門心思勸說楊浩立即退兵，星夜馳援東線，解決府州之亂引起的危機，而一路收服的涼、甘等州將領，則傾向於繼續攻打瓜、沙，東線如今情形如何實難預料，在他們看來，捨了唾手可得的瓜、沙二州，率領疲兵在後有追兵、前有強敵的情況下一路殺回夏州去，不用人打，自己就先拖垮了。

楊浩沉吟良久，緩緩問道：「我們能否有什麼辦法，以最快的速度掌握東線的情況？」

艾義海蹙眉道：「大帥，咱們的訊息傳遞，主要是依靠飛禽，在沙漠草原雄鷹時常出沒之地，信鴿很難起作用，而鷹雖快捷安全，但是牠飛的路程不遠，認路的本領又差，須得沿途架設訊息站，讓經過訓練的雄鷹以接力方式傳遞消息。咱們這一路西征速度太快，葉大人的訊息站剛剛鋪到靈州，距這裡還遠得很呢。」

楊浩長長地吁了口氣，慢慢站起身來，帳中眾將都停止了爭吵，默默地注視著楊浩的舉動。

趕回夏州？如果那邊真的勢危，現在回去怕也是遠水難救近火，更何況還有曹延恭和夜落紇這一對兇猛的草原狼，他們豈會坐失良機？倉卒返回的話，不但這一路西征所取得的成果盡付流水，而且一著不慎，自己就要像像當初急於逃回夏州的李光睿一樣，眾叛親離，窮途末路……

選擇相信楊繼業和种放，放手讓他們應付東線，自己繼續攻打瓜州？赤忠已占據百花塢，控制了折家滿門，朝廷大軍一到，府州百分百是守不住的，府州一失，楊繼業獨守麟州便孤掌難鳴，雖說他是當世名將，可決定一場戰爭勝負的因素絕不僅僅是高明的戰術和精明的決策，巨大的實力差距面前，再加上地利已失，他要是還能力挽狂瀾，歷史上的楊無敵也不會在陳家谷被遼軍生擒活捉了。如果府州之亂，再導致麟州有個閃失，那麼种放還能守住夏州嗎？他到底缺乏帶兵的經驗啊……

楊浩心中委決不下，腳步沉重地在帳中踱著步子，許久許久，還是拿不定主意，眼見眾將都在屏息等候他的決斷，楊浩終於站住腳步，沉聲道：「事關重大，輕率不得，容本帥再好生權衡一番再作決斷。現在……都散了吧。」

木恩急道：「大帥。」

楊浩沉著臉揮了揮手，木恩只得忍住到了嘴邊的話，拱手退出帳去。眾將一見，紛紛拱手而退。

楊浩獨自立於帳中，牛油巨燭將他的身影拉得老長，投映在帳幕上，他仰首望著帳頂，沉思良久，才喚道：「暗夜！」

帳外應聲閃進一人，一身灰衣，與氈帳同色，他本來就一直站在帳口一側，但他在那兒一動不動，出入的將領們竟然沒有留意到那兒還有一個人。

灰衣人飄身入內，捷若狸貓，見了楊浩只是雙手抱拳，垂首聽命，並不發一言。

楊浩道：「暗夜，速速傳令下去，麟州、府州、銀州所有留駐的消息站停止其他一切任務，全力打探府州情形進展，但有任何消息，事無鉅細，全部透過飛禽傳往夏州，令靈州與夏州每日五班聯繫，接收夏州傳來的一切消息，同時多備快馬，每日兩班送往我的中軍大帳。」

「是！」

「還有……」

暗夜幽靈一般剛欲閃出帳外，聞聲又攸地站住，真是動如脫兔，靜若處子。

楊浩沉聲道：「立即與馬燚統領取得聯繫，我需要掌握她那邊的最新動態！」

「是！」那人並不多話，只低應一聲，便閃出大帳，沒入了茫茫夜色之中。楊浩踱到帳口，仰首望向低懸天幕之上的無數繁星，心事重重地嘆了口氣。

夜深更覺月寒，清風徐來，竹韻打個冷顫，緊緊裹在身上的披風，抬頭向中軍大帳的方向看了一眼，正見楊浩踏著一天月色緩緩走來，竹韻又驚又喜，急忙站起來道：「太尉！」

楊浩心事重重地信步而行，走還是留，兩個針鋒相對的念頭在他心中互相別著苗頭，始終難以決斷。忽爾聽到說話，楊浩定睛一看，這才發現立在帳側的竹韻，楊浩頗為意外地道：「天都這麼晚了，怎麼還不睡？」

竹韻歡喜地道：「我……我不餓……」

「嗄？」楊浩聽得一怔。

竹韻臉上頓時一熱，幸虧夜色深沉，看不清她臉上的紅暈，竹韻急忙背過身去，搶先趕回帳中：「太尉商量公事，還沒吃東西吧，我……燉了些小牛肉，太尉吃一碗吧。」

楊浩嘆道：「唉，不用忙碌了，我吃不下。」

「多少吃一些吧，從傍晚到現在，太尉還未吃過東西呢。」

楊浩在帳中盤膝坐定，順手拿過案上的小剪刀，挑了挑油燈的燈芯，火頭高了許多，帳中頓時亮了起來。

竹韻端了碗小牛肉，輕輕送到他的面前，見他一臉若有所思的神情，忍不住說道：「太尉，這是……這是我燉的，也不知合不合太尉的口味。」

「哦……」楊浩應了一聲，拿起湯匙，在碗中攪拌了幾下，又興味索然地擱下了匙子。

竹韻見了，跪坐在几案對面，雙手扶膝，輕聲問道：「太尉，有心事嗎？」

楊浩搖搖頭，下意識地抬頭看了她一眼。燈光映在竹韻的臉上，黑白分明的大眼睛，一雙纖月般的蛾眉，柔軟粉潤的脣瓣，檀口櫻脣，那神情氣質，雖是一身男裝，倒像個居家的婦人……

被楊浩審視地看著，竹韻忽然又有了那種在他面前裸裎相見時的羞窘。她瑟縮了一下，有些不太自信地側垂了頭，秀美柔和的臉部曲線一側明亮、一側幽暗，像極了一幅嫻雅秀氣的仕女剪影。

楊浩被她欲羞還怯的表情逗笑了，眉宇間的隱憂雖是揮之不去，臉上卻難得地露出了一絲笑容：「呵呵，看妳現在這副樣子，誰會相信妳是繼嗣堂裡一流的女殺手呢，如果妳這副模樣出現在我面前，就連我都會完全失去戒心的。」

竹韻立即輕聲申辯：「屬下……屬下從來不曾以色相殺人。」

楊浩頷首道：「嗯，那倒是，憑妳一身出神入化的本領，又有誰能從妳劍下逃命呢？」

竹韻澀然道：「竹韻奉命去刺殺的，不是自己有一身極高明的本領，就是家中豢養著極高明的護院，竹韻並不是每一回都那麼幸運得手的，不止一次，我這個行刺者卻變成了被人追殺的人，我本來設好了陷阱，自己卻變成落入陷阱的人，很多回，我都以為自己死定了……」

「本來已經設好陷阱，自己卻變成落入陷阱的人……」楊浩咀嚼著這句話，悠悠出神。

「是啊，」竹韻也有些出神：「那時真的好難，往前走，有敵人、有陷阱；往後退，同樣有敵人、有陷阱，不管是進是退，都是步步殺機，不見生門……」

「那妳怎麼……」

「拚唄，努力為自己製造機會，把主動掌握在自己手中，不讓我的對手預料到我的每一步行動，不讓我的對手牽著我的鼻子走，再憑著應敵的急智和一身武功，總算是死裡逃生。可是，殺人者，人恆殺之，這是一個殺手的必然結局，繼嗣堂的殺手還從來沒有一個壽終正寢的，而女殺手中，活的最長的一個，只有三十七歲……」

竹韻酸楚地笑笑：「我知道，我也不會永遠那麼幸運的，或許下一次，或許下下一次，就是我的死期，我一直很好奇，想知道自己能不能超過三十七歲，成為繼嗣堂殺手們活得最命長的女刺客。好笑吧？我用自己的命，跟自己打賭，的確挺無聊的……可我活的本來就夠無聊的……

「忽然有一天，我接到大公子傳來的緊急命令，叫我和繼嗣堂的幾位前輩殺手立即趕去汴梁，護送一位楊浩大人安全返回西北蘆嶺州，我們當時接到的命令是：我們可以死，就算全都死光了也沒關係，卻必須衛護他的周全。然後，我就扮作一個小丫鬟到了你的身邊，你和我以前保護過的人都不同，很不同……」

她深深地凝視著楊浩，柔情暗藏，款款低聲道：「太尉，謝謝你，我真希望……放下刀劍，為你端茶遞水，照料起居，做你一輩子的……小丫鬟。」

楊浩慢慢站了起來，眼中閃著奇異的光芒，緩緩說道：「我現在……倒想做一個殺手，一個身陷絕境的殺手，我只希望，我也能像妳那麼幸運……」

五百十六　難做的飯

因楊浩一言，牽動了竹韻的心事，自述身世，自憐自傷之餘，她忽然靈機一動，說出了願一生服侍楊浩左右的願望。要知道這個時代男主人專屬的丫鬟侍婢，那可是半妾半婢的身分，並不同於普通的侍婢，竹韻這已是向他委婉地表達了自己的心願。

這句話說完，竹韻既惶恐又羞澀，忽然有些後悔自己的唐突，萬一楊浩不答應呢？那以後怎還有臉在他面前出現，不過……不過……萬一太尉答應……竹韻的心像小鹿一般噗通通地跳了起來。

不想楊浩聽了她這句話卻兩眼放光，匆匆站起，說了一句與她想聽的毫不相干的話，拔腿便走。

「太……太太……太尉……你……」

竹韻傻眼了，自己只是稍示愛意，竟然把楊太尉嚇跑了？難道自己真就如此不堪嗎？

楊浩拔腿跑出了寢帳，忽然又繞了回來，向帳中一探頭，笑吟吟地道：「竹韻，妳早些歇了吧，本官忽然想起一樁大事，還得馬上去辦。那小牛肉聞著很香，先燉著吧，等我回來再品嘗。」

「喔，是……」竹韻馬上露出了歡喜的笑容。

看著楊浩又火燒屁股般地跑出大帳，竹韻拈起湯匙，在碗中輕輕攪拌了幾下，舀起一匙湯來。湯水清亮，牛肉鮮紅，湯水中還飄著一片乳白色的野蔥，輕輕把肉湯送進嘴裡，頓時濃香滿口，竹韻的一雙眼睛便彎成了一雙月牙：「其實……人家不只會殺人，調羹製膳也很有天賦呢，只要給我機會，我一定能做得更好吃……」

她又舀了匙濃香撲鼻的牛肉湯送進嘴裡，然後托起下巴，痴痴地想：「可是……他到底是答應了呢還是不答應？又或者……方才根本沒有聽進心裡去？」

楊浩離開寢帳，快步走到中軍大帳前面，忽地站住腳步，抬眼望了一下那低懸蒼穹的一天繁星，長長地吸了口氣，只覺得神清氣爽，心懷大暢。

他是關心則亂啊，自從知道府州出了事，他的心中便一直糾纏於走與留之間的利弊得失上，所以始終委決不下，而今竹韻一語驚醒夢中人，讓他忽然意識到，自己思考對府州之亂的應變措施時，從最根本的出發點就是錯誤的。

用兵者無情，伐謀者無心。這種關鍵時刻，他應該保持絕對的冷靜，讓自己站到一個更高的角度來俯視這場危機，他現在最需要做的不是計較一城一地之得失，不是權衡走與留的利弊，而是應該考慮在先機已失的情況下採取什麼樣的措施來化解這種不利局面，扭轉對他不利的局面，把主動重新掌握在自己手中。

唯有掌握主動，不讓趙光義算計到他每一步的行動，那麼即便一時失利，他也能漸漸改變這種頹勢，否則的話，每一步的反應都在對方掌握之中，他只會一步錯、步步錯，被趙光義牽著鼻子走。當初李光睿驚聞夏州有失匆匆撤兵，就在他的掌握之中，而李光睿逃至無定河時卻突然設伏反擊，殺了一個回馬槍，就大出他的意料之外，那一戰若非他窮極智生，借河水逃出了生天，李光睿可不就反敗為勝了嗎？

楊浩本來最擅長於逆境中尋找機會、製造機會，把握主動。不管是他當初率漢國五萬民眾以聲東擊西之法逃往府州，還是將計就計給李繼遷來了個致命的反伏擊，還是挑起吐蕃、回紇與夏州之戰，牽制夏州發展蘆嶺州，又或者於唐國遇刺，或是在上京大牢中運籌帷幄反制蕭后，莫不是身臨絕境後又起死回生？

可這一回，他險些分寸大亂，原因無他，只因為他的家業越來越大，負擔也越來越重，原來是光腳的不怕穿鞋的，大不了輸個一乾二淨，重新做回一個白丁，所以他該拚命時敢拚命，該放棄時敢放棄，然而現在他雄踞西北，勢力龐大，心中的牽絆多了，顧忌也就重了，遠不如以前那般瀟脫。

如今因為竹韻那番話，楊浩心中陰霾盡散，頓時敞亮了許多。

這一晚，剛剛睡下的各路將領們輪番被楊浩派人叫起，一個個傳喚到中軍大帳。楊浩掌起燈燭，與他們秉燭夜談，逐個促膝談心，分析當前局勢，權衡走與留的利弊得失，研究種種應對方案，統一大家的思想，及至天光大亮，楊浩說得口乾舌燥，卻也對所有的重要將領們都溝通了一遍，而他靈機一現的想法在和大家的探討辯論中也更形成熟完善。

太陽不聲不響地從東噴薄而出，伏在几案上沉沉睡去的竹韻被一陣急促的擊鼓聲驚醒了，睜眼一看，天光大亮，起身走到帳外一看，就見各路將領正頂盔掛甲急匆匆趕往中軍大帳，竹韻心中納罕不已：「到底出了什麼事？太尉似乎一夜未睡，早膳也不用，便又召集眾將領議事了。」

「哎呀！」

竹韻忽然想起那鍋小牛肉，趕緊又回到帳內。她本以為楊浩說的回頭再吃是一會兒就回來，本來在灶裡又加了柴禾，希望把那牛肉燉得酥爛香濃，給太尉做消夜吃，誰想加完了柴，等得無聊，竟然睡了過去。竹韻急急趕到灶旁，只見灶下火苗已滅，只有火星一閃一閃，似乎熄滅了也沒多久。

掀起鍋蓋一看，本來清亮的肉湯已經變得混濁了，舀起一塊牛肉嘗了嘗，燉得已經失去了香滑可口的感覺，口感有些發柴了，竹韻有些沮喪地看著那鍋牛肉發起愁來。

就在這時，兩個吵吵嚷嚷的聲音傳到了耳中：

「這些魚得燉來吃，那湯燉成濃稠的乳白色，喝下去最是補身。」

「奇哉怪也，把魚燉了湯喝補身子，難道把魚整條吃下肚去反而不補身子了？饞人愛喝湯，懶人愛睡覺，竹韻姑娘有你那麼饞嗎？要我說，還得是烤了吃，你瞧這魚，個個都有巴掌大，刮了鱗使火一烤，色澤金黃，鮮香撲鼻，咱西北菜色，講究的就是燒與烤。你祖上不是琅琊人嗎？又不是江南人氏，哪那麼愛喝湯？」

「廢話，我這不是替竹韻姑娘考慮嗎？那麼俊俏的一個女子，你叫她把魚烤得焦糊糊的，一條魚啃完，那俊模樣全毀了，臉蹭得就跟花臉貓似的，很好看嗎？」

「咦？老卡，我聽著這話不對勁呀，你莫不是看上人家竹韻姑娘了吧？我說你一大早的攔河捕魚呢，敢情是為了討人家竹韻姑娘的歡心呀？」

「胡說八道！我老卡用得著討好女人嗎？我要是看上了誰家的姑娘，只要勾勾小指，她還不打扮打扮馬上歡天喜地地上花轎？咳！不過話又說回來了，你說……我要真有那個意思，我這官職地位，還配得上她吧？聽說她是大帥的飛羽密諜，我老卡可是堂堂的肅州軍左果毅都尉大人……」

兩個人離得還遠，可是他們嗓門本來就大，竹韻的耳力又特別出色，這番話都被她聽在耳中，竹韻嘴角一翹，便露出一絲似笑非笑的表情。

「啊！竹韻姑娘……」

卡波卡和支富寶走到竹韻帳前，就見人家大姑娘正俏生生地站在帳口，卡波卡那黑胖大臉居然難得地紅了一下，竹韻清亮的目光落在他的手上，卡波卡手上有一根紅柳枝，枝上拴了三條巴掌大的白魚，陽光下，那鱗片閃閃發光，魚腮還在翕動著，十分鮮活。

卡波卡趕緊獻寶似地舉起那串魚來，嘿嘿笑道：「竹韻姑娘，這是老卡一早從河裡摸到的魚，想著竹韻姑娘傷勢未癒，送來給姑娘妳換換口味，補補身子，這魚鮮得很，燉湯最好。」

「竹韻姑娘別聽他的，這魚炙來吃最香，再配盅好酒……」

「你別說話，又不是你捉的。」卡波卡勃然大怒，狠狠瞪了自己的老友一眼。

竹韻伸手接過他遞來的魚，柔聲說道：「卡將軍有心了，竹韻真不知該如何謝過將軍才好。」

卡波卡聽到她細細柔柔的聲音，激動得滿臉紅光，搓著手道：「不謝不謝，嘿嘿，一點小意思，不成敬意。」

「啊！」竹韻輕呼一聲，好像突然想起了什麼：「對了，我昨兒晚上燉了一鍋小牛肉，一個人又吃不下，將軍如此好意，我就把那肉湯回贈將軍好了。」

「哎喲，不敢當，那可不敢當。」

卡波卡連聲推辭著，竹韻不容分說已走進帳去，人家大姑娘的寢帳，卡波卡可不敢冒冒失失地走進去，只是伸著脖子在帳口看，片刻工夫，竹韻提了一口陶罐出來，未語先笑道：「卡將軍，這是竹韻親手燉的肉湯，還熱著呢，將軍拿回去嘗個新鮮吧。」

「哎喲，這多不好意思，」卡波卡還在假意推脫，支富寶已一把接過了陶罐抱在胸前。

「嗚——嗚嗚……」蒼涼的號角聲響了起來，竹韻側耳一聽，說道：「聽這號角聲，莫不是有什麼重要軍事？」

卡波卡笑道：「不妨事，不妨事，這是叫起的號角聲，還沒吃早飯，不會這麼早攻城的。」

竹韻嫣然一笑：「話可不是這麼說，國不可一日無君，軍不可一日無帥，兩位將軍可是統領一方的大將軍呢，萬一有什麼倉卒的事，士卒們尋不見兩位大人怎麼辦？竹韻可不敢耽擱了兩位將軍大人的公事，這就請回吧。」

「呃……好好好，那我就回去啦。」卡波卡依依不捨，卻又不想被竹韻看輕了他，便一步三回頭地去了。

兩人走出老遠，竹韻耳梢動了動，就聽卡波卡喜不自勝地道：「嘿！你說竹韻姑娘送我肉羹，是不是對我也有那麼點意……嘿！你怎麼喝上啦？」

「嘖嘖嘖，火候太老啦，湯已經不鮮了，肉也發柴了，這怎麼吃啊？」

「屁話！你還講究上了？誰讓你自個兒吃了？這是竹韻姑娘送我的肉羹，拿來拿來……」

兩個人搶奪起來，竹韻遠遠看見，忍不住「嗤」的一聲笑，隨即卻又掛上一臉幽怨：「唉，怎麼識貨的卻是這麼個黑炭頭呢？難道在太尉大人眼中，本姑娘不算女人嗎？」

怏怏地回到帳中，提起那串魚來，竹韻眨眨眼，忽然犯起愁來：「這魚，是燉了給他吃呢，還是烤來吃好？」

＊　　＊　　＊

中軍大帳內，楊浩神情肅穆，腰桿筆直，經過一段相當詳盡的分析解說之後，楊浩沉聲道：「諸位將軍，此時回師，遠水難救近渴，而且一路疾馳，兵困馬乏，難以投入戰鬥。況且，我們剛剛收復的涼州、肅州，也必被歸義軍和甘州回紇趁機占據，以致前功盡棄。此外，歸義軍和甘州回紇也不會坐失良機，如被他們一路追殺、攔截，損失之重可想而知。

「故而，本帥決定，他打他的，我打我的。東線防務，交由楊繼業和种放就近指揮、便宜行事，我西征大軍堅持原定計畫，不惜一切代價，務必奪取瓜、沙，回頭再收拾甘州，以確保西線無後顧之憂。本來，本帥想等沙州起事，瓜州軍心大亂之際才強攻瓜州，以盡量避免傷亡，然而府州之變，促使本帥不得不提前動手，不然消息一旦傳到歸義軍耳中，曹延恭心有所恃，更不會降了。

「今日，我軍便開始加強攻勢，爭取以最快的速度拿下瓜州，沙州那邊如不能和平到手，那也要以武力強行奪下，此番誓師出征，不管發生任何變故，河西走廊必須打通！任何人、任何事，都不能左右我們的行動，不能動搖我們的決心！」

「木恩！李華庭！」

「末將在！」

兩員大將抱拳出列，楊浩一抽令箭，厲聲喝道：「本帥命你兩軍立即攻打南城，斷敵水道。」

「遵命！」二人接過令箭抱拳而出。

「劉識、鄧弘！」

「末將在！」

「本帥命你二人分別攻打北城，北城地勢較高，如不可攻破，也要盡量吸引城中守軍，為木恩、李華庭製造戰機！」

「遵命！」

「艾義海，本帥命你部繼續佯攻西城，阻敵退路，機動輕騎不得妄動，隨時等候沙州消息，以作赴援！」

「末將遵命！」艾義海接了令箭也大踏步地走了出去。

「其餘諸將悉從本帥調遣，隨本帥攻打東城，各營輪番上陣，以車輪戰法，不予城中守敵片刻喘息之機！」

眾將轟然應諾，潮水般退出帳去，各自翻身上馬，帶了親兵侍衛馳回本陣，片刻工夫，急促的號角聲便紛紛響起。

楊浩又拈起四封信來，這是他一夜不眠匆匆寫就的，揚聲喚道：「暗夜！」

帳外應聲便閃進一人。暗夜不是一個人，而是一群人，他們是從古大吉和古竹韻父女按照殺手標準親自栽培出來的飛羽密諜中，精心挑選出來的一群性情沉穩、機智聰敏、武藝出色的人，直接聽命於楊浩，平常配合馬燚的人擔負警戒侍衛，緊急關頭則直接依楊浩的指令行事。

楊浩沉聲道：「這四封祕信，務必直接交到夏州种放、麟州楊繼業、蜀中童羽和上京蕭后手中，切切！」

「遵命！」那暗羽侍衛也不多話，接過祕信揣在懷中返身便走。

楊浩望著寂寂無人的大帳，這才輕輕地吁了口氣。

蕭綽是個雄才大略的女中英主，拋卻兩人的兒女私情不談，她也不會坐視趙光義占據西北，趙光義既然對府州動了手，蕭綽那邊必有動作，這一點毋庸置疑，不過於公於私，他這封信還是該送的。种放和楊繼業那邊交代的就比較簡單了，楊浩已做出了授權，允許他們兩人視情況便宜從事。

在楊浩的考慮中，府谷折家滿門落入赤忠之手，府州已是群龍無首，折家軍成了一盤散沙，在蓄勢已久、早有準備的趙官家面前，恐怕是守不住了。而府州一丟，麟州險要盡失，朝廷兵馬可以循故長城古道，浩浩蕩蕩直接殺往麟州。

東線兵力有限，又失去了折家軍這個強援，楊繼業孤木難支，如果死守城池，與朝廷兵馬打消耗戰，後果極是堪慮，所以他做了最壞的設想：如果府州已失，可以果斷放棄麟州，以銀州和蘆嶺州為據點，收縮兵力退守横山。這樣，一則可以拉長宋軍戰線，增加他們的後勤負擔，二則以横山居高臨下的險要地勢，可以發揮一夫當關的作用。

府州已失的話，棄守的不過是一個已失去戰略作用的麟州，卻可以為他爭取足夠的時間，使他從容打通河西走廊，拿下沙瓜肅甘涼五州，將整個河西澈底控制在手中。這樣的話，主動棄守麟州，集中兵力架設横山第二防線，便可以扭轉東線兵力不足、且受制於朝廷先發制人的被動局面，換來的卻是盡擁河西，懷抱隴右，俯瞰關中，而且依托横山險隘，時機得宜時隨時可以放馬中原，再殺回麟府兩州，這筆買賣划算。

同時，因為趙光義露出了猙獰的爪牙，開始迫不及待地對西北用兵，他預埋於蜀中的伏棋也該發揮作用了。如今控制著蜀中十萬義軍的首領叫趙得柱，而二三四號首領，卻因為原有的頭領戰死，或在朝廷的鎮壓下漸漸顯出自身的不足而退出了權力中心。

如今坐二三四號交椅的頭領，都是這兩年間新崛起的人物，這幾年中，利用楊浩暗中支持的財力、物力、人力和消息，童羽和王鵬，也就是彎刀小六和鐵頭，在蜀中義軍裡戰績顯赫，脫穎而出，已經成為蜀中義軍的二三號人物。四號人物是去年春天剛剛投效義軍的一個農夫，名叫王小波，因為他作戰勇敢，為人仗義，且屢立戰功，極具戰爭天賦而迅速成為義軍的首領。

因為這兩年來蜀地官府鎮壓義軍的軍事行動越來越頻繁，趙得柱吃了幾次敗仗以後信心不足，開始退向蜀中的霸州、汶川、威州一帶，由此再往西去，就可以馬上退到吐蕃人的地盤，可以避免被朝廷兵馬一舉吃掉。然而局縮於這一隅，也限制了義軍的發展和在蜀地的影響，軍械、糧草漸趨緊缺。

由於當時潘美奉命橫掃江南，將未成氣候的江南叛軍一掃而空，無法與蜀中遙相呼應，楊浩對義軍西退青城山的舉動未做任何干涉，並與小六保持著聯繫，常常將打探到的哪些城池積蓄有大批糧草軍械的消息祕密通知他，使得義軍如有神助，每戰總有斬獲，糧草實在接濟不上時，李聽風還會安排行「糧商」，主動等著他去劫，這支隊伍才得以倖存下來。

養兵千日，用兵一時，現在是動用這支人馬的時候了。楊浩在祕信中面授機宜，令小六和鐵頭說服趙德柱率領該地大軍，北出雞宗關，襲擾茂州、龍安、巴西、綿竹等地，或南出桃關，襲擾彭州、蜀州、犛州、眉州，必要時兵臨成都城下，好好敲打敲打趙光義，蜀中一旦震動，河西的壓力就能減輕。

而且，義軍人數雖眾，號稱有十萬大軍，卻是一支烏合之眾，老弱病殘只能站崗放哨的、只會搖旗吶喊架秧起鬨的，原本就是打悶棍、下悶藥、幹些剪徑強梁勾當的，如果不經一番錘鍊，這支隊伍以後也不堪大用。

可是，這支義軍當家作主的大當家，卻是開鹽井的趙掌櫃趙得柱，此人殺氣有餘、謀略不足，而且一向獨斷專行，能不能聽話很難預料，所以楊浩在信中密囑彎刀小六，如果不能控制他，那就除掉他，把這支義軍澈底掌握在自己手中。小六能不能完成使命，他同樣擔心不已。

默默佇立，沉思半晌，楊浩終於覺得有些腹中飢餓了，這時他才想起竹韻燉的那鍋小牛肉，正想過去吃上一碗，就聽戰鼓轟鳴，攻城之戰再度打響了，楊浩精神為之一振，伸手取下披在帥椅上的大氅，振聲道：「來人，隨本帥陣前督戰！」

竹韻終於決定把魚烤來吃了，把魚去了鱗，清除了內臟，清洗乾淨，然後在灶下生起火來，架起魚串小心地炙烤著，帳簾掀著方便放煙，陽光自帳口斜斜照入，照在魚串上，隨著熱力的烘烤，魚兒漸漸呈現金黃的顏色，一滴滴魚油滴落火中，燒得滋滋作響。

竹韻見了不禁眉開眼笑，沾沾自喜地誇讚自己道：「我還真的很有調羹製膳的天賦呢。」

就在這時，戰鼓隆隆響起，外面人喊馬嘶，一片喧囂。

竹韻詫然，連忙把魚子架抬高了些，離開火頭，然後起身走出帳去，只見各營官兵正匆匆調動，百十人一組的軍械兵推著巨大的攻城器械，喊著號子一步步向瓜州城挺進；分別穿著夏州、涼州、肅州三地軍服的上千名士兵，牽著一匹匹馱著旋風炮的駱駝，拉著一車車石炮，氣勢洶洶地衝出營去。還有四人抬一架的大型床弩，足有兩百多具，斜斜向上矛一般粗細的箭簇在陽光下閃耀著鋒寒的光芒。弓手扛著一匣匣箭矢，一溜小跑地向前奔去……

從這場面來看，是前兩天攻城時從未使用過的強大攻勢，竹韻連忙攔住一名匆匆而過的校尉，問道：「今天這麼早就開始攻城了？三軍不必用膳嗎？」

那校尉大聲嚷道：「大帥有令，各軍輪番攻城，不給城中守軍片刻喘息之機，要吃飯，也得各營輪著來嘍。」

「駕！駕駕！讓路讓路，莫阻了本將軍回營！」

艾義海一手提韁，敞著懷，腰挎大刀，一面很囂張地叫嚷著，一面領著他那百餘名馬匪出身的侍衛，很拉風地策馬揚鞭，疾馳而過，馬屁股後面攪起漫天黃沙。

「呼」的一聲，浩蕩之風撲面而來，捲帶著那戰馬揚起的塵沙，就像颳起了一陣沙塵暴，竹韻以手遮目，待那一陣風沙捲過，張眼再看，方才那校尉已跑得不知去向，竹韻瑤鼻一哼，輕斥道：「這個艾義海，行事作派，怎麼依舊像個馬匪似的……」

她不以為然地搖搖頭，返身走回寢帳，片刻工夫，就聽帳中傳出一聲憤怒的尖叫：

「我的魚啊！天殺的艾義海！」

＊　　＊　　＊

同一個早晨，敦煌古城也在忙碌著。

南枕氣勢雄偉的祁連山，西接浩瀚無垠的羅布泊，北靠嶙峋蛇曲的北塞山，東峙峰岩突兀的三危山，中間的就是沙州敦煌，歸義軍的大本營。

沙州敦煌有九大家族，他們是在敦煌這塊特定的土地上產生的地方大族，其中歷史淵源最久遠的家族要追溯到漢朝，自漢以來，他們在沙州世代官宦，歷久不衰，自然而然地形成了強大的家族勢力，就像根系發達的駱駝刺一樣，牢牢地控制著這片沙漠綠洲，在漫長的歲月中壟斷了敦煌地區的政治和經濟命脈。

這九大氏族是張、索、曹、陰、李、氾、閻、安、令狐。

一大清早，各大家族在敦煌的「掌門人」便都被張家請了來，張家年逾八旬、久已不問世事的張承先張老爺子忽然撒了帖子，遍邀各家家主來府上相聚，這個面子，誰能不給？

五百十七　歸義

沙州的建築多就地取材，以沙土為材料，就算豪門世家也不例外，張家的大宅占地十分龐大，房舍的建築風格與中原迥然有異，庭院圈得極大，四周卻只是半人高的沙土牆，遠遠地就可將院中的一切盡收眼底。

一進府門，迎面便是一條長廊，長廊只是一個木架，上面爬滿了葡萄籐，已經成熟的葡萄一串串掛在枝葉間，沉甸甸、紫檀檀，誘人口水。

門口樹蔭下聚集了許多騎士，那是各大世家家主的侍衛們，院子裡則在葡萄架下設了氈毯和蒲團，又放了幾張小几，几案上放著美酒、肉食和瓜果，九大世家的「掌門人」都以跪式禮端坐其上，除了張家的老家主張承先，每人背後都站著兩個腰挎彎刀的侍衛。

張承先身穿玄色曲裾襌衣，頭戴高冠，腳著木屐，還是一副漢朝人的打扮，看他白髮蒼蒼，卻是精神矍鑠，顧盼生威。在張承先身後，只立著一個脣紅齒白的韶齡小童，眉目如畫，宜嗔宜喜，十分招人待見。小童垂手而立，態度恭謹。四下裡則有許多青衣小帽的家僕侍候著。

令狐家主令狐上善已年逾六旬，赤紅的臉龐，身量十分魁梧，他顧盼左右，撫鬚笑道：「張翁已多年不問世事了，不知今兒一大早就急著把我們找來，有什麼要事相商啊？」

張承先淡淡一笑，目注一個三十多歲的白袍男子，和顏悅色地道：「子曰，令兄子言怎麼沒有來啊？」

那人三十出頭，鷹鉤鼻子，眼窩較深，給人一種陰鷙的感覺。此人名叫曹子曰，是曹延恭的第二子，他臉色不愉地道：「家兄負有沙州城守重任，豈可輕離職守？不知道張翁請我們來，到底有什麼事？還請早些說吧，楊浩大軍兵臨城下，家兄不敢稍離，子曰稍候也得趕回坐鎮城防。」

曹家現在控制著歸義軍，是敦煌當之無愧的王，如今張承先倚老賣老，如此大動干戈地邀齊九大氏族頭領，事先並不曾與曹家通氣，曹子曰心中極為不快，只不過現在士林、宗教界、普通百姓階層，甚至歸義軍的低階軍官和士兵，都有些人心思動，歸義軍的統治岌岌可危，沙州九大家族是沙州的中流砥柱，這個時候，曹家務必要爭取把各大家族拉攏住，曹子曰只得暫時隱忍。

張承先呵呵一笑，撫鬚說道：「老夫年紀大了，每日裡一壺茶、一杯酒，含飴弄孫、頤養天年，早該不問世事才對……」

曹子曰打斷他的話，哂笑道：「張翁所言有理，張翁精神矍鑠、身體康健，若是好好奉養天年，再過二十年，就是咱沙州的人瑞，有什麼事情，我們這些晚輩們自會予以解決，張翁還是少操些心的好。」

張承先目光一凝，注視著他道：「如今楊浩兵臨城下，揮軍十萬，浩蕩而來，子曰準備如何解決？使我沙州上下玉石俱焚嗎？還是說……效仿當日甘州回紇兵臨城下之難，與楊浩結父子之國？」

曹子曰惱羞成怒，霍地直起身來，怒道：「你……」

一旁索氏家主索超伸手一按曹子曰的膝蓋，目中閃耀著警覺的目光，沉聲笑道：「子曰何必急躁呢？或許……張老家主會有些不同尋常的見解，佐參於曹大人，咱們何妨聽上一聽。」

索超是曹子曰的好友，他一出面安撫，曹子曰便冷哼一聲，不再言語了。不過這一來，各大家族首領剛剛趕到時的歡快氣氛卻已蕩然無存，局面頓時變得緊張起來。

說起來，沙州九大家族之間都有著盤根錯節的親戚關係，索家做為沙州第二大家族，原本與張家走得最近，有著最為密切的關係。當初張義潮晚年時以六十九歲高齡長途跋涉，入長安為質，將歸義軍交給了自己的姪子張淮深，那時候的索氏家主索勳就是張義潮的一個女婿。

張義潮死後，索勳發動政變，殺死了張淮深夫妻和他們的六個兒子，奪取了歸義軍的兵權，當時張義潮的第十四女是沙州另一大家族李家的兒媳婦，她的丈夫是涼州司馬李明振，對於姐夫的倒行逆施，十四姑娘十分不滿，她與丈夫李明振再度發動兵變，血屠索勳全家，擁立張義潮的孫子張承奉，也就是如今的張氏老家主張承先之兄為歸義軍節度使。

從此張、索兩家開始交惡，及至後來，第三大家族曹氏漸漸掌握了沙州的軍政大權，以架空、排擠的方式一步步把張家以和平方式趕出了權力中心，在這個過程中，曹家和索家便成了關係最為密切的盟友，而陰家、李家則仍與張家走得更近一些，至於汜、閻、安、令狐幾家，則是長袖善舞，周遊於兩大派系之間。

對曹子曰和索超的神情變化，張承先盡收眼底，他只是淡淡一笑，不動聲色地道：「諸位，昔日安史之亂時，大唐玄宗避難入蜀，調河西隴右之精兵護駕，以致河西隴右兵力空虛，吐蕃趁機發難，河西淪落，路阻蕭關，我們這些漢家兒郎便與故土再無往來。可是我們這些孤懸於外的漢家兒郎，卻從來不曾忘卻故土啊。就在這沙州……」

張承先大袖一拂，指了指腳下的土地，沉聲道：「在甘涼肅瓜諸州一一陷落之後，我漢家軍民，堅守沙州這最後一塊漢土，歷時十一年之久，時任沙州刺史周鼎眼見待援無望，想要焚城東奔，他並無投降之意，不過是想棄了這塊土地，返回祖宗之地，結果呢？棄我漢土，天地不容！都知兵馬使閻朝閻大將軍縊殺周鼎，帶領軍民繼續抗擊吐蕃。

「直到建中二年矢盡糧絕，閻大將軍才使人與吐蕃將領綺心兒會談，對天盟誓，鄭重約定：吐蕃兵入城後，不得殺我漢家一個兒郎，不得辱我漢家一個女子，得到綺心兒的鄭重承諾，這才獻城投降，保全了我沙州軍民，保全了我九大家族，使我漢家薪火不絕於沙洲。

「為了斷絕我漢人與大唐的血脈之緣，吐蕃人不許我們穿上祖先傳下來的衣裳，要我們辮髮左衽，一如胡兒。每年，到了元朔之日，我們漢人才能穿起久違的漢家衣裳，遙祭東方自家的祖先，我們盼望著王師能救我等於水火之中，可是大唐勢微，中原戰亂頻仍，無力顧及我們啊！」

張承先說到這兒，已是老淚縱橫，各大家族首領都不禁有些動容，庭院中一片肅靜，只聽著張承先慷慨陳詞：「及至後來，吐蕃贊普達瑪被僧侶刺殺，我沙州漢兒不負閻將軍昔日苦心，家祖義潮公趁機揭竿而起，率我漢兒一舉光復沙州，一鳥飛騰，百鳥影從，義軍以氣吞山河之勢，風捲殘雲，不足兩年時間，便收復瓜、沙十一州。

「百年左衽，復為冠裳。十郡遺黎，悉出湯火，家祖廢吐蕃部落之制，重建州縣鄉里，建戶籍，清土地，修水利，興農耕，自此河西走暢通無阻，人物風化，一如中原，可是……子孫不肖啊，自義潮公之後，我歸義軍每況愈下，十一州漸被蠶食，至今日，我西域漢人，只能保有瓜沙二州，還要向甘州回紇自稱兒王！」

曹子曰再也按捺不住，鐵青著臉色，按刀喝道：「張承先，你什麼意思？這是在指摘我曹家嗎？」

他背後兩名刀客立即踏前一步，臉上露出猙獰之色，張承先眼皮一抹，淡淡地道：「歸義軍，是在我張家手中沒落的，何嘗指摘過你曹家？不過你曹家接掌沙州之後，我歸義軍也未見絲毫起色，這是事實，老夫就事論事而已。老夫如今已八十有四，黃土埋頸的年紀了，你這小兒，想嚇唬老夫嗎？」

曹子曰氣得渾身發抖，嗔目喝道：「老匹夫，你這是倚老賣老嗎？」

張家的子姪、家僕聞言，盡皆露出怒色，索超連忙按住曹子曰，陰陰笑道：「張翁，今日叫我們來，就是為了聽張翁講你家先祖是如何威風，講我沙州這些陳年舊事嗎？」

「不然！」

張承先正色道：「老夫對你們這些晚輩說這些話，是想教你們知道，我們的前輩為保我漢家衣缽，曾經做過些什麼，是想要你們知道，我們遠在西域，與故土天各一方，非是我沙州漢兒不思故土，也不是中國欲棄我西域漢人！

「大唐覆亡，歸義軍敗落，我等俱成了無國無家的孤臣餘孽，再歷百年，我們就要忘了祖宗，泯然胡人矣。可是，如今楊太尉揮軍西來，摧枯拉朽，勢如破竹，吐蕃、回紇望風而逃，此實復我漢土難得之機。難道我們現在反而要忘了列祖列宗遺志，與天軍為敵嗎？」

曹子曰聽到這兒已經全都明白了，霍然站起，厲聲喝道：「張承先，你這是要蠱惑我等棄械投降，臣服於楊浩嗎？」

張承先道：「諸位，楊太尉此來，是為一統河西，復我漢土。諸位都是沙州大族，自與中原隔絕以來，我們日夜翹首企盼，盼望著中原興兵，驅逐胡虜，復我漢土，如今楊太尉真的來了，難道我們應該以刀兵與之相見嗎？太尉兵強馬壯，就是甘州回紇也是閉城不戰，不敢輕掠太尉之刀鋒，難道我瓜沙二州抵得住太尉的大軍嗎？

「降，上順天地之意，中承祖宗遺志，下合黎民之心，各位的家族也不會受到絲毫的損害，西域商路一通，反而會大受其益。戰，軍民士氣皆不可用，必敗無疑，我各大家族之結果，不過是與沙州玉石俱焚。老夫實不忍爾等自蹈深淵，今日請你們來，就是為我沙州九大世家指點一條明路，何去何從，諸位族長聽了老夫的話，如今可有決斷？」

各世家首領面面相覷，沒想到張承先開門見山，竟是替楊浩勸降來了。

曹子曰又驚又怒，自從幾十多年前曹家開始執掌歸義軍大權以來，張家已很少參與沙州軍政大事，他是無論如何也沒想到張承先這老東西吃了熊心豹膽，竟敢公然蠱惑人心，勸大家拋棄了曹家投降楊浩。他匆匆一瞥，見這院中四下一目瞭然，很難藏得住伏兵，各大家族帶來的侍衛都混雜在一起侍立在院外，總數也不過百十來人，心中頓時大定，未等各大家族首領表態，便搶先站起，拔刀說道：「我曹家已有決斷了，那就是：砍了你這吃裡扒外、昏聵無能的老匹夫！」

曹子曰此言一出，索超也騰身躍起，兩人各執鋼刀，身後的侍衛也立即拔刀向外，這時陰氏家主陰楚才、李氏家主李夕羽緩緩起身，向張承先靠近了兩步，他們的貼身侍衛立即拔刀攔到了他們身前。

陰楚才身材痴肥，團團圓圓的一張胖臉，帶著一副和氣生財的表情，笑吟吟地道：「我歸義軍如今日漸沒落，絕非楊太尉的對手，就算只為了一家一族考慮吧，我覺得張翁的建議也是對的，棄城投降才是明智之舉。我們各大家族並不會因此有什麼損失嘛。呵呵，當然啦，曹家勢必要讓出兵權，可這兵權……打下去的話，還不是要讓出來？」

李氏家主李夕羽皮笑肉不笑地道：「到那時，最好的結局，也不過是像肅州龍王一樣，黯然東去，不復輝煌。你看涼州絡絨登巴，如今可是任著涼州刺史，除了不掌兵權，與以前有什麼區別？話又說回來了，掌兵權為的什麼？還不是為了保一家之平安、一城之平安？子曰兄，這麼頭疼的事，交給楊太尉去操心，不好嗎？」

汜、閻、安、令狐幾家首領冷眼旁觀，心中已經恍然，看這模樣，張承先和陰家、李家已經通過聲氣了，其實對汜、閻、安、令狐幾家的首領來說，沙州是曹家掌兵權還是楊浩掌兵權，對他們來說並沒有區別。如今眼見楊浩兵勢強大，而沙州士林、民眾和佛教界對他的到來多有持歡迎態度的，又聽了張承先這番動之以情、曉之以理的話，他們未嘗沒有心動。

然而，這種表明立場的事，可是關乎重大。往遠裡說，楊浩兵強馬壯，沙瓜二州能否抵敵，他們是持悲觀態度的。往近裡說，張家和陰家、李家既然早有預謀，那麼暗中不會不做準備，如不答應，恐怕馬上就要變成刀下之鬼，從這方面說，他們想表態贊成。

可是張家離開沙州政權中心已經多年，門下子姪多已棄武從文，在軍中沒有什麼權柄，這裡四下通敞，根本藏不住伏兵，張家恐怕是留不住曹子曰和索超的，只要他們一逃出去，不等幾大世家集合子姪、家將和奴僕們反抗，大軍就能馬上踏平張家，自己若是表明了態度，不就成了亂黨一派，要被清洗掉了嗎？

汜、閻、安、令狐四家首領左顧右盼，猶豫不決，曹子曰看清四下沒有伏兵，當下就決定擒賊擒首，這張承先年逾八旬，老邁年高，動作極不靈便，一舉將他斬殺，再擒下陰楚才和李夕羽，就能震懾其他幾大家族的蠢動之心，迅速平息這場叛亂。

心中計議已定，曹子曰立即向索超遞了個眼色，獰笑道：「張承先，念你祖上是我金山國立國之君，我曹家才對你禮敬三分，不想你張承先不思報答君恩，居然意圖反叛。你這昏瞶的老東西，還妄想今日的張家能在沙州呼風喚雨嗎？如今敦煌國之王，是我爹爹，楊浩算是個什麼東西！今日，我二太子曹子曰就代我父王執行國法，砍了你這老東西的狗頭！」

曹子曰說罷，戟指一點，厲聲喝道：「來啊，給我宰了他！」

曹子曰和索超的侍衛立即一擁而上，四柄彎刀先向陰楚才和李夕羽的侍衛一擊，趁其侍衛揮刀格檔之機旋風般一轉，四柄彎刀交錯而下，帶著嗚咽著的風嘯聲捲向張承先，這一刀之威，竟似要把他的腦袋切成四半。

陡地一聲清嘯，如鶴鳴長空，張承先一動不動，他身後那個脣紅齒白，俊俏得像個小丫頭的童子卻突然鬼魅般閃到了他的身前，揮臂一輪，「鏗鏗鏗鏗！」四聲清脆的兵器交擊聲，大袖碎片漫天飛舞，小童露出了一條白生生的手臂，手中倒握的一柄森寒鋒利的短劍已露了出來。

張家的子姪眼見家主遇襲，都驚駭莫名，他們早已見識過這小童出神入化的武功，也相信她有足夠的力量保護家主，正因為如此，才把這次聚會設在這樣一覽無遺，無處埋設伏兵的所在，當然，若非如此，曹子曰和索超這些早與張家有些齟齬的人物也不會輕率赴宴，毫無戒心。饒是如此，見識了那四名侍衛刀客霹靂一般的刀光，他們還是驚出一身冷汗，直到小童成功地化解了對方的攻勢，他們才大大地鬆了口氣。

幾個張家子姪搶步上前就要把老家主給扶下來，張承先卻擺了擺手，立在原地一動不動。

那小童架開四刀，擰腰向左虛晃一招，突然瞬間加速，撲向當面之敵，劍光橫空，猶如一縷銀線飄舞，交擊時不斷傳出一道疋練般的刀光、一道銀錢似的劍光穿梭，兩道光束漫空激舞，瞻之在前，忽焉在後，瞻之在左，忽焉在右，瞻之在上，忽焉在下，快得目不暇接，其餘三名刀客本要搶向張承先身邊，此時已被陰楚才和李夕羽的侍衛攔住，一見夥伴危急，急忙返身殺了過來，可是三人速度雖快，比起那小童和另一個侍衛一個攻一個退的速度還是差了一籌，罡烈的刀風只在那小童身後呼嘯，總是差之毫釐，不能傷他半分。

被小童壓制住的那名刀客武功確也了得，可惜他這種大開大闔的西域刀法碰上了這麼迅捷如電的劍術根本施展不開，那刀客連退七步，刀刀劈閃格架，七步退過，忽地大吼一聲，放棄防守，一招力劈華山，霍的一聲猛劈下來，那小童抽身疾退，快得在原地留下了一道虛影。

刀光劈破虛影，尖端直入地面，「砰」的一聲，黃沙飛揚，那刀客雙手握緊刀柄，怒目圓睜，一動不動，喉間鮮血已汩汩而出。那小童卻是看也不看，身形一退，手中劍立即幻化成重重劍影，一聲驚心動魄的劍鳴清音突然響起，絢麗的劍光又自一名刀客喉間劃過。

隨即那人身子被小童向前一帶，堪堪迎上另一名刀客席捲而來的刀光，紅光乍閃，血腥氣四濺，那刀客措手不及，一刀把自己的夥伴劈成了兩半。

只剩下了兩個刀客，那小童的動作明顯悠閒起來，一個眉目如花的妙齡小童，赤著一條白生生的藕臂，手中一道銀絲漫捲，指東打西，縱橫自如，倏進急退，飄移如風，舉止動作說不出的詭異，那雙清澈如水的大眼睛還有餘暇不時瞄上曹子曰和索超一眼。

此時院外的人也動了手，雖說陰楚才和李夕羽的人事先有所準備，但是各家的侍衛都單獨站在一起，一見院中開始行動，他們猝然偷襲也只能傷了一個兩個，剩下的人都纏鬥在一起，而其他幾家的侍衛見自己家主作壁上觀，也都掣出了兵刃，退到一邊，不知道自己該不該動手。

曹子曰和索超見了那小童可怖的武功，不禁嚇了一跳，這幾十年來張家日漸沒落，為了避禍，門下子姪多棄武從文，張家也從來沒有招納大批的門客和家將，他們實未料到一個小小童子竟有這樣的武功，兩人頓萌退意，彼此對視一眼，曹子曰喝道：「退，帶兵來！」

二人拔腿衝向門外，只要搶得了馬匹，再無人能攔住他們去路。誰料這時那些青衣小帽的家僕們突然一扯右臂衣袖，「嗤啦啦」一片響，人人袒了右臂，臂上綁著袖弩，對準了他們的身子，在這麼近的距離內，兩人就是化作飛鳥，也休想逃去。

袖弩這東西在中原發明了也沒有多久，曹子曰和索超從未見過這種東西，眼見那些人揚起右臂，臂下拴了一枝小小圓筒，雖然知道必是對自己不利的東西，卻不明白那到底是個什麼東西，兩人還是加快速度向外狂奔，這時陡聽身後一聲清叱：「不許放箭，要活的！解決他們的侍衛！」

隨即就聽兩聲慘叫，二人聽得清楚，竟是自己的侍衛所發出，不由心中發寒，足下發力，短程內竟快逾奔馬。那小童解決了兩個刀客，一個燕子三抄水便追了上來，曹子曰和索超比著賽似地往外跑，眼看離大門只有三步之遙，就聽衣袂破風聲起，兩人後心同時中了一腳，整個人都向前仆了出去，頭正抵在門檻上。

曹子曰胸前衣衫和肌膚都蹭破了，火辣辣地疼，頭抵在厚實的門檻上，撞得頭昏眼花，他雙手撐地剛欲跳起，一隻芒鞋就踏到了背上，腳丫不大，卻重如山岳一般，將他整個人又結結實實地壓在了地上。

那小道童腳踩曹子曰，劍指索超，左手掌背一蹭鼻子，脆聲道：「就你還二太子呢？你這樣的，穿上龍袍也不像太子啊，太監還差不多，跟我大叔鬥？哼！」

＊　＊　＊

半城，以歸義大街為線，東邊是張、索、陰、李、汜、閻、安、令狐八大世家的子姪、家將、護院、佃傭們組成的隊伍，西邊是歸義軍的人馬，雙方劍拔弩張，一觸即發。

因為替父親鎮守沙州的節度留後曹子言沒有親自赴宴，張家未能把歸義軍控制在手中，他們緊急徵調各大家族中所有能戰之士，暫時組成了一支民軍，依托地勢，占據了半城，同時派人迅速出城與艾義海聯繫，調他的輕騎趕來沙州。

索氏家主被張承先控制住，以他為質，脅迫索家也參與了叛亂，現在形成了沙州八大家族與掌握著軍隊的曹氏家族的對峙局面。曹子言下了最後通牒：一個時辰之內，務必放了他的二弟子曰，棄械投降，否則立即發動進攻。

張府，張承先大袖背於身後，慢慢地踱著步子，聽孫兒張牽把街頭對峙的情形述說了一遍，忽而佇足道：「雖說我張家久已不問沙州之事，可是歸義軍畢竟是我張家先祖一手建立，我就不信，歸義軍的兵，會向老夫投槍射箭。我去，親自說降！」

張家的子姪們一聽大驚失色，他的四子張雨變色道：「爹，萬萬不可，現在咱們已經把八大家族拉了過來，占據了半個沙州，咱們只要守住這半座沙州城，就已算是大功告成了，等楊太尉的兵馬一到，局勢必然扭轉，爹偌大年紀，豈可輕身涉險？」

「蠢兒！」

張承先冷斥一聲，環顧子姪家人，語重心長地道：「曹子言沒有親赴老夫的邀請，這就是一個大變數啊。當初，一個索勳，我張家的一個女婿，就能發動兵變，奪取大權，何況如今曹家已控制歸義軍數十年？我張家，現在依靠的只是祖宗餘蔭，只是義潮公的威名，我們強勢一些、霸氣一些，才能加強我們對歸義軍將士的影響，澈底控制沙州的局面。

「如果我們坐等楊太尉援兵而沒有進一步的舉動，我們對歸義軍造成的震撼就會漸漸消失，不等楊太尉的援軍趕到，曹子言就會發動進攻，雖說我們八大氏家已聯起手來，可軍隊在曹子言手中，咱們的子姪、家將、佃傭們，真要打起來怎麼能是訓練有素的軍隊對手？一著不慎，就會前功盡棄呀。」

張承先把手放在兒子肩上，輕輕拍了拍，老眼溼潤了：「兒啊，如今，你也是快七十的人啦，白髮蒼蒼，滿面皺紋，你的大哥、二哥、三哥，都已先我父子而去了。為父在這有生之年，只有兩個心願，一個，是想去長安，祭拜義潮公的陵墓，奉獻一杯水酒，盡盡子孫的孝道；一個，就是想讓咱張家重新興旺起來，陰家、李家他們那些家族本就是沙州大族，安於現狀，可是張家不同啊，咱們張家，一手創建了歸義軍，咱們張家的祖上，是稱過皇帝的，怎麼著，也不能淪落成一個商賈人家，守著這沙漠裡巴掌大的地方過日子，咱張家的子孫，就算不能稱一世之雄，也要當一面之雄，這才不算丟了咱張家祖先的臉面吶。」

張承先唏噓一陣，又道：「半城之功，有可能前功盡棄，為父要拿下整個沙州城，把一座完完整整的城池交到楊太尉手上，這才能成為我張家的進身之階，你懂嗎？」

張雨激動地道：「爹，那兒替你去！」

張承先搖搖頭，壽眉一振道：「張家漸趨沒落，身為張家的子孫，為父難辭其咎啊。如能繼先祖之餘烈，振臂一揮，創此義舉，九泉之下，我才有臉去見列祖列宗，兒啊，不要和為父爭啦！」

馬燚聽了張承先的主意，立即搖頭道：「不可，這樣做太冒險了，就算普通的歸義軍士不敢對老先生不利，可是曹家統治沙州多年，難免有些心腹之士，但有一人施放冷箭，老先生就有性命之險。萬萬不可。」

張承先含笑道：「我相信，楊太尉駐馬瓜州，久不攻城，也是不想與歸義軍兄弟相殘，如果能不戰而降歸義軍，這是一樁天大的功德，若是老夫一人之死，能避免千百將士之死，同樣值得。老夫主意已定，妳就不必阻攔了。」

馬燚反覆勸阻，張承先執意要去，無奈之下，馬燚只好道：「這樣的話，請老先生內著軟甲，由在下陪你一同前去，先生不可越過街心，如有什麼不測，馬燚全力以赴，總要保證先生安全才好，要不然……大叔一定會責怪我的。」

張承先呵呵笑道：「看到妳，老夫就曉得楊太尉是個仁義之人了，成，我聽妳的，便穿一身軟甲，盡量保住我這條老命罷了，呵呵呵……」

歸義大街兩側盡是舉槍張弓嚴陣以待的士卒和百姓，整條寬敞的大街上卻是寂寂寥寥，連一條狗都沒有。

忽然，被八大家族占據的東城一側，一個皓首布衣的老人緩緩走了出來，身後只跟著一個眉清目秀的童子，對面正嚴陣以待的歸義軍將士都納罕不已，紛紛交頭結耳起來，漸漸地，有人認出了那老人的身分，竊竊私語聲匯聚成一股聲浪，歸義軍的陣容頓時騷動起來。

曹子言按刀望去，就見那身穿曲裾禪衣，峨帶高冠，腳踏高齒木屐，儼然漢唐古人的老者往街心一站，看了看刀劍森嚴、壁壘分明的大街兩側，忽然雙臂一振，抗聲說道：「老夫是歸義軍節度使、瓜沙肅甘涼等十一州觀察使、檢校禮部尚書、金吾大將軍張義潮後人，張承先！」

對面的聲浪更趨強烈，張承先頓了一頓，又道：「歸義軍的將士們，你們可知道何謂之歸義？大唐宣宗，感於我歸義軍之壯舉，曾有讚譽，可為註解：抗忠臣之丹心，折昆夷之長角。竇融河西之故事，見於盛時；李陵教射之奇兵，無非義旅！這就是歸義。

「歸義軍是家祖義潮公一手創立，義潮公素懷大志，自幼喜誦〈封常清謝死表聞〉：冀社稷復安，逆胡敗覆，臣之所願畢矣。仰天飲鴆，向日封章，即為尸諫之臣，死作聖朝之鬼。若使歿而有知，必結草軍前，回風陣上，引王師之旗鼓，平寇賊之戈鋋。生死酬恩，不任感激……

「義潮公一心復我漢土，揚我漢人志氣，惜我子孫不屑，以致沒落如此，如今王師遠來，我等子孫，不必結草軍前，回風陣上，引王師之旗鼓，但只開城相迎，以歸故國，以接故人，難道還做不到嗎？我們應該在群狼環伺之下自相殘殺嗎？」

曹子言呼吸急促起來，大叫道：「射死他！給我射死他！」

長街上，風蕭蕭，吹得張承先頷下一副長鬚迎風飛舞，彷彿真若有先人之靈盤旋其上，歸義軍眾將士望之凜然，還有哪個敢動手，曹子言氣極敗壞，一把搶過一副弓來，張弓搭箭，瞄準了張承先。

張承先揚聲道：「楊太尉以十萬甲士，旌旗西指，所過之處，莫不臣服，如今，堂堂歸義軍，要為曹氏一家一姓之富貴，螳臂當車，抗拒天軍嗎？」

「嗖！」一枝冷箭劈面射來，張承先身後小童攸而一閃，便到了他的前面，大袖一捲，那枝冷箭便無影無蹤。

曹子言見此異狀，不由目瞪口呆。

張承先大喝道：「將士們，願做歸義軍的，站過來！願做曹家軍的，就把你的箭，向老夫、向養育你們的沙州百姓們，射過來吧！」

對面的騷動突然停歇了，沉寂了半晌，忽然有人持戈向街這面大步走了過來，但有一人行動，便有人陸續相隨，很快，歸義軍就像潮水一般，朝著東城傾瀉過來，盔甲鏗鏘聲中，傳出曹子言徒勞的、絕望的、聲嘶力竭的大喝聲：「站住！都給我站住！」

五百十八　江山美人

「安利軍、隆德軍如今在這個地方，程世雄奉折姑娘之命，已棄守廣原城，全軍殺回府州，如今已突破安利軍和隆德軍設營阻攔的靜羌寨，抵達闌干堡，不過他們想再往府州去，就必然要撞上已占據大堡津的寧化軍。

「寧化軍是大宋邊軍，戰力很強，而大堡津又是府州一處重要的關隘，多年來修築加固，險可不攻，如果程世雄想強行突破，勢必要付出極大的犧牲。你們再看這裡，晉寧軍進駐了鎮川堡，切斷了我們和府州之間的聯繫，他們只守不攻，也不接受我軍的挑戰，我們想重新打開麟府兩州間的通道十分困難。

「平定軍已占據沙谷津，威勝軍占據了横谷寨，對府州形成合圍之勢，而潘美親自率領的禁軍精銳已抵達府谷，氣勢洶洶，來者不善，我們就算想赴援府州，有此強敵在側，也不能無所顧忌，還有綏州李丕壽的人馬，已抵達烏龍寨，逼向銀州一線，銀州的李一德、柯鎮惡已向本帥發出十萬火急的求援信。在此情形下……」

楊繼業長長地吸了口氣，說道：「府谷城中，殺死赤忠、取代其位，成為岢嵐軍首領的伍維已挑起宋國大旗，據險而守。百花塢地勢險要，一夫當關、萬夫莫開，折姑娘和任將軍每日攻城不斷，迄今仍不能打下這座堅城，如此情形下，我們該何去何從？」

楊繼業麾下眾將都圍攏在他身邊，廳中是一張巨大的沙盤，楊浩費盡心力，將西北山川河流地理圖繪製得十分精細，以此為藍圖，製作了大型的軍事沙盤，眾將領俯視沙盤，敵我之勢一目瞭然。

都虞候李安道：「朝廷還真是好打算啊，他們先利用赤忠占了百花塢，劫了折家滿門，再一刀結果了他，這一下連人證都沒了，我們渾身是嘴都說不清了。伍維那廝做的更絕，他殺掉赤忠，公開打出朝廷的旗號，也虧得折姑娘已將官家的險惡用心看了個清楚，乾脆將朝廷的醜行公諸天下，直接向朝廷挑戰。

「要不然……伍維占據百花塢固然是天經地義，受折帥『邀請』趕來平叛的朝廷大軍入駐府谷更是天經地義，我們的手腳都被這麼個莫名其妙的大義名分給綁了起來，打又不能打、退又不能退，此刻不但整個府谷都要落入朝廷手中，大軍更是給人家包了餃子。」

楊繼業輕輕嘆道：「不過……這個應該已在官家的算計之中，他是算準了，我們不反，麟府必失；我們若反，他就有了大義名分，有了出師的藉口。如今，折姑娘指責朝廷撕毀先帝承諾，謀算麟府，朝廷則宣揚折姑娘與我們大帥早有私情，她正是蠱惑赤忠謀反，協助我們吞併府州的元兇主謀，有了這塊遮羞布，朝廷西進的步伐是不會停止的。這種嘴仗是打不出個結果的，我們現在要考慮的，是如何化解敵軍的攻勢。

「現在我們的不利方面主要有以下幾點：

「第一，大帥西征，帶走了大批精銳，東線防禦力量空虛，而朝廷則兵強馬壯，隨時可以繼續增兵。

「第二，大帥統十萬大軍西征，帶走了大批糧草，這兩年來各座城池中的積蓄被帶走大半，所餘不足以支撐長期守城。而朝廷方面的困難要比我們輕得多。

「第三，府州和麟州依托險要地勢，自成一方格局。然而兩州之間，不管是山川河流，還是堡塞長城，卻都是相通的，而今朝廷突然出兵，趁折家軍群龍無首的機會，已然占據了大堡津、鎮川堡、沙谷津、橫谷寨，對府州形成合圍，同時切斷了麟府兩州之間聯繫。

「第四，伍維帶著萬餘叛軍，已牢牢地控制住了百花塢，百花塢被占領，折家軍的軍心士氣大受影響，而且百花塢不但易守難攻，地勢顯要，且是水陸通道中樞，隨時可以向任何一個方向發起攻擊，接應朝廷兵馬的到來。他們如今按兵不動，顯然是在等候潘美，潘美一到，就可以吃掉府州，那時麟州便是門戶大開，無險可守。」

說到這兒，楊繼業的神色凝重起來：「諸位，我所擔心的，還不止是府州和麟州，我們東線的守軍太少了，且又分駐銀蘆府麟夏石諸州，如果府州和麟州有失，我們失去的不只是兩座城池，同時失去的還有麟州和府州的大批精銳，那時候，朝廷繼續揮軍西進，合六路邊軍六萬八千人，再加上綏州軍三萬餘人、朝廷禁軍五萬人，那就是十五萬大軍，我們沒有足夠的兵力據守各處要隘，朝廷卻可以依仗優勢兵力各個擊破，將我各處城池一一吃掉。如此情形，誰有妙策？」

眾將聞聽盡皆默然，許久，盧永義道：「將軍昔日能獨力支撐漢國危城，抵擋宋國皇帝三次御駕親征，這一次……咱們的情形難道比那時還要凶險嗎？」

楊繼業搖頭道：「兩者不可相提並論，如今各處城池存糧有限，這是一個難處。二來，當初那是兩國相爭，非你即我，正所謂眾志成城，而今，折姑娘反了，可大帥的意思咱們還不知道，所以處境難免尷尬，軍心士氣，未必比得上當日背城一戰的漢軍。我西北諸州府，並不都是險峻難攀的城池，如果朝廷攻我弱處，困我堅城，以他們強大的兵力，足以在大帥率兵返回之前，控制麟府諸州形勢，這是其三。」

楊延浦忍不住說道：「爹，難道我們一點機會都沒有了嗎？」

「機會……也不是沒有……」

楊繼業的目光漸漸移到沙盤上橫山一線，目光在橫山地勢上盤桓良久，卻又輕輕搖了搖頭。

他是一員將領，只知道軍令如山，如今大帥把東線的防務交給了他，在沒有得到大帥的許可之前，他豈能自作主張，以退為進，集中兵力，撤防橫山，這番意思若是說出來，恐怕反要動搖軍心。

楊繼業意志一堅，手指沙盤，沉聲說道：「我們請調夏州守軍，赴援銀州、蘆嶺州，增強橫山防線的力量。至於我們，必須要牢牢地守住麟州，這是朝廷西進的門戶，斷不容失，我們與潘美的禁軍精銳在此決一死戰，給大帥回援爭取時間。

「至於府州那邊，折姑娘已整合了折家軍，納於她的麾下。我可修書一封，建議折姑娘拆毀黃河大橋，切斷南北兩城的聯繫，據黃河之北，與敵對峙，而程世雄將軍的兵馬，也不可由此繼續北上了，我可聯絡折姑娘，由其下令，命程將軍向我靠攏，繞道我麟州返回府州，增強折姑娘那邊的防禦力量……」

他剛剛說到這兒，一名小校匆匆奔入，抱拳說道：「將軍，种放种大人到。」

楊繼業一呆，吃驚地道：「你說什麼？誰來了？」

那小校道：「种放种大人自夏州趕來了。」

楊繼業大吃一驚，萬萬沒想到种放竟然捨了夏州親自跑到麟州來，他急忙問道：「种大人在哪裡？本官親去相迎。」

話音未落，种放已大步走進廳來，朗聲道：「軍情緊急，楊將軍還客套些什麼？倒是种某不請自來，將軍勿怪。」

楊繼業連忙上前相迎道：「种大人，您怎麼來了？可是大帥已傳回了消息？」

种放道：「太尉西征玉門，一路黃沙瀚海，關山險阻，飛鳥難渡，駿馬難馳，哪有那麼快就送消息回來？實是因為太尉西去之時，將東線軍政要務託付予你我，而今強敵臨境，危機重重，眼見如此情形，种放實難安坐後方，有心與將軍計議，可是又恐書信往來貽誤戰機，這才親自趕來。」

种放一見眾將正站在沙盤前，又道：「朝廷兵馬動向，种某業已得到飛羽傳報，不知將軍對此局面，打算如何應對？」

楊繼業也不再客套，將他引到沙盤前，將自己方才的計議仔細敘說一遍，种放一臉風塵，披風也不解，就立在沙盤前聽楊繼業解說，聽完之後他眉頭一鎖，沉聲道：「楊將軍，种某一路趕來時，對麟府形勢也曾反覆推敲，种某覺得，楊軍這種應對之法太冒險了，如果打得好，不過是拖個兩敗俱傷，如果打不好，太尉交付你我手中的這片疆土可都要淪喪了。」

旁邊眾將一聽頓時面露不愉之色，楊無敵的威名，西北將領鮮有不知的，這种放練兵確實有一手，不過會練兵的人不一定擅長打仗，他一個從未帶過兵的文人居然敢指摘自家主將的不是，難道他比楊無敵還要高明？

楊繼業卻不以為忤，反問道：「种大人何以有此一言？」

种放也不客氣，伸出大手往沙盤上的橫山地形使勁那麼一劃拉，大聲道：「种某一路反覆推敲，覺得如果我們以危城弱兵與敵強戰，實是得不償失。我們在府州已不可保的情況下還想貪心，意欲保住我們所有的領土，恐怕反而一處都保不住，而且太尉急急揮師回援，甘州回紇和瓜沙的歸義軍也不會放棄這個打擊太尉的機會，那樣的話咱們東線損兵折將、疆土淪陷，而太尉那邊呢，也要元氣大傷。

「最後很可能形成這樣一種局面，我們被打成原形，河西走廊重被回紇人、吐蕃人占據，重演吐蕃、回紇牽制壓迫夏州的局面。東面，則是朝廷與我們雙方兵力犬牙交錯，直接交鋒，時日一久，太尉一定會被拖垮，再無崛起的希望，最好的結局，也就是恢復李光睿統治夏州時的局面。」

楊繼業雖自負於守禦的本領，自信在朝廷大軍面前未必就會如此不堪，不過勝負之數，牽涉甚多，絕不是只靠一員主將指揮策略得當，就一定能占據上風的，种放所說的結局，並非不可能出現的局面，想像那樣窘迫的處境，楊繼業的額頭不禁沁出冷汗，脫口問道：「若依种大人所見該當如何？」

种放道：「种某以為，與其如此，我們不如求個穩妥，主動撤軍，放棄麟府，集中各方兵力，依托橫山險要的地勢，構築第二防線，將宋軍牢牢阻擋地在橫山以外。如此，我們雖失去了麟府，但定難五州在手，河西草原在手，我夏州的元氣不會受到傷損，那麼，我們隨時可以再度揮軍東進，同時，太尉那邊也不必倉卒回師，以致被甘州和歸義軍所趁，盡可從容撤軍，甚或……將甘州和瓜沙先拿到手，再挾全勝之勢回師夏州，那樣的話，我們的實力不但不會受損，相反會大肆擴張，這樣的話……我們何必計較一城一地之得失呢？」

楊繼業聽得怦然心動，其實种放所言，正是他心中所思，卻沒想到，种放竟與他不謀而合，只是如今种放先說了出來，他倒不好再說自己也曾有過這樣的考慮了。沉思片刻，楊繼業不禁又猶豫道：「可是……大帥臨行前，將東線防務交到我們的手中，楊某一介武夫，只知將令如山，未得命令之前，便是戰至最後一兵一卒，也不得違抗軍令。如今咱們一仗未打，勝負未見，便主動撤軍，棄了麟府去横山構築第二防線，這麼做妥當嗎？」

种放瞪起眼睛道：「難道等著潘美的大軍追在咱們的屁股後面，再慌慌張張引著他們逃向横山？將在外，君命有所不授，如果楊將軍的顧慮只是未得太尉允准，那麼大可不必。种某以為，我們現在應該考慮的，是如何避免最大的犧牲，保存最多的實力，擋住朝廷兵馬西進之路，確保太尉西征的成果不會盡付流水。將軍若是擔心太尉怪責，一應後果，种某願一力承擔，只求將軍果斷撤軍，搶得先機，製造有利於我夏州的局面。」

楊繼業怫然道：「种大人這是說的哪裡話來？楊某是三軍統帥，無論進退，將領一下，所有責任，楊某自然一力承擔，豈能推諉於人？不過……」

他又將目光投到沙盤上，沉聲道：「种大人，折家軍還在府州與草城川的叛軍和朝廷兵馬鏖戰，我們可以放棄一個麟州，折家如果放棄了府州，可就一無所有了，折姑娘她……她肯答應嗎？若是折家軍不撤，難道我們獨自放棄麟州，退防橫山，棄盟軍於不顧嗎？再說……」

他壓低了嗓音，低聲道：「太尉與折姑娘……咳咳，种大人想必也有所耳聞……」

种放生就一副書生的耿直倔強性格，他睨了楊繼業一眼，說道：「楊將軍，你說太尉授師五州、盡統諸將、招兵買馬、征討西域，所謀者何？」

楊浩的所作所為，西北諸將誰還不心知肚明，可知道歸知道，楊浩一天沒有亮明旗號，誰敢冒天下之大韙，說出這個不是祕密的祕密來，楊繼業猶豫道：「這個……」

种放正氣凜然，聲震屋瓦地說道：「江山美人，孰輕孰重？江山在手，美人自有。若失了江山，身家性命都不保了，還要美人何用？如果太尉為了一個女子而不曉利害，不知輕重，那太尉在西北種種所為豈不成了一個大笑話？如你我一般會集到太尉麾下的萬千男兒豈不也都成了一個大笑話？就算她折姑娘是太尉的正室元配，在江山社稷、天下蒼生面前，又算得了什麼？你我輔佐君上，心中只有一個公字，秉承的只是一個忠字，豈能因為顧惜一個婦人而失了道義？」

楊繼業苦笑連連，种放卻越說越氣，把大手一揮道：「楊將軍，兵貴神速，早一步做出決斷，就能多爭一分先機，再也遲疑不得啦。若是你不放心，折姑娘那裡，我种放去跑一趟，把這進退之間的利害得失，與那位折姑娘說個清楚明白，若是她識大體，明大義，那便率折家軍與我等一齊撤防橫山，若是不然，那就一拍兩散，若是太尉回來要予以責難，教他砍我的頭好啦，种某一片丹心，死諫主上，求個青史留名也好。」

楊繼業大汗，种放這個樣子，真讓他去見了折姑娘，不談崩了才怪，楊繼業連忙道：「种大人，雖說夏州還在後方，暫無刀兵之憂，可是大人也不可離之過久啊，那是太尉的根基之地，無比重要，還請大人速速趕回坐鎮夏州。楊某便依大人所言，盡速撤軍固防橫山。至於折姑娘那裡，就讓我兒延浦跑一趟，去與她計議商量好了。」

种放雖是個書生，骨子裡卻有一股倨傲執拗之氣，一旦犯了那一股強勁，當真是皇帝都敢拉下馬，不過楊繼業一提夏州，這卻是他最為重視的所在，因見楊繼業已答應了他的主張，千勸萬勸之下，种放終於答應盡快趕回夏州去了。

楊繼業這才放心，送走了种放，楊繼業決心已定，回到麟州城便開始布署軍民遷徙橫山以西，同時對長子面授機宜，一面派人與程世雄聯絡，一面讓長子率輕騎趕去府州會見折子渝，說服她放棄府州，同遷河西。

*　　*　　*

因為朝廷兵臨城下，楊浩麾下將相爭執的當口，甘州可汗的金頂大帳內也因為楊浩軍團團圍困，糧草耗盡而陷入一片愁雲慘霧當中。

甘州回紇可汗夜落紇精神委頓地倚在榻上，憂心忡忡地道：「想不到夏州兵的糧草竟然如此充足，我想與他們耗戰守城，反而中了他們的算計。城中存糧本就有限，如今人吃馬餵，些許糧食已經耗光，現在已開始宰殺牛羊，而城外守軍仍然紋風不動，我每日登上城頭觀望，夏州軍營中火灶炊煙並不稍減，可見他們的糧食還能支撐許久，再這樣打下去，我城中十餘萬人，不用人打，就全都餓死了。」

已率援軍趕回城裡的阿里王子道：「父汗，咱們本就是游牧的部族，就算棄了這座城池，難道咱們的氈帳不能紮在草原上嗎？我早說過，漢人善於攻守城池，我們與之城戰，這是以己之短，迎敵所長。莫不如咱們趁著人多勢眾，突出重圍，夏州軍還能追著咱們滿草原地打嗎？甘州就算失去，楊浩能在這裡屯以多少重兵？到時候，咱們聯合隴右吐蕃捲土重來，還怕不能重新占據甘州？」

七王妃阿古麗忍不住出口反駁：「突圍？談何容易，夏州的鐵甲重騎和陌刀大陣死死封住了四門，咱們出去多少死多少，如何突圍？」

阿里王子冷冷地盯了她一眼，哼道：「楊浩分兵西去，困在咱們外面的已經沒有多少人馬了，光憑一個陌刀陣、一隊重甲鐵騎，咱們用人命蹚，也能蹚開一條道路吧？」

他回首看向夜落紇，說道：「父汗，聽說楊浩的軍隊已經打下了肅州，現在攻打敦煌國去了。他的意思非常明顯，因為我們甘州是最難打的，所以他圍而不打，把咱們放在了最後面，等他解決了敦煌國，必然挾新勝之師，返回甘州，強攻我甘州城，此時再不突圍，以後想走也走不成了。」

阿古麗王妃卻道：「大汗，楊浩雖然分兵攻打瓜沙二州去了，可他西征之時，號稱有十五萬大軍，就算有所誇大，十萬大軍總還是有的，打下涼州時，他得了兩萬吐蕃軍，打肅州時，又把兩萬龍王軍據為己有，總兵力這回真的該有十五萬之眾了。

「歸義軍不堪一擊，楊浩分去攻打瓜沙的人馬，有五萬人就差不多了，那麼困在我甘州城外的，至少有十萬大軍。這一點，從夏州軍營每日的炊煙灶火數量來看，也可估算得出來。十萬大軍駐於此，我卻不信夏州軍的糧草用之不盡，我看他們現在是故作鎮靜，虛張聲勢罷了，耐心再忍些時日，趁他糧草耗盡、軍心不穩，而西征之軍尚未趕回前咱們再……」

游牧民族的汗王妃也擁有自己的族帳、領地、子民，擁有極大的權勢，因此做為夜落紇長子的阿里王子，與阿古麗王妃因為放牧之地、各自掌握的部落之間的嫌隙等種種緣由，彼此早有積怨，這時意見相左，阿古麗王妃一味地和他唱反調，阿里王子更加忿怒，不等阿古麗王妃說完，阿里王子便道：「楊浩留了一個替身在這裡，親自趕去肅州繼續西征之路，他是夏州軍的主帥，會把十萬大軍留在這兒，自己只帶三成人馬孤軍遠征？可笑，他既親征，必定會帶走主力，城外軍隊虛張聲勢，未必就有十萬之眾。」

阿古麗王妃嫣然一笑，瞟著阿里王子道：「阿里王子，漢人兵法裡有一句話，叫作實則虛之，虛則實之。不錯，當初楊浩的確留了一個替身，親自趕去攻打肅州了，可是肅州得手之後，他身在肅州的消息已然傳開，你道他還會繼續親自西征？他已經回來了。」

阿里王子哂然道：「七王妃何以如此篤定？」

夜落紇頹然道：「阿里，阿古麗說的沒有錯，肅州的龍瀚海為了保全性命，在家族中挑選了八個美人服侍楊浩，以取悅於他，前日阿古麗嘗試突圍，攻近夏州軍營時，曾親見一白袍公子立於楊字大旗下觀戰，八龍女就侍立在他的身後，阿古麗認得其中一個叫龍靈兒的，楊浩若是沒有在打下肅州後返回甘州，八龍女怎會出現在這兒？」

阿古麗見夜落紇附和她的話，嫵媚地乜了阿里王子一眼，眸中不無得意。

阿里王子見了心中惡意陡生，忽道：「父汗，兒忽想起一計可除楊浩，使得夏州軍群龍無首，不戰而潰。」

夜落紇又驚又喜，連忙問道：「計將安出？」

阿里王子道：「龍瀚海乞降，賄之以美人，楊浩笑納不拒，顯見是個好色之徒。如果我們做出窮途末路的姿態，假意向他乞降，同樣送美人予楊浩營中，伺機刺殺了他，便是夏州有百萬大軍，還不是頃刻間煙消雲散？」

夜落紇霍地坐起，大為意動道：「唔……我看此計確實可行，縱然失敗，也無甚損失。不過……」

他猶豫了一下道：「要尋一個年輕貌美、武藝高強，且又忠心耿耿，甘為本王效死的女子卻不容易，我們去哪兒找一個符合這些條件的女人來？」

阿里王子陰陰一笑，睨著阿古麗王妃道：「這個合適的人選嘛，遠在天邊，近在眼前，就是不知道父汗捨不捨得了。」

阿古麗王妃俏麗的臉蛋頓時變色，一雙妙目立即瞬也不瞬地瞟向夜落紇。

夜落紇順著阿里王子的眼神一瞧，見他所示竟是七王妃阿古麗，心中大為不捨，登時猶豫起來。戰場廝殺，未必就死，可是做這刺殺楊浩的刺客，卻是必死無疑，甚至……還要付出些色相犧牲。阿古麗畢竟是自己寵愛的女人，一向心高氣傲的回紇可汗，就算是到了山窮水盡的地步，又怎麼開得了口。

阿里王子輕輕嘆了口氣，說道：「如果這一次真的敗於夏州軍之手，我甘州回紇一脈從此就要從世上消失了，英勇神武、像太陽一般照耀著整個河西的夜落紇大汗也要受盡屈辱而死。為了大汗，我回紇部落的每一個子民，誰不願意像牛馬一樣奉獻自己的一切？為大汗而死，那是無上的榮光。可惜阿里是男兒身，無法執行這個刺殺的計畫，否則的話，為了大汗，為了我甘州回紇二十萬族人，就算粉身碎骨，我阿里也絕不會皺一皺眉頭。」

夜落紇訥訥地道：「阿古麗……」

阿古麗聽他一喚自己的名字，心弦便猛地一顫，她咬了咬粉潤的櫻唇，紅著眼睛道：「好，我去！」

五百十九　鏡花水月

府谷南北兩城，以架設於黃河上的大橋為陣地，日夜廝殺，無比慘烈。屍體枕藉，鮮血塗滿了整座石橋，橋頭白天有日光強照，夜晚有狂風呼嘯，血就會變成烏黑的結痂，可是石隙中的血，卻永遠是液體，因為始終有新鮮的血液不斷地補充進去。遠遠地看去，本是灰白色的石橋，已經變成了暗紅色。

碧荷院中卻是另一派風光，這座道觀整個已做了折子渝的前敵指揮所，觀外甲士林立，觀中各路文武的僚屬從員匆匆往來，莫敢高聲，一派緊張而肅穆的氣氛。

碧荷院，曾經是折子渝和楊浩促膝談心的所在，如今幾年過去了，碧荷院景致依舊，同樣是初秋時候，半池碧水，荷葉茂盛，蓮花半凋，一只只碗大的蓮蓬沉甸甸地掛在莖上。折子渝一身男裝，憑欄而站，神色寂寥。

『我們去碧荷院坐坐吧，那裡的環境很是幽雅，我曾經路過那裡，很是喜歡那裡靜謐的氣氛，只是一直沒有機會進去遊賞一番，妳看如何？』

『你說去哪兒那便去哪兒唄，反正我就是出來走走，本無一個確定的去處的。』

『那我直接把妳載回蘆嶺州做個壓寨夫人，妳也沒有意見嗎？』

折子渝幽幽一嘆：「那個小子，也就是說說，他若真有這分膽魄，做一個強擄壓寨夫人的強盜，就算是有些蠻不講理吧，也算是個男人，可是以他不打不動的性子，什麼時候能做一個霸道蠻橫的山大王？」

當年當日，她扮作一個青衫民女，假意與楊浩街頭偶遇同赴碧荷院時打情罵俏的情話依稀迴響在耳邊，可是時過境遷，今日此情此景，怎不教人黯然神傷。

折子渝輕輕靠在石欄上，只覺身心一片疲憊：「如今府州局面糜爛不堪，該如何收拾？家人盡在朝廷手中，雖說這邊聲勢鬧得越大，家人那邊越是安全，不虞有性命之憂，可是……可是如何才能把他們解救出來，這一生一世，難道就要與他們天涯永隔、不復相見了嗎？」

折子渝正幽幽出神，一陣腳步聲傳來，折子渝收拾了心情，回首望去，腳步匆匆、迎面而來的，竟是秦家公子秦逸雲。想起當初她與楊浩憑欄而坐，品茗賞蓮的時候，秦逸雲為了唐焰焰醉醺醺闖入，欲與楊浩爭風毆鬥，卻因酒醉一棍打傷了自家額頭跌入池中，折子渝脣邊不禁露出一絲苦澀的笑容。

當日，本與楊浩無甚關係的焰焰，現在真的成了他的夫人；秦公子也早已舔好了情傷，娶妻生子，成家立業，而自己……卻仍是形單影隻，物是人非呵。

「五公子。」見了折子渝，秦逸雲急急向她一抱拳，肅然施禮。

秦逸雲身著輕甲，脣上微髭，輕之當年的輕衣少年，少了幾分灑脫，多了幾分凝重。

折子渝微微頷首，問道：「對百花塢的攻勢，可有什麼進展？」

秦逸雲吐了口濁氣，搖頭道：「百花塢險不可攀，唯有一徑通關，塢中守軍據險而恃，可謂一夫當關，我們反覆爭奪，一座橋占了又丟，丟了再占，死傷無數，得力的攻城器械始終運不過去，恐怕……不將城中存糧耗盡，終是不能一舉而克。」

折子渝黛眉微蹙，沉吟道：「宋人造出這麼大的陣仗，絕不會輕易偃旗息鼓的，百花塢中的存糧，至少還可供他們消耗一個月，而朝廷的大軍步步進逼，援軍不斷，我軍雖竭力死戰，然險隘已失，恐難持久，一個月……絕對不成。你過來這兒，莫非任大人和馬將軍他們有什麼建議？」

任卿書和馬宗強等將領此時正在橋頭督戰，秦逸雲一來，折子渝自然以為他們對當前的戰局有了什麼新的想法，因為一時脫不得身，故而讓秦逸雲前來通稟。

秦逸雲道：「不然，五公子問起，在下才說起前邊戰情。在下此來，是因為麟州楊將軍派了他的兒子，帶了一隊輕騎突破宋國兵馬的重重防線，已然到了軍前。」

折子渝動容道：「已經和他們取得聯繫了？怎麼不請少將軍來這裡？」

秦逸雲苦笑道：「在下也不知道楊少將軍說了什麼，現在軍前眾將群情洶洶，十分激忿，任大人和馬大人也彈壓不住，在下覺得不妥，這才趕來向五公子稟報。」

折子渝一驚，連忙道：「走，咱們去看看。」

*　　*　　*

橋頭此時已亂成了一鍋粥，不但軍中將領都在，就是許多負責運送箭矢軍械、徵調壯丁服役的民政官員此時也聚在橋頭，群情激奮，慷慨激昂。

碧荷院距橋頭不過兩箭之地，並不算遠，折子渝率領正在碧荷院中署衙辦公的各路官員匆匆趕到陣前，就見楊延浦被圍在當中，許多府州文武正大聲指責著什麼，一見折子渝趕到，圍攏在前的人立即閃開了一條道路。

「五公子，妳來的正好……」任卿書一見折子渝，立即搶步上前，一邊伴著她往裡走，一邊低聲把楊延浦的來意匆匆說了一遍。

「哦？」折子渝不動聲色地聽著，走到楊延浦身邊時，楊延浦急忙趨前道：「麟州楊延浦見過五公子，延浦奉家父之命而來，有一件大事……」

論起私誼，楊延浦是折子渝的外甥，別看他比折子渝還大了幾歲，可折子渝卻是他實實在在的親姨娘，只不過眼下他代表的是楊浩一方的勢力，而折子渝卻是府州的代表人物，當著這麼多府州文武，兩人還是以官方稱呼妥當一些，倒不好說起他們的私人關係。

折子渝淡淡一笑，頷首道：「少將軍遠道而來，一路歷盡凶險，難道我折家連一杯茶都欠奉嗎？請，咱們到碧荷院說話。」

她目光盈盈一掃，說道：「諸位大人，也都來吧。」

碧荷院一個由靜室改成的小客廳裡，折子渝、楊延浦、任卿書、馬宗強和幾個府州身居要職的文官就坐其中，楊延浦詳盡分析了當前的局勢，把种放和楊繼業的考慮和下一步的打算和盤托出，正容道：「五公子，我知道我們這麼做，會令府州軍民大失所望，認為我們大敵當前，放棄了自己的朋友。

「可是戰場上，權衡的是實力，較量的是勝負，府州防禦已千瘡百孔，內有伍維一萬岢嵐軍牢牢地釘在府谷要害之處，隨時可以出兵接應宋軍，形成腹背夾擊之勢，外有宋國兵馬源源不絕，正在陸續搶占各個要隘烽臺、堡寨城壘，如果等到他們部署完畢，我們再做應變那就來不及了。

「那時候，就算五公子肯放棄府州，朝廷兵馬銜尾急追，咱們也來不及在橫山構築第二防線，其結果只有一敗塗地。五公子，古人有言：『蝮蛇螫手，壯士解腕。此時若不當機立斷，王繼恩這條毒蛇，就會把毒擴散到麟府兩州所有的要害之處，牽制得我們動彈不得，等到潘美趕到，便大勢去矣。

「家父令我來此，陳明其中利害，誠邀五公子率折家軍與我共進退，一同回防橫山。留得青山在，哪怕沒柴燒？來日咱們積蓄力量，未必不能捲土重來，五公子，在下希望五公子能從大局出發，做出明智的選擇，則府州軍民幸甚，亦是我家太尉之福。」

折子渝盯著他，玉面微寒，沉聲問道：「依少將軍方才所言，不管我折家如何取捨，楊將軍都要放棄麟州，撤防橫山了？」

「是！」楊延浦毫不猶豫地回答一聲，旋又接口道：「不過，這是為勢所迫，不得不做最有利於我們保存實力、扭轉頹勢的選擇。如果五公子願率所部撤防橫山，我父願緩行一步，引麟州所屬，對大堡津的寧化軍、鎮川堡的晉寧軍、沙谷律的平定軍發動攻擊，牽制他們的行動，使五公子所部從容撤退。」

折子渝眼睛瞬也不瞬地盯著他，沉聲又問：「這是楊太尉的主意？」

「楊太尉遠在西域，如今正在對金山國用兵，至於府州之變，大概太尉剛剛收到消息，太尉有何主張，還未送回我們的手中，這是夏州种節度和家父共同擬定的策略。」

折子渝輕輕吁了口氣，說道：「好，少將軍暫請歇息一下，容我與府州文武好生商量一下。馬大人，為少將軍安排一個住處，請少將軍和隨同前來的麟州將士們好好歇歇，安排些豐盛的膳食。」

「是。」馬宗強應聲而起，向楊延浦拱手道：「少將軍，請。」

楊延浦剛一出去，幾位身居要職的府州文武便齊齊站起，搶著說道：「五公子，本官以為……」

折子渝霍地舉起了手，制止了他們七嘴八舌的叫嚷，她離開座位，負著雙手，在室中緩緩行走，過了半晌，方道：「楊繼業將軍意欲主動放棄麟州，邀我們一起撤防橫山，諸位對此有何見解，一個個說，不要急。」

府州通判蕭瑟怒氣沖沖地道：「強敵未至，先萌退意，他們這是要放棄我府州啊，楊浩如今擁有西域十餘州，放棄一個麟州，對他來說並不傷根本，可對我府州來說，棄了府州，我們還有什麼？」

任卿書眉頭皺了皺，慢吞吞地道：「依我之見，楊將軍的法子倒是無可非議，苦守已不可守的麟府兩州，會牽累得橫山以西諸州府一同糜爛，皮之不存，毛將焉附？如果搶在潘美的軍隊到達之前主動後撤，我們就能站穩腳跟。」

另一個文官站了出來：「任大人怎麼能替楊家說話？咱們的家族領地盡在府州，如果離開這裡，就得寄人籬下，府州軍還會存在嗎？折家還會存在嗎？」

行軍司馬申澤塔不以為然地道：「府州形勢如今已岌岌可危，待潘美援軍一到，還守得住嗎？何況麟州還要主動棄守，他們一走，不需潘美援軍趕到，失去牽制的王繼恩六路邊軍，再加上綏州的李丕壽，就能馬上對我府州發動全面進攻。」

府州別駕洪子逸冷哼道：「澤塔兒，我看楊繼業這是虛聲恫嚇，想要迫使我們不得不與他一起行動，他是五公子的親姐夫，如果我們就是不走，他真能橫下一條心，棄五公子於不顧？方才你也聽見了，楊太尉遠在西域，對於府州之變，尚無隻言片語送來。

「我折家對楊太尉仁至義盡，楊太尉是折帥的義弟，為人光明磊落，義字當先，豈會容許部下幹出如此不仁不義的事來？楊繼業就算真的想走，他也不敢令楊太尉背上這不義的罵名決然而走，他派楊延浦來做說客，就是想迫使我們答應，只要五公子同意撤走，那就不是麟州主動要撤，而是我府州要撤，麟州孤掌難鳴，他們不得不為之應和了，我看這是他的脫罪之計。」

中澤塔道：「子逸賢弟，你這樣說，未免有些一廂情願了吧？楊繼業戎馬半生，不知經歷過多少險惡之極的局面，若是他臨戰之時，當斷不斷，不計得失，只計一己利害，還能闖下無敵之名嗎？早就身死沙場了。因為顧忌五公子是他的親眷，顧忌楊太尉的義氣深重就不敢撤兵？笑話。

「子逸賢弟莫非忘記了，當日漢國都城之下，楊繼業置妻兒於城中為質，自率萬餘死士，險些於亂軍中取了趙光義首級的事了？該當效忠主上時，他自己的身家性命、他妻兒的身家性命都可棄之不顧，他會因為這些顧忌也猶豫不決、自亂陣腳嗎？」

「申司馬，此言差矣……」

「洪別駕，差什麼差？我看是你們這些文人不曉武事，偏要出來指手畫腳。」

「咦，申司馬，你這麼說就不對了，我們文人怎麼啦？光憑你們這些武夫，便能運籌帷幄，便能……」

「好啦好啦，都不要吵啦。」

折子渝忽然打斷了他們的話，瞟了他們一眼，似笑非笑地說道：「如今局面，武將主退，文官主戰，倒是真的有趣。」

她在椅上輕輕坐了，緩聲說道：「种放和楊繼業商議，意欲趁潘美大軍未至，主動撤退，集中兵力與橫山一線構築防線。我以為，他們這是想放棄一城一地之得失，以有利地形與宋軍周旋，尋求戰機，拖延、箝制敵人，消耗宋軍銳氣，積小勝為大勝，為反守為攻製造條件，如果不是這中間梗著一個不屬於楊太尉的府州，如果在座的諸位都是楊家的官吏，那麼你們平心靜氣地想一想，他們這種選擇，還有什麼可以指摘的地方嗎？」

洪子逸急道：「可是……五公子……」

折子渝舉手制止了他，又道：「另一方面，他們這種考慮，也不僅僅是為了應付麟府之變，應付宋國來勢洶洶的大軍，而且是考慮到了楊太尉的遠征之軍倉卒回師可能遇到的凶險，集中分散駐守於各處的軍隊，形成合力，主動布防於橫山，最不濟也可與宋國兵馬僵持一段時間。

「這樣，楊太尉遠征西域的大軍就不必倉皇回師，甚至可以在吞併沙瓜二州、擊敗甘州回紇之後，才從容回師，以大勝之師，將橫山打造得固若金湯，甚至收復麟府也未必不可能。如果我不是折家的五公子，對他們這番算計，真要擊掌讚嘆了。」

任卿書喜道：「五公子，這麼說，妳是贊成楊將軍的主張？」

府州學正郝大杜一聽折子渝話中之意，竟也是贊同放棄府州的，不由得五雷轟頂，他臉色漲紅如豬血，氣呼呼地站起身，厲聲道：「五公子如今還算是折家的人嗎？宋國的一些言論，老朽只當是對五公子的詆譭，如今看來，卻未必是空穴來風了！」

行軍司馬申澤塔大怒道：「郝學正，你這是什麼意思？」

郝大杜喝道：「你們要走儘管走，郝某誓與府谷共存亡，哪兒都不去！」

老頭子說罷，大袖一拂，怒氣沖沖地去了，申澤塔急忙回身道：「五公子請息怒，郝學正對折帥忠心耿耿，氣極之下，言語不遜，並非是對五公子不敬。」

折子渝淡淡一笑：「郝學正並沒有說錯，我有什麼好怒的？」

申澤塔大吃一驚，失聲道：「什麼，五公子妳……妳……」

折子渝緩緩地道：「我們府州……已經反了，不反就得束手待斃，可是反了，也就坐實了宋廷的指摘。我們反是反了，可是憑我們的實力，足以與宋廷對抗嗎？若是只逞一時意氣，那就殺它個轟轟烈烈，身死沙場便是了。若要有一番真正的作為，歸附楊太尉已成必然。」

這一語既出，震得堂上文武盡皆愕然，誰也沒有想到原來她心中早就有了這分心思，一時都不知該說些什麼好。

折子渝卻自顧自地說道：「楊浩在西北所為，跡同於反，可是西北強藩向來如此，只要不稱王、不據地自立，中原一向施以羈縻之策，不會興兵討伐，而這一遭，朝廷是志在必得，我們不得不反，楊太尉已不可能再以宋臣之名、西北霸主之實統御一方了，他是反也得反，不反也得反。」

「折家的人，都被朝廷抓了，再把府州之地拱手奉上？我不甘心！我現在唯一能做的，就是報這個仇，教他趙光義曉得什麼叫得不償失。」

折子渝說到這兒，神色黯淡了些，輕輕地道：「諸位對我折家都是忠心耿耿，所思所慮也都是為我折家考慮，而今子渝已向你們表明了心跡，府州的利益與夏州的利益已然一同，諸位應該知道要怎麼做了吧？」

眾文武盡皆默然，折子渝沉默片刻，擺手道：「各位散了吧，回去之後，將我的心意告訴所屬，準備依楊將軍之策，撤防橫山，府谷百姓，願與我等同行的，盡量護其周全。稍候，我會知會楊少將軍，請麟州方面協助撤退。」

折子渝說得斬釘截鐵，意志堅決，眾文武一見再不可勸，只得一一告退。任卿書卻沒有走，待眾人默默退下，廳中一空，任卿書便向折子渝低聲問道：「子渝，妳真的這般決定了？」

「是！」

折子渝的眼神有些茫然，依舊望著廳口。沉默有頃，她忽然古怪地一笑，徐徐說道：「任大人，關於家兄得了失心瘋的傳言，你相信嗎？」

任卿書搖頭道：「不信，折帥統御府州，威震一方，什麼的事不曾經歷過，豈會因為一朝失手，全家被擒，便遽而瘋癲？」

折子渝道：「是，家兄沒有瘋，他藉瘋說瘋話，只是為了告訴我一件事……」

「家兄狂言，說什麼獻府州於朝廷，乞封折蘭王，那話……是給我聽的。這句話，涉及家兄與楊太尉縱論天下大勢時的一句玩笑話，當時……家兄說，如果有朝一日楊太尉大勢已成，稱王稱霸，則府州願舉族而附，楊太尉就說：『若果有那麼一天，楊家定不負我折家，願封家兄為世襲罔替的折蘭王，重繼祖宗王號。』家兄裝瘋說出這句『瘋話』來，那就是告訴我，可將府谷之軍、府谷之地，獻與楊太尉，助成他的大業，也可藉此……報我折家一箭之仇。」

任卿書動容道：「原來其中竟有這樣一段緣故，妳……方才怎不說與眾人知曉？」

折子渝呵呵一笑，淡淡地道：「此事天知地知，我縱然說出來，該不信的，還是不信，徒增一個笑話罷了，說它作啥？我既然明白了家兄的心意，所作所為問心無愧也就是了，何必一定要做那不可能的事，讓天下人都相信我的清白？」

任卿書心道：「折御勳是我義兄，雖說當初與他結拜，是為了便宜我繼嗣堂行事，可多年下來，總有一分交情在，如果折家不願歸附楊浩，我在其中倒是左右為難，既然這是義兄的心願，倒省了我一番為難。楊太尉一統西域，我繼嗣堂會從中得到了莫大的好處，對此，大郎必然是樂見其成，從我個人來說，前程亦可無憂，所以……我倒要不遺餘力，促成此事才好。」

任卿書想了想，頷首道：「既然五公子心意已決，任某一定全力幫助妳達成心願。」

眼見折子渝有些花容慘淡，任卿書心中也不禁升起一股憐惜之意，不管如何，他大半生都消磨在府州，折家對他不薄，對折家，他是有心要盡力周全的，如今義兄全家被捉，只剩下這麼一個女子，任卿書身為長輩，自然起了維護的心意。

任卿書便道：「五公子，要為折家報此大仇，須得借助楊太尉之力；要存續折家軍的香火，更需歸附楊太尉，合兩家於一家。不過，折家不會就這麼完了，妳與楊太尉情投意合，這事我早看在眼裡，義兄也常常對我說起，有心撮合妳和楊太尉，不如等楊太尉從西域回來，由我出面說項，教他娶了妳做夫人，遂了義兄一樁心願。」

折子渝搖搖頭：「原本誹議紛紛，你道我不知道？如今我決意使折家軍歸附楊太尉，就連郝學正都開始疑我用心了，若我真的嫁去，豈不是千夫所指？我不嫁，這折家軍交到楊浩手中，我與他就更加不可能了。」

任卿書啼笑皆非道：「五公子這是犯的什麼糊塗？妳方才還說，所作所為，但求問心無愧，現在怕什麼閒人說三道四？喜歡就嫁了，關他們鳥事？」

折子渝淡淡一笑：「我折子渝雖是女兒身，卻是個不戴頭巾的男子漢，為人處事頂天立地，為了折家的大仇，為了折家軍的出路，受些譏諷嘲辱，我不在乎，可我豈能因為一己私情，受人唾罵？再說，前些時日楊太尉攻打肅州，肅州龍瀚海為保全龍家，敬獻了八美人給他。如今府州淪陷，折家軍為求生存，不得不歸附太尉，我折子渝若也委身於他，那和龍家所為有什麼區別？折家的顏面都要被我丟光了。」

任卿書聽到這裡，暗自鬆了口氣：「說穿了，原來心高氣傲的折大小姐還是對楊浩娶妻納妾，卻對她一直不聞不問有些耿耿於懷，家門破敗後，更擔心此時嫁去會被人譏諷為依附權貴，待我見了楊太尉後，說明五公子的心意，叫他想方設法，解了五公子這個心結便是。」

折子渝目光飄忽，心中卻想：「以前你不肯登門求親，如今我折家破敗至此，尚還有求於你，你一定足了膽氣，肯向我提親了吧？可惜……以前我有嫁你的可能，如今我折家淪落至此，我反而絕對不能登你楊家的大門，讓匹夫蠢婦們也在背後笑我，讓唐焰焰、吳娃兒她們滿心憐憫地收留我。

「我既不嫁你，折家軍便要左右為難，他們是奉我為主，還是奉你為主呢？如此一來，終究難以共容。罷了，我也累了，待我為折家軍安排好出路，有你為我折家報這一箭之仇，我就可以撂下這副重擔了。唉……這一生，只喜歡了你這麼一個冤家，到頭來，終究是一場鏡花水月……」

＊　＊　＊

甘州城外，楊浩軍營中軍大帳。

軍營中一片忙碌，一隊隊士兵衣甲鮮明，邁著整齊的步伐匆匆來去，沒有一點喧譁的聲音。驗看符牌、喝問口令，雖然有木魁親自引領，每過一重營盤，守戍的士卒照樣一絲不苟，可見楊浩的中軍大營是如何戒備森嚴，這樣的所在，除非拿出遠比對方更加強大的實力強行突陣，否則怎有可能見得到那位盡統諸將、授師五州的楊大帥？

夜落紇可汗的乞降使節隊伍，明顯的是陰盛陽衰，除了打旗持節的幾個士卒和一個能言善道的使臣沙木沙克，隨行其後的便是十多個身姿曼妙的絕色佳人了，一旦對楊浩成功實施行刺，這些送與楊浩的女人只有一個結局，那就是被憤怒的楊浩軍士兵亂刀斫殺，不過人事代謝，江山顛覆，犧牲者何止萬千，幾個女人，卻又算不得什麼了。

這些女人大部分都是炮灰，真正負有行刺任務的只有阿古麗王妃一人，她面遮輕紗，也混在這些女人當中，進入楊浩軍營之後，那種被人犧牲的悲涼、被人出賣的沉痛感漸漸消失了，她的注意力開始集中到了楊浩營中的軍隊身上來。

眼見夏州軍士氣飽滿，軍紀森嚴，阿古麗王妃不由有些茫然：「難道我真的錯了？他們的糧草，真的可以繼續支撐如此龐大的軍隊繼續圍困甘州？」

楊浩的中軍大帳到了，只聽帳中絲竹聲聲，不絕於耳。木魁與守衛大帳的穆羽低語幾句，便向後招了招手：「請貴使和公主殿下跟我進來。」

阿古麗王妃如今的身分是阿瓦爾古麗公主，夜落紇可汗的愛女。之所以給她安排這麼一個身分，是為了方便靠近楊浩，阿古麗王妃固然美貌，但是每個人最為欣賞的美女都不同，這使節團中妖豔的、清純的、柔情似水的、火辣性感的，環肥燕瘦，應有盡有，天曉得阿古麗王妃這樣的美人是不是他最為中意的。給她安排一個尊貴的身分，便能保證讓她引起楊浩足夠的注意，才能貼近他。

沙木沙克使臣和阿古麗王妃跟著木魁輕輕走進了大帳，帳口又閃出兩男兩女四個侍從，將兩人從上到下搜索了一片，身上確無寸鐵，這才揮手讓行。二人又進三尺，只見寬敞的大帳中帷幔重重，胡榻上鋪著獸皮和靠枕，水靈靈的瓜果置於几案，酒味淡淡，脂粉飄香散布其間，七、八個玉臂粉腿輕衫半露的美人或坐或臥，嬌笑聲時而傳來。

站在這裡向她們望去，卻因帷幕重重，看不清楚，只有帷幕輕輕搖曳，掀起一角縫隙時，驚鴻一瞥間，見那些美人如鏡花水月一般，婀娜朦朧，情挑無限。而胡榻正中斜臥著一個白袍公子，眉目五官，說不出的俊俏，頷下一副微鬚，修剪得十分漂亮，他正向沙木沙克和阿古麗王妃所站的地方看來。

「這就是楊浩？」

阿古麗王妃衣裳鮮潔，容止嫻麗，嫋嫋娜娜地立在使者身後，伸手拉著蒙面的輕紗，一雙妙目向內窺看著去，見那白袍公子懶洋洋地打個哈欠：「石榴裙下醉安眠，醒時猶憶小蠻腰。啊……呵呵，美人，給本太尉捶捶腿。」

他把一條大腿往龍清兒的大腿上一架，龍清兒嬌嗔地白了他一眼，卻依言握起粉拳，輕輕捶了起來。

「唔，她就是夜落紇可汗送給本太尉的美人嗎？」

那公子輕輕撫著修剪得十分整潔漂亮的髫鬚，一雙眼亮的眼睛瞟著阿古麗王妃，嘴巴卻向旁邊一呶，旁邊便有一個美人馬上伸出纖纖玉手，從盤中拈了一粒紫檀檀、水靈靈的葡萄，送到他的嘴邊，白袍公子張口吃了，輕浮地捏了把那美人的翹臀，惹來美人輕怒薄嗔的一聲嬌笑。

「倒是生了一副好相貌，卻果然是一個好色之徒！」阿古麗王妃心中滿是憤懣：「然而就是這麼一個好色之徒，居然逼得我甘州回紇三十萬軍民走投無路，堂堂回紇大可汗居然沒落到讓自己的王妃實施色誘行刺之計，難道我甘州的氣數真的盡了？」

「夜落紇可汗使者沙木沙克，謹見楊浩太尉……甘州城內，如今軍民衣不蔽體，食不果腹，太尉天軍天威，實不可敵，今我可汗，誠心乞降，願奉太尉旗幟，納於太尉治下，乞請太尉恩准。這一位，是我甘州阿瓦爾古麗公主，我甘州夜落紇可汗為表歸順之誠意，特將愛女阿瓦爾古麗公主送與太尉，侍奉太尉枕席，還請太尉笑納。」

使者說完，向旁邊側了側身，阿古麗王妃輕移玉趾，婀婀娜娜地向前走了一步，作出含羞姿態，微微垂下頭去，一雙勾魂攝魄的眸子卻微微揚起，向白袍勝雪的楊浩盈盈一瞟。

「哦？」

扮作楊浩的唐焰焰就著龍瑩兒手中的夜光杯輕輕抿了一口葡萄美酒，饒有興致地向阿古麗王妃瞟來，自從主持飛羽密諜，她和狗兒從竹韻那裡也學到了精湛之極的易容化妝術，這時扮作男人，竟是毫無破綻。

她色迷迷地瞟著阿古麗王妃，從她的髮絲一寸寸地直瞄到腳趾，輕佻地讚道：「粉面含春，柳眉杏眼，蜂腰肥臀，體態妖嬈，果然是一個絕色尤物呀。」

阿古麗聽他如此無禮，大剌剌地把自己當了一個粉頭般的評價，不禁又羞又忿，暗暗攥緊了粉拳，指甲直刺到掌心裡。

唐焰焰翻身坐起，輕浮之色一掃而空，正色說道：「甘州城這份大禮，本太尉收了。阿瓦爾古麗公主這份大禮，本太尉也收了，只是不知……夜落紇可汗幾時肯獻城投降呢？」

沙木沙克躬身道：「可汗說，如果太尉大人肯接受我甘州乞降之誠意，那麼明日便遣阿里王子與太尉大人當面簽訂盟約，後日午時，移軍城外，交出甘州，接受太尉大人的轄治。」

「好！」唐焰焰雙眉一挑，大聲道：「請回覆我那岳父大人，就說本太尉全都照准了，明日會在我的中軍大帳設宴迎候阿里王子。」說著，她的一雙眼睛便瞄向了阿古麗王妃。

沙木沙克見狀，便道：「既如此，那下臣便告辭了。」

「去吧去吧，」唐焰焰拍拍身旁錦榻，輕浮地大笑道：「美人，過來坐，且隨本太尉飲上三杯，靈兒，準備蘭湯，本太尉要與娘子鴛鴦同浴，交頸合歡……」

五百二十 哥舒夜帶刀

阿古麗王妃一隻蓮花般的素手輕輕拉著面紗，輕移玉趾，娉娉婷婷地走到「楊浩」身邊，那雙媚目作出羞怯不勝的模樣偷偷瞟向他的臉龐，一俟看清了楊浩的模樣，阿古麗王妃不由微微一怔。

焰焰的眉眼五官實在是過於精緻了，她若想扮成一個完全沒有破綻的男人，必須得經過竹韻那樣的易容大家對她的膚色、眉毛、眼形、嘴脣等處都進行十分細緻的設計和修飾，肩寬、體型、喉節這些細微處都不能放過，再加上口技的配合，才有可能瞞得住人。

而此時竹韻不在身邊，焰焰自她那兒學來的易容術自以為已十分高明，但是與竹韻的水準一比，還只是業餘水平，竹韻能與折子渝同行那麼久，不管是聲音、舉止、氣質，乃至形容的細微處，都教折子渝那般精細的人都看不出破綻，唐焰焰卻是望塵莫及。

再說，她又不捨得在自己的肌膚上塗抹些使肌膚變色、膚質變得粗糙的東西，以免傷了她嬌嫩的肌膚，自然也就瞞不過阿古麗王妃的眼睛。方才隔著層層紗幔，瞧得不是十分清晰，她的口技倒是頗具幾分火候，還能瞞得過去，這一走近了來，便令人心中起疑了。

阿古麗王妃見他雖然生著鬍子，可是肌膚嬌嫩白皙，吹彈得破，在這大草原氣候中，簡直讓女人都嫉妒，一個男人……保養的也太好了吧？尤其是他的眉眼五官，脂粉氣也太濃些，這樣的人會是授師五州、盡統諸將的西域第一霸主楊浩？

阿古麗王妃乍一瞧這玉人一般的男子，美目中也是異彩頻閃，大為驚豔，接下來卻是疑心大起，心道：「楊浩竟然俊美若斯，一如溫柔處子？不可能，不可能，世上怎麼會有如此美麗的男子。不過……卻也未必不能呀，聽說漢朝時候，我西域有樓蘭王，嬌美如處子，美人亦不能比，所以他只得鑄了一件猙獰鬼相的面具遮住他的容顏，在戰陣之上始增其威武顏色，莫非楊浩也是……然而……楊浩若是這般模樣，必然極為引人注目，怎麼我們從不曾聽人對楊浩的容貌品頭論足過？」

阿古麗王妃站在唐焰焰面前，心中驚疑不定，她那薄紗一襲，身姿婀娜，往焰焰身前一站，長腿細腰、隆胸秀項，若是個真漢子，此時一攬她的纖腰，早抱進懷裡去了。焰焰卻好整以暇地仰起臉來，自阿古麗王妃高峙的雙峰間看上去，看著她的俏臉，笑吟吟地道：「美人，還不坐下陪本太尉喝上一杯？」

阿古麗王妃低頭一看，這時唐焰焰恰恰仰起臉來，阿古麗的目光堪堪落在焰焰的頸間，只見她頸間沒有一點喉結突出的現象，阿古麗王妃心頭頓時一震，目光稍一迷惘，隨即變得冷峻兇狠起來。

唐焰焰發現她的神色變化，心中不由一驚，剛剛生起警意，阿古麗王妃玉腿一抬，便向她的心口狠狠踢去，與此同時，阿古麗伸手拔出髮間的金簪，趁著唐焰焰向後仰身中門大開的機會，探手便刺向她的咽喉，動作狠辣無比。

阿古麗王妃此番做了刺客，情知不管成敗，自家性命都難以保全，然而王命難違，她只得豁出了這條性命，就算不為夜落紇，也算是為自己的族人爭取了一個生存的機會。她也知道謀殺一個男人，最好的機會就是等他與自己雲雨纏綿、合體交歡的時候，那時他的戒心最輕、防範最不嚴密，必能一擊得手，阿古麗王妃原也打定了主意要以身飼虎的。

不過這時看出唐焰焰是女兒身，她就知道原來的計畫行不通了，這個人真的不是楊浩，她竟然是一個女人，那麼她又怎麼可能被自己的美麗所惑？阿里王子明天是根本不可能來簽訂什麼契約的，依據他們之前的計畫，如果她能成功刺殺楊浩，那就趁夏州軍心大亂的時候全力反撲，如果行刺失敗，那麼今夜城中就要集中精銳，拋棄老弱，全力突圍，四散遁入大漠草原。

這樣一來，自己已經成了一枚無用的棄子，唯今之計，殺一個夠本，殺兩個賺了，阿古麗王妃是草原上的女子，騎射弓馬一身武藝，生性剽悍，心意一定立即動手，哪裡還有什麼顧忌。

阿古麗王妃這一踢一刺迅疾如電，她髮髻上的金簪也不是真正的金子，金質性軟，不能做為武器，這枝金簪只是塗了金粉，尖端又淬了劇毒的藥物，當真有見血封喉之效。

唐焰焰如今一身武功非同等閒，再加上她對阿古麗王妃只是存著些戲謔的意思，絕不可能為她意亂情迷，阿古麗王妃驟然出手，唐焰焰的反應也極是迅速，在電光石火之間，千鈞一髮之際，凹胸收腹一仰身，便避開了那凌厲的一腳，雙手在榻上一推，整個人就滑向阿古麗王妃的襠下。

阿古麗王妃一腳踢空，手中的毒簪也刺了個空，唐焰焰險之又險地滑到她的襠下，挺身向上一扛，阿古麗王妃哎呀一聲，整個人就向旁邊跌倒，

唐焰焰像一頭發怒的豹子般猛竄而起，矯捷靈活之極，抬起玉足就向阿古麗王妃跺去，這時四下裡那八個美人一起撲了上來，八龍女都不是嬌怯怯不懂武藝的嬌娃玉女，阿古麗王妃是個女子，所以她們動起手來無所顧及，這一撲上來，七、八雙手鎖的鎖扣的扣，和身壓上去的也不是沒有，一堆美人牢牢地扭纏在了一起。

唐焰焰本要一腳跺下，不想龍家八女反應更快，竟已牢牢地鎖住了阿古麗王妃。她

們本來扮作「楊浩」的侍妾，在他寢帳中穿著打扮俱都隨意輕薄，這時扭打在一起，衫裂裙揚，只見得渾圓筆直的白花花大腿、粉潤酥盈的弱柳蠻腰、高挺豐盈的如玉雙峰纏作了一團，妙相畢露，若是一堆男人這般扭打在一起，那是窮形惡相，既是一些美女，便是春色無邊了。

阿古麗王妃眼見受制於人，心中悲呼一聲，便想努力扭轉手臂，把金簪刺到自己身上，只求死個痛快。可她身子被人牢牢控制住，又哪裡動彈得了。

龍靈兒劈手奪下她手中金簪，放到鼻下嗅了嗅，對唐焰焰道：「焰夫人，簪上有劇毒。」

唐焰焰這時急促的呼吸才平穩下來，她看得出，這個阿瓦爾古麗公主並不懂得上乘功夫，內家吐納之學更是一竅不通，不過她弓馬嫻熟，身體矯健，猝然發難時，無論是力度、速度、靈活度，都已堪稱上乘，所以她雖不擅長近身格鬥術，竟也逼得自己手忙腳亂，再聽說那簪上有劇毒，想想方才反應稍慢一些，這時可能便有性命之憂，心中大為恚怒，她怒容滿面地盯著阿古麗王妃，沉聲喝道：「夜落紇竟然派妳這個親生女兒做一個有來無歸的刺客？」

阿古麗王妃被牢牢壓在地上，呼吸急促，酥胸起伏，因為簪子拔了下來，所以頭髮瀑布般披散開來，她緊咬牙關，髮絲凌亂，一雙眸子從髮絲間狠狠瞪著唐焰焰，滿是仇恨的光芒。

龍瑩兒在她鼓騰騰的胸部掏了一把，吃吃笑道：「焰夫人，阿瓦爾古麗公主年方十七，尚未出閣，我看她呀……未必就是那位公主。」

唐焰焰有些嫉妒地瞟了眼阿古麗王妃高聳的雪玉雙峰，冷哼道：「我想也是，夜落紇好歹也是一位可汗，西域的霸主，處境再如何凶險，又怎捨得讓自家親人以身飼敵，妳是他的什麼人，甘為他如此犧牲？」

阿古麗聽得心中一慘，淒然笑道：「我是阿古麗王妃，算不算是他的親人呢？」

唐焰焰暗吃一驚，她看看阿古麗王妃忽然變得有些悽慘落寞的神情，又看看控制著她的八龍女，慢慢地吸了口氣，臉上恚怒的神色漸漸消失了。

歸義軍曹氏，長女嫁與夜落紇為妃，次女嫁與于闐國王為后，他們是親戚呢，可是甘州與敦煌卻時起征戰。肅州龍王稱霸一方，也算是西北一個不大不小的霸主，一旦城破，卻馬上厚顏把八個女兒、姪女塞給自家官人，不過是想用這些年輕貌美的女人，保住自家的權勢。而今，河西走廊第一霸主夜落紇可汗走投無路，就讓自己的王妃來刺殺敵軍將領……

說起來，她們個個身分尊貴，姿容千嬌百媚，高高在上、風光無限，然而一旦有所需要，她們尊貴的身分、美貌的姿色，便都成了權謀的工具。弱肉強食的世界裡，這種戲碼無數次上演，失敗者……就是這樣一個下場。

想起府州發生的變故，想起自己夫君在這西域草原上南征北戰、東擋西殺所經歷的重重困難，唐焰焰心有所感，對阿古麗王妃的敵意便也減輕了許多。

「焰夫人，咱們如何處置她？」

龍清兒扯出一疋綢緞，將阿古麗王妃扯起來，迅速反綁了她的雙手，向唐焰焰問道。

唐焰焰把玩著金簪，若有所思地道：「夜落紇……根本沒有投降的意思，咱們的計畫……看來也要變一變了……」

＊　＊　＊

瓜州城就像被一柄陌刀劈開的爛西瓜，已是千瘡百孔，破爛不堪，無數的夏州兵從四面八方像行軍蚊一般蜂擁入城，瓜州城頭蹄聲如雷，人喊馬嘶，箭矢穿空，牛羊亂叫，亂哄哄的好像要天塌地陷一般。

歸義軍仍有一少部分忠於曹氏的兵將在竭死抵抗，進行巷戰，而更多的歸義軍將士已將兵器抛在地上，高舉雙手站在牆邊，接受夏州軍的招降了，曹氏大勢已去。

曹延恭、曹子濤叔姪率領最忠心的人馬狼狽逃入內城，匆匆閉緊了大門，大門旋即就在重重的撞擊聲中隆隆響起，震得城上沙石簌簌而下，也不知城門在如此猛烈的撞擊下還能支撐多久，外邊的兵馬實在是太多了，守城的士卒在城頭上面對著驟急如雨的箭矢根本抬不起頭來，還如何對城下撞城的夏州兵予以壓制？

曹延恭又恨又悔，恨只恨自己糊塗，不該把自沙州逃來的人放進城，也不知這些自沙州逃來的兵將是真他娘的忠心，還是受楊浩支使弄進城來的奸細，一進城就到處嚷嚷沙州已經姓了楊，而且把張承先那老匹夫蠱惑人心的話到處傳揚，等他發覺不妙，想要控制住這些人時，消息已像瘟疫一般在全城傳開了。

面對夏州軍本就沒什麼堅決戰意的歸義軍更是消極起來，楊浩似也得到了沙州到手的消息，這時候一面喊著口號令城中守軍棄械投降，一面發動了最猛烈的攻擊，其結果不問可知，就如蟻潰長堤一般，有一處被攻克，整個瓜州城便迅速陷入全面失守的狀態，夏州軍進城了。

「轟！」一座城門在巨木的不斷撞擊下四分五裂，巨木一丟，還不等城中守軍放箭，那些撞城兵便向兩側逃了開去，在他們身後，一隊騎兵高擎雪亮的鋼刀，跨馬揚刀，撲了進來，立時又是一陣昏天黑地的大戰，馬踏長街，鐵蹄踐屍，暴烈的叱喝，淒慘的呼嚎聲四起……

「叔，不成了，咱們降了吧。」

曹子濤的髮髻被射亂了，他披頭散髮、失魂落魄地提著刀闖進內城最後的堡壘，那座高高的烽火臺，身上鮮血淋漓。

烽火臺完好無損，一窖儲放著蒿艾、狼糞、牛糞，用以白天施放狼煙，一窖儲放著浸了油的薪柴大木，用以夜間放火。可是，這時候還有什麼用呢？縱然點燃烽火臺，又有誰人來援？烽火臺下戰鼓隆隆，鐵騎呼嘯，眼見得夏州兵越戰越勇，旌旗所至，人仰馬翻，血肉橫飛，勢不可擋，就算想點燃烽火博美人一笑，怕也沒人笑得出來了吧。

「降？為什麼要降？為什麼要降？」曹延恭勢若瘋癲，眼神直勾勾地看著曹子濤，看得曹子濤連連後退。

「棄械不殺！投降不殺！」吶喊聲此起彼伏，內城中反抗的嘶殺聲越來越小了，曹子濤扶著烽火臺向下邊一看，焦急地回頭叫道：「叔啊，內城也已全部失陷，咱們已經沒有機會了，投降吧，降了吧！」

曹延恭披頭散髮，舉起手中的劍瘋狂地大吼道：「滾！給我滾下去！統統給我滾下去！」

曹子濤與幾名侍衛被狼狽不堪地趕下烽火臺，這時一隊夏州武士已如狼似虎地撲了過來，如獅搏兔、鬥志全無的曹子濤和幾名侍衛匆匆招架片刻，便又向烽火臺上退卻，這時他們突然發現那些夏州兵停止了攻擊，全部仰頭向上望去，曹子濤忽有所覺，猛地扭頭一看，就見烽火臺上烈焰沖霄而起。

曹子濤大驚失色，轉身就往烽火臺上跑，一邊跑一邊大叫：「叔，叔……」那幾個侍衛看著烽火臺上怒捲的烈焰，手中的兵器噹啷一聲落了地，可是他們失魂落魄的，全不察覺。

曹子濤慌慌張張地跑上烽火臺，烈焰焚天，熾烈的熱浪撲面而來，將他撲了個踉蹌，曹子濤倉皇四顧，就見曹延恭站在前邊不遠處，熱浪烘烤得他披散的頭髮都捲曲起來，熱浪扭曲了光線，曹延恭的身影看起來就像水中的倒影一般搖曳著。

「叔……」曹子濤只喊了半聲，撲面而來的熱浪捲進喉嚨，就嗆住了他的聲音，然後他就眼睜睜地看著曹延恭以袖一遮面，忽然向前飛奔兩步，一縱身，便躍進了那熊熊烈焰，身影瞬間便被烈火完全吞噬。

曹子濤慘叫道：「叔！」

在他背後，一個高大剽悍的夏州兵已撲了上來，兇睛如虎，手中血淋淋的鋼刀自他背後高高舉起……

楊浩提著劍踏入瓜州刺史府，一路行來，伏屍枕藉，血濺當地。

艾義海隨行於側，匆匆稟報：「曹延恭投烽火臺自焚，經人指認，曹子濤亦在烽火臺前被我將士梟首，曹延恭所有親信嫡系，除戰死者外，所有受傷就擒或棄械投降者皆已被控制在這刺史府後宅。」

楊浩在原本富麗堂皇，此時卻遍地鮮血的大廳中站住，游目四顧，沉聲說道：「打掃戰場，安撫百姓，嚴肅軍紀，但有搶劫、強姦者格殺勿論，擾民欺民者重責三十軍棍。本帥馬上趕去沙州，要迅速穩定瓜沙二州，對其實施統治，少不得各大家族的助力，這裡的事一俟解決，馬上就得率大軍回師。」

「是，對曹延恭這些心腹嫡系們怎麼處置？曹家是沙州第三大世家，家族極其龐大……」

「全部押往夏州，做為戰俘，曹氏族人不論男女全部充作官奴，分配去做工、務農！」

楊浩拄劍而立，冷酷地說道：「沙州曹氏，我要連根拔起，遷地而居，全部打散。有恩也要有威，恩撫沙州八大家族，而曹家，必須從沙州抹去，抹得乾乾淨淨，以後不管哪個家族，想要扯旗起刺，都得給我三思而後行！」

＊　＊　＊

黃沙漫漫，數十名輕甲抱肚的武士在一個身穿明光甲的將領帶領下，夾持著一個頭戴黑色帕頭、身穿圓領袍衫的文士，和一個頭戴毗盧帽、身穿大紅袈裟的和尚，狼狽地自阿爾金山下向前狂奔，他們的打扮，竟然是原汁原味的大唐裝束。

在他們後面，是百餘名身穿條紋長袍，連頭帶面都裹在汗巾裡的回紇武士，手舉彎刀，呼嘯而來，不時有人施放箭矢，前邊的大唐武士邊逃邊在馬上還射冷箭，雙方箭來箭往，不斷有人中箭倒下。

一個校尉模樣的人眼見追兵越來越近，忽地勒馬大叫：「將軍，追兵難以擺脫，再這麼下去，咱們就完了，請將軍護持李大人和慧生大師繼續前行，我等竭死阻攔追兵！」

說著他棄弓於地，拔出筆直雪亮的橫刀，一道鋒寒的光芒沖霄而起，抗聲大喝道：「獅子王的勇士們，我們絕不懼怕任何敵人，為了完成大王交付給我們的使命，和他們拚了！」

「殺！殺！殺！」一個個武士急急勒住了戰馬，棄了弓箭，拔出了橫刀，幾十柄鋒利無匹的橫刀直指長空，迅速排成了一個小小的楔形陣，突然加速，向回衝去。

「丹丹烏里克！」

一個身著明光甲的將軍勒馬狂叫一聲，那些侍衛們充耳不聞，已是義無反顧地向追兵迎去，他長長嘆息一聲，含淚道：「李大人、慧生大師，我們走！」

慧生大師雙手合十，高頌一聲佛號道：「佛祖保佑你們！」說罷一撥戰馬，隨著那帕頭圓衫的文士快馬加鞭，向前奔去。

「哦哦呵呵……哦哦呵呵……」

追兵發出怪異的呼叫，眼見數十名身著輕便的半身皮甲，腰束獅獸紋抱肚的武士迎面撲來，他們也收起了弓箭，拔出了雪亮的彎刀，用回紇語大叫道：「日月神無處不在，真神的信徒戰無不勝，殺光這些異教徒，衝啊！」

百餘名彎刀武士催馬如飛，攪起漫天黃沙，滾滾沙塵之中，像一條土龍般朝著那些唐裝武士衝了過去，鐵騎呼嘯，刀劍相交，人人皆決意赴死，血染黃沙……

＊　＊　＊

「我……我不成了，咱們……咱們歇一歇吧。」

由於那些武士捨命阻攔，將軍護持著那個文士與和尚暫時擺脫了追兵，也不知趕出了多遠，只見山勢仍連綿不絕，黃沙仍舊無垠無際，也不知幾時才能走得出去。毒辣辣的太陽烘烤著他們，那文士嘴脣皸裂，精疲力竭，兩條大腿已經磨破了，再也揮不動馬鞭，行不得一步了。他搖了搖一滴水聲也沒有的水囊，絕望地叫道。

「大人，不能休息啊。三百武士，一路追殺之下，就只剩下咱們三個人了。三百將士的血不能白流啊。」

身穿明光甲的將軍將自己還剩下的小半囊水遞給了他，心急如焚地道：「大人，咱們左邊是高昌國回紇人，右邊是黃頭回紇人，雖說他們也是佛國，與信奉真主的喀拉汗王國不一樣，可是畢竟俱屬回紇一系，天知道他們會不會應喀拉汗人所請，加入對咱們的搜捕，多留一刻，便多一分凶險。」

慧生大師舔了舔滲著血絲的嘴唇，也振聲說道：「是啊，歇息不得，大人，一定要撐住，快了，路已不遠了，等咱們趕到沙州，那時再歇不遲。」

李大人看看他們二人，一咬牙根，喝道：「好，咱們繼續趕路。」

一行三人使盡最後的氣力，拚命向前趕去。很快，他們的身影就變成了三個小小的黑點，消失在地平線上。這時，一群汗巾裹著頭面的灰袍武士，捲著漫天塵土出現在他們方才停歇的地方，一個騎著雄駿的高頭大馬的武士渾身裹得嚴嚴實實，只露出一雙兇狠的眼睛，他兜著馬原地轉了幾個圈子，低頭看看風沙還沒有完全抹去的一點點馬蹄印，伸手向前一指，喝道：「追！」

蝗蟲一般的追兵在他的帶領下，沿著那三人逃去的方向疾馳而去……

* * *

自從阿古麗王妃進入楊浩的大營，夜落紇可汗就挑選了十來個目力奇強的人站在城頭高處，一瞬不瞬地緊盯著楊浩的中軍方向，觀察著那裡的一舉一動。

草原上的人目力較之常人都要遠一些，這些特意挑選出來的人目力更是超群，而且個個都有百步穿楊的箭技，想成為一個箭術超凡入聖的神箭手，鷹一般敏銳的視力自然不可或缺。

天色漸漸黯淡下來，楊浩的軍營中仍是一片肅靜，巡弋的巡弋，站崗的站崗，可是當最後一縷陽光沒於地平線下，整個大地歸於沉寂之後，楊浩的中軍大帳突然騷動起來，先是隱約的尖叫吶喊聲順風飄來，隨即點點火光燃起，那是一枝枝火把。

從城頭看去，由那些火把的移動來看，顯得雜亂無序，可見持著火把的人是如何驚慌，他們像沒頭蒼蠅似地四處亂竄，火把照耀下，還隱見數道白晃晃寒氣襲人的刀光反映，那些正觀察著楊浩軍營動靜的「千里眼」立即把這個消息稟報了正焦急等待城外動靜的夜落紇。

夜落紇急匆匆奔上城頭一看，果見楊浩軍營中軍大帳內出現了明顯的混亂局面，夜落紇先是一陣狂喜，隨即便想到阿古麗王妃能在此時得手，必已被那好色之徒拖上楊去，在他欲仙欲死的時刻方能偷襲成功，這嬌滴滴的美人，本是自己最寵愛的妃子，如今卻……

想到這裡，夜落紇黯然神傷，可是楊浩對他的威脅、對權力地位的渴望，在他心中的分量終究要比阿古麗一個女子要重得多，黯然神傷的感覺只是稍縱即逝，他立即迫不及待地下令：「快，快快，全軍出城，馬上進攻！」

「父汗且慢！」

阿里王子及時阻止了他，他向楊浩營中慌亂奔跑的火把處看了一眼，沉聲道：「楊浩被刺的消息還未傳開，此時出戰，各營守將仍要從容反擊，這些時日他們挖深壕、築高牆，在外面構築了重重防禦，強攻損失太大，等楊浩遇刺的消息在各營傳開，軍心大亂，無心戀戰的時候，咱們再……」

夜落紇恍然大悟，讚道：「我兒思慮周詳，所言甚是。各部鞍韉齊全，勒馬備戰，隨時聽候本大汗的命令。」

楊浩營中匆亂的火把漸形擴散，最後整個大營似乎都引起了騷動，火把如流星一般閃動，但凡火把密集處，必然都是各營主將的所在，城上，夜落紇和麾下一眾將領屏息等待著，又過了大約半個時辰，繁星滿天，大地寂寂，楊浩營中的火把漸漸穩定下來，停在原地不動了。

夜落紇正在納罕，一個目力出眾的士卒忽然指著遠處喊道：「大汗，他們逃走了。」

「啊？在哪裡？」夜落紇連忙按他所指的方向看去，可這麼遠的地方，根本什麼也看不見。那士卒激動地道：「大汗，在那裡，看，有一道道陰影，就像一條條長龍，正迅速向東而行，他們熄了火把，正趁夜潛逃。」

夜落紇還是看不見，但是聽他一說，隱約覺得看到那沙丘起伏的明暗之色間，確實似乎有大隊兵馬正悄然東行。

阿里王子陰陰笑道：「成了，夜間行軍，本為一忌；敵前撤軍，又是一忌；主將遇刺，群龍無首，更是大忌。夏州這十萬大軍，頃刻間已從猛虎，化成一群待宰的綿羊了。父汗，咱們可以出兵了！」

夜落紇精神一振，顫聲叫道：「吹起號角，追！給我追！」

阿里王子握緊了刀柄，大聲道：「父汗請緊守城池，等兒捷報，眾將士，隨我來！」

說罷舉步便向城下飛奔而去！

*　　*　　*

月黑殺人夜，風高放火聲。

甘州城門洞開，阿里王子親率鐵騎，像一群餓極了的野狼，向著楊浩的軍營撲去，不出所料，楊浩軍營已成一座空營，火把插在沙地上，以充疑兵之計。

夜落紇手中彎刀向前一指，意氣風發，大喝道：「追！」

說罷一馬當先，馬踏連營而去。

北斗七星高，哥舒夜帶刀。

唐焰焰一身火紅色的戰袍，英姿颯爽，駿馬高鞍，龍家八女也俱著半身甲，紅披風，隨侍在她左右，策馬輕馳，一路談笑。

此外還有一人，卻是甘州的阿古麗王妃，她被反剪雙手，騎在一匹馬上，裹挾在龍家八女之中，隨著唐焰焰的中軍一起東行。

「美人，妳說夜落紇大汗，會不會趁機追來？」

阿古麗王妃冷哼一聲沒有說話，唐焰焰用鞭梢輕輕佻起她白皙尖俏的下巴，笑道：「妳的大汗就要來送死了，妳不關心嗎？」

阿古麗淡淡地道：「自入妳營那一刻起，甘州回紇的阿古麗王妃已經死了，我能做的，已經做了，大汗之生死、甘州之未來，與我已經沒有一點關係。」

唐焰焰哈哈大笑，回首四顧道：「拿得起，放得下，合我的脾味，如果我是男人，一定娶了她。」

龍靈兒陪笑道：「夫人若是喜歡，就收了她，似我們姐妹們一般，侍候夫人左右便是了。」

「哦？」

唐焰焰扭頭又看向阿古麗，上下打量一番，說道：「阿古麗王妃就像一匹桀驁不馴的野馬，肯乖乖套上鞍轡，做我的使女嗎？」

阿古麗王妃眼眸一轉，忽然做出一副楚楚可憐的模樣，低聲道：「入營行刺，本就是注定了是有來無回，夜落紇捨得我一命讓我前來做刺客，我與他的夫妻之情便自那一刻起一筆勾銷了，在夫人帳中時，阿古麗雖未完成使命，但我已竭盡所能，問心無愧。如今我與甘州已再無干係，夜落紇也再無阿古麗這樣一位王妃。如果夫人願意收留，阿古麗願與八龍女一般，做夫人身前一名使女。」

唐焰焰沉吟了一下，問道：「妳當真願意？」

阿古麗王妃心中暗喜，連忙乖巧地答道：「心甘情願。」

唐焰焰拔劍出鞘，劍光一閃，便已刺向阿古麗王妃，阿古麗驚叫一聲，卻未躲閃，也未反抗，唐焰焰手橫秋水，微微一凝，劍光一繞，便削斷了縛在她身後的繩索，如今唐焰焰與狗兒、竹韻整日廝磨在一起，劍術突飛猛進，已非吳下阿蒙，一劍出手，再也不會鬧出當初替楊浩斬蛇時的失誤笑話來了。

阿古麗王妃活動了一下手腳，訝然看向唐焰焰。一旁龍清兒已急道：「夫人，總也該帶她回了夏州再說，怎好現在就放了她？」

唐焰焰笑道：「疑人不用，用人不疑。再說，她赤手空拳，哼哼，能在我大軍之中逃出去嗎？阿古麗，我現在解開妳的束縛，不要再生妄想，乖乖隨在我的身邊吧。」

阿古麗雙手得釋自由，雖然唐焰焰沒像其他侍女一般給她一把兵刃，仍是歡喜不勝，連忙答應一聲。

這時，後方廝殺聲起，唐焰焰勒馬駐足，向聲浪起處凝望片刻，轉首向阿古麗笑道：「身為王妃，妳真的不為夜落紇汗擔心嗎？」

阿古麗臉上全無表情，輕輕垂首道：「婢子現在是焰夫人身邊的侍女阿古麗・買買提，不是夜落紇的七王妃。」

唐焰焰看著她宛宛輕垂的螓首輕輕一笑，在中軍大帳時，她也是這般溫馴低頭，像一朵水蓮花，不勝涼風的嬌羞，可她亮出來的卻是見血封喉的毒簪，這一回，她是真心馴服了嗎？

唐焰焰眼中異彩一閃而沒，她忽然勒馬回身，沉聲大喝道：「伏兵盡出，全殲追敵！」

五百二一　以退為進

阿里王子率軍狂飆急馳，肆無忌憚，這倒不是因為他如何狂妄，而是當時那個年代，受限於兵員素質和指揮系統上傳下達的效率等客觀因素，任何人在這種情況下追擊敵軍都是穩操勝券。不管敵人是一敗塗地還是主動撤退，只要強敵仍有反撲之力，這種情況下令旗一展，全軍撤退，就是再出色的將領也無法完美地調動軍隊，讓他們在撤退中尚能保持旺盛的鬥志，有條不紊地進行反擊。

如果是夜間撤退，那麼需要考慮的因素就更多了，指揮系統幾乎會陷於癱瘓，如果部隊在撤退中被追及，這種情況下與強敵交鋒，便已注定了失敗，再加上主帥遇刺，群龍無首，那麼就算潰逃的一方有百萬大軍，在兵力相差懸殊的追兵面前也注定是一敗塗地。

所以阿里王子毫無顧忌，當他追上楊浩正趁夜疾退的大軍時，興奮得渾身發抖，他緊緊攥住手中彎刀，大喝道：「衝過去，殺光他們！」

正向東方急急趕路的夏州軍聽到他們的馬蹄聲時已匆匆停下腳步，以最快的速度布下了一個簡單的防禦陣勢，這時如龍的火把已出現在沙丘上，薄弱的防禦陣形顯然無法阻擋甘州大軍，他們匆忙間後陣變前陣布置而成的防線迅速被撕開一道口子，回紇兵悍然衝了進去，繼續擴大突破口，製造著更大的殺傷和混亂。

夏州軍士兵自然知道今晚這次突然撤軍的真正目的所在，所以軍心士氣全無影響，儘管如此，急行軍過程中突然停下來變化防禦陣形，各部無法協調作戰，默契配合，阿里王子的人馬成功地突進敵陣，像一柄尖刀般向前刺去。

這時兩側沙漠中突然出現了黑壓壓的一片兵馬，悄然向他們掩殺過來。兩側突兀出現的兵馬既不喊也不叫，更不高舉火把，他們的馬蹄聲也被現場的人喊馬嘶聲掩蓋住了，如果這時有人注意到兩側的情形，他們會發現，正有一張遮天蔽地的大地毯，悄然向這裡鋪來，一寸寸地將沙漠的顏色改變了。

終於有人發現了兩側突然殺出的兵馬，因為隨著那大軍而來的還有沖霄而起的沙塵，沙塵高高揚起，將天上明亮的星辰都遮蔽了，一時間就像是有一個沙漠魔怪突然把星光月色都吞噬了，幸好在雙方混戰的地方還有回紇追兵高舉的火把以及被追及的夏州兵匆匆燃起的火把。

於是，這火把就成了沙漠中唯一的光明，而雙方的士兵就像是撲火的飛蛾，前仆後繼，無窮無盡……

回紇兵萬萬沒有想到他們這些本來扮演獵手的人突然變成了被獵殺的對象，驚惶失措間慌忙應戰，卻已被兩側掩殺上來的人馬截成了數段。摸上來的夏州兵既無旗幟，也無號角，既不大聲喊殺，也不需要指揮調度，儘管奇襲在戰爭中常常發揮巨大的作用，但是短兵相接的那一刻，就是狹路相逢勇者勝了，你只需要速度和勇氣，只需要不斷地向前衝，只需要你比對方更能砍人。

從兩側撲上來的夏州兵拿的就是最適合用來砍人的刀，一柄柄鋼刀帶著呼嘯的風聲，在火光中映出一道道電弧，隨著一道道電光的乍現與消逝，便會響起「噗噗」入肉的沉悶響聲，鏗鏘交擊的兵刃相撞聲，嘶殺吶喊的慘叫聲，還有馬兒希聿聿的長嘶聲……

持刀者兇猛砍殺，擋者披靡！好一陣兇猛狠辣的血屠！好一場雷霆萬鈞的突襲！

正衝殺在前的阿里王子忽然發覺後陣的嘶殺聲甚囂塵上，竟比他這裡更加慘烈，阿里王子匆忙回頭一看，馬上便發現了問題所在：這是一個陷阱！

一俟弄清楚了這一點，阿里王子的心立刻沉到了谷底，他馬上就想到了突圍，可是……他衝得太深入夏軍陣中了，後面的人馬已被切斷，前面的敵軍正反撲回來，而左右兩翼，黑壓壓的一片，根本看不到有多少敵軍。

當敵軍洶湧而至，將他像一朵浪花般地湮沒在大海中時，阿里王子忽然想起了漢人的一句老話：

請君入甕！

＊　＊　＊

「我軍傷亡……」

「告訴我敵軍的傷亡數字！」

木魁匆匆趕到唐焰焰面前，剛剛開口說話，便被打斷。

木魁頓了一頓道：「詳細數字還在統計之中，根據現在的粗略估計，敵軍死九千餘人，傷俘一萬五千餘人。」死與俘的比例如此接近，可見這場伏擊戰打得如何慘烈。

唐焰焰皺了皺眉：「甘州城幾乎可以說是全民皆兵，騎射之人至少有七萬人，如果只是守城的話，能控弦足矣，這樣的話，兵力還要高於這個數字，也就是說，這場誘蛇出洞的伏擊戰，我們只消滅了三分之一的敵人？」

木魁道：「夫人，並非士卒們畏敵不前，一場夜戰，能殲滅三成敵軍，這戰績已是十分難得了。夜戰，儘管咱們占了先機，卻也易於敵軍四散脫逃，所以擊潰他們容易，想要全殲，卻大不容易。」

唐焰焰嘆了口氣，擔心地說道：「木將軍，我不是責怪將士不肯用命，只是……這樣的戰果並不理想啊，如果我們馬上回師，再困甘州城，憑著城中現存的兵力，還是一樣不能盡快把它打下來，可時間不等人吶。」

木魁道：「不能一戰功成，那也是沒有辦法，昔日李光睿數度擁兵西進，戰果還不及咱們一半顯赫呢，這一仗打下來，已足以威懾西域諸部了，咱們不能再等下去了，太尉命令回師的軍令已經下達，咱們得盡快回師涼州才是。」

一直靜悄悄地站在角落裡的阿古麗王妃因為這一場大戰，幾乎被所有人遺忘了，這時聽到木魁的這句話，她的嬌軀不由一震：「太尉下令盡快回師涼州？他們的糧草果然不濟了啊！我沒有猜錯，如果再捱下去，他們一定先行撤軍，我們根本不必四散突圍，根本不必主動出擊啊！」

阿古麗在心裡面吶喊著，恨不得馬上衝到夜落紇面前，教他睜大他的狗眼看清楚，到底是他的寶貝兒子英明，還是她阿古麗聰慧。

唐焰焰嘆了口氣，憂心忡忡地道：「是啊，甘州城守軍已被消滅三分之一，只要再給咱們點時間，困上它一段時間，甘州必然到手。可惜！朝廷為了吞併我們，居然勾結赤忠反了府州，又嫁禍給我們，使得我們百口莫辯，如今朝廷大軍已兵臨城下，而太尉卻正從瓜州撤軍，也不知幾時才能趕到，我們只好先行回援了。如果回去遲了，根基有失，後果實是不堪設想。」

「什麼？宋國對麟府二州下手了，而且嫁禍楊浩，進逼夏州？」

阿古麗的芳心頓時怦怦地跳了起來，只聽唐焰焰斷然道：「不能再等了，咱們馬上趕去涼州，稍作休整，立即馳援夏州。不過……甘州回紇會不會繼續追來？」

木魁道：「夫人放心，若咱們此前撤退，他便敢出城追擊，如今他們中了埋伏，此刻甘州城勢必四城緊閉，枕戈待旦，生怕咱們再打回去，哪裡還敢出兵？我們現在立刻行軍，等到天亮時，和他們距離已經拉開，夜落紇絕不敢精銳盡出，以虛甘州的。太尉那邊隨時可能回師，他若敢遠出甘州，不怕被太尉抄了老巢嗎？」

唐焰焰讚道：「木將軍所言大有道理，好，馬上整肅軍隊，半個時辰之後，急馳涼州。」

「遵命！」

這時龍靈兒提著劍跑來，急急說道：「夫人，有一個回紇人先是混在死屍堆裡，後又趁人不備奪馬而去，有回紇俘兵辨認，那人是回紇大王子阿里。」

唐焰焰聳然動容：「當真？可已使人去追？」

「已經派人去追了，不過大戰剛剛結束，到處都在收集屍體，救治傷兵，拘押俘虜，黑夜之中，誰也沒有料到策馬之馳的人竟是回紇餘孽，這時還不知追不追得上。」

唐焰焰道：「原來領兵追擊的竟是回紇王子，可恨，追！一定要捉到他！」

木魁提醒道：「夫人，救兵如救火，我們不能在此久待！」

唐焰焰咬了咬牙道：「大軍多等半個時辰，若無結果再行上路。」說著急急向前走去，邊走邊道：「俘虜全部帶走，說不定其中還有甘州回紇的什麼重要人物。」

站在一邊的阿古麗機警地四下瞅瞅，慢悠悠地踱了開去，一隊押著俘虜的士卒匆匆從身邊走過，阿古麗向外讓了讓，這隊士兵阻斷了別人視線的片刻工夫，阿古麗從地上急忙撿起一件棄甲和頭盔穿戴起來，急行幾步，已然沒入影影幢幢、陣形散亂的兵馬之中。

唐焰焰和龍靈兒在一處沙丘上站住了，龍鳴兒自後面匆匆趕過來，抱拳道：「夫人，她果然逃了。」

唐焰焰點點頭，回首對龍靈兒道：「怎麼沒按咱們約好的言詞說話引我離開，以便給她製造機會？虧得我反應快，要不然還真信了妳。」

龍靈兒苦笑道：「夫人，靈兒沒有說謊，真的有人冒充死屍，奪馬而去，經俘虜辨認，說那人就是阿里王子。」

唐焰焰一怔，失聲道：「竟然是真的？果真派人去追了？」

「是。」

唐焰焰遠近看看，到處一片散亂，都是走來走去打掃戰場的兵丁，火把如瀚空星海，這種情形下突然有一人策騎急走，身邊的人怕是問也不會問一聲，想要把他抓回來，談何容易？

唐焰焰搖了搖頭，喃喃地道：「想抓他回來，很難，可惜了……」

龍靈兒安慰道：「如果抓不回來，那便算他命大，反正無礙於大局，夫人何必放在心上？」

唐焰焰瞟了她一眼，微笑讚道：「妳的計策很好，如果真能奏效，太尉面前，妳便立下了一樁大大的功勞。」

原來，甘州存糧殆盡之後，夜落紇幾次三番嘗試突圍，有那落在唐焰焰手中的回紇兵受刑不過，招出了夜落紇意欲突圍的打算，唐焰焰聽了非常擔心，如果夜落紇真的逃了，茫茫大漠、漫漫草原，那時再想殲滅他可就難了。

打蛇不死反被咬，放虎歸山害自家，到那時甘州回紇百姓不但不會臣服於楊浩麾下，夜落紇更有可能勾結隴右吐蕃，隨時捲土重來。

有鑑於此，楊浩得到唐焰焰傳報的消息後，回覆說要她不惜一切羈絆住夜落紇候他回師，否則夜落紇一旦突圍逃脫，得了這座空城並沒有多大用處，真正重要的是人，是三十萬甘州回紇，如果不能收降他們，河西走廊就會陡增三十萬陰魂不散的游擊隊，那時楊浩真要深陷河西走廊的戰爭泥沼了。

然而以唐焰焰手中的兵力，分兵圍困偌大的一座城池，還要阻攔夜落紇棄城而逃，著實不易，唐焰焰幾度召集將領們議事，都沒有想出一個確保夜落紇不會逃脫的辦法，與此同時，夜落紇進行試探性突圍作戰的頻率越來越高，形勢十分急迫。

這時被楊浩「發配」到甘州營中的龍靈兒為唐焰焰獻了一計，她分析說：如果逼急了夜落紇，真的促使他不計犧牲棄城而逃，以目前部署在甘州外圍的兵力是困不住他的，而夜落紇如今已經急了，太尉又不知何時才能解決瓜沙二州，這樣的話，不如主動放棄甘州，撤回涼州，對甘州的回紇人放出朝廷攻擊麟府兩州的消息，做出被迫回援的假象，反正這消息再過幾天一定會傳入他們的耳中，正可加以利用。

外敵一退，就算甘州寸米皆無，夜落紇也不至於棄城逃荒了，他只會盡量從在外游牧的部落中徵調糧米肉食以解決甘州糧荒。而唐焰焰退兵涼州之後，可以暫且在那裡休整，做出準備馳援麟府的姿態，但是並不真的上路，等楊浩解決了瓜沙二州，勝利回師的時候，再通知焰焰，南北兩軍以迅雷不及掩耳之勢再度兵困甘州。如此圍而不攻，主動撤兵，再度圍困，就算他夜落紇的神經是鋼絲做的，這樣大起大落、大喜大悲之下也得崩潰掉。

唐焰焰把龍靈兒如此設計的理由詳詳細細地記述下來呈報楊浩，楊浩會集諸將，尤其注意聽取了新降不久，熟悉甘州情形的將領們的意見，便同意了這一計畫。

唐焰焰與木魁等人正在商議如何主動退兵，並且技巧地把退兵的理由傳到夜落紇耳中，夜落紇便施出了獻美乞降之計，唐焰焰初還半信半疑，等到阿古麗王妃動手行刺，明白了夜落紇的圖謀，唐焰焰便知道行刺失敗的消息一傳回去，夜落紇必然馬上大舉突圍。

於是她將計就計，來了個引蛇出洞，如果能一舉消滅夜落紇主力，也就不必大軍往返了。不過戰鬥結果並不十分理想，仍得按原定計畫撤回涼州，這時如何把假撤軍後「真」撤軍的原由透露給夜落紇，且不讓他生起疑心，卻成了一個難題，這樣重大的消息，總不能隨便逃回一個士卒都恰巧能夠聽到吧？

龍家是在大軍壓境的情況下被迫投降的，龍靈兒經歷過這樣的心境變化，所以對同樣「被迫投降」的阿古麗王妃是真心投降還是虛與委蛇，遠比旁人看得清楚，她根本不相信這匹桀驁不馴的牝馬會這樣痛快地投降，便又獻計：大家一起在阿古麗王妃面前演一齣戲，給她製造機會逃脫，回紇王妃親自送回去的情報，必能安撫夜落紇，讓他踏踏實實地守在甘州城裡。

龍靈兒謙遜地道：「肅州與甘州最近，身畔有此強敵，怎麼不加小心？所以我龍家每天都在研究甘州，都在琢磨夜落紇這個人，能想出這樣的法子，是因為靈兒了解甘州，了解夜落紇的性情脾氣，卻也算不得什麼的，倒是夫人您，能隨機應變，順水推舟地利用了行刺之計，讓夜落紇吃了這麼大的一個虧，靈兒真是由衷地欽佩。」

唐焰焰嘻嘻笑道：「好甜的一張嘴，你們龍家連一個女子都智計百出，也算得上人才濟濟了。」

龍靈兒更加謙卑：「有人才，也要有實力，才有壯志得酬的機會，龍家已誠心歸順，今後還請夫人多多扶持。」

唐焰焰微笑道：「這話嘛，妳何不等到慶功的時候親自對太尉說呢？經此一事，太尉一定會對妳刮目相看的。」

龍靈兒泫然道：「夫人，若不是情非得已，誰家的女兒願意被當成禮物般送來送去呢？都是家父一時糊塗，才想出這樣拙劣的法子貽笑方家，其實楊太尉英明神武，胸懷大志，以女色討好，反會被太尉看輕了，龍家循規蹈矩、認真做事，總會得到太尉青睞的。」

唐焰焰妙目流盼，嫣然道：「那麼……如果我家官人真的是一個好色之徒呢？」

龍靈兒心中一跳，略一猶豫，決定在她面前還是老老實實回答為妙，便道：「那樣的話，靈兒與眾姐妹，為了龍家滿門，便服侍於太尉和夫人身前，也是心甘情願的。」

唐焰焰故作驚訝道：「那樣一個人，妳願意委身於他？」

龍靈兒扮出一副可憐模樣，幽幽地道：「靈兒是降臣之女，哪有資格說一聲願意或是不願意？不過是為了父兄前程，一門安危，主上好色，獻之以色；主上重才，示之以才罷了。」

唐焰焰含笑道：「這麼說，妳是投其所好了？」

龍靈兒道：「是，世上有幾人不喜別人投其所好呢？龍家的興亡，都在太尉一念之間，自然要看太尉臉色行事。其實方以類聚，物以群分，一方霸主是個什麼樣的人，喜歡做些什麼樣的事，會聚到他身邊的就會是些什麼人，這些人就會喜歡做些同樣的事，這本就取捨於主上的喜好。靈兒看太尉身邊，文官清廉能幹，武將勇猛善戰，焰夫人又是這般文武雙全的賢內助，就知道家父用錯了法子，看低太尉了。」

唐焰焰笑道：「好一個可人兒，允文允武，生得俊俏，又這般能言會道，我若是個男子，都要對妳心生憐愛了。嘿嘿……妳這番立了大功，確也顯出了妳的才能，等太尉回來後，我舉薦妳去銀州做個長史兼參議如何，掌理銀州的是李一德和柯鎮惡，正缺一個賢才輔佐。」

龍靈兒期期艾艾地道：「我……我一個女孩子家，也能……做官嗎？」

唐焰焰道：「怎麼不能？楊太尉治下，並不禁止女兒家拋頭露面做事情的，也不禁止女子科舉、入仕，現在節帥治下就有些女官的，只不過做到長史參議這麼高級別的，以前還不曾有過。」

龍靈兒讚佩地道：「太尉行事，當真是不同常人，女子……竟也可以在官衙做事。」

唐焰焰笑道：「那是自然，我們楊家的女人，如今也在節帥府裡擔著幾個要職呢，不過太尉說他的女眷在官府任職弊病太多，正打算一統河西之後，就取消我們在軍政兩界所擔任的職位，不過其他人任職卻沒關係，太尉只看才學，不分男女的。」

「喔……啊！多謝夫人賞識。」

唐焰焰嘿嘿一笑道：「這麼說，妳是答應了？好，等麟府危機解決，我便為妳舉薦。」說罷，唐焰焰便轉身離去。

龍鳴兒馬上跑到龍靈兒身邊，興奮地道：「姐姐，夫人要讓妳做長史參議？哇！姐姐一個女兒家，居然可以做官，還能做這麼大的官，看來夫人真是很賞識妳呢。」

龍鳴兒就是那個身材最為嬌小玲瓏的龍家女孩，年紀也是最小。龍靈兒瞄著唐焰焰的背影，臉上卻是一副似笑非笑的表情：「夫人未必是賞識我啊，傻妹妹，我看她是怕太尉賞識我才對。」

龍鳴兒眨眨眼，訝然道：「這話怎麼說？」

龍靈兒嘆道：「虧得太尉的地盤只有這麼大，要是南詔國也是太尉的天下，妳的靈兒姐姐就要被發配到南詔去，讓妳一輩子也看不到嘍。」

「啊？」

龍鳴兒看著龍靈兒姍姍離去的背影，一頭霧水……

五百二二　底定沙州

沙州城外，已先行抵達的艾義海列陣於道路兩側，沙州城門前高搭綵棚，沙州的文武官吏、仕紳名流、各大家族的當家人物，俱都衣著鮮明，翹首而立。

「楊太尉來了！」

消息傳開，沙州城前一陣騷動，眾人紛紛閃目望去，卻見前方遠遠行來一支人馬，既不見那十六匹馬拉著的八角氈帳，也不見狼頭大纛，前方先是步卒，然後是騎卒，俱著甲盾為前導，再後面是旗牌官、押衙官，後面旗旛招展，「肅靜」、「迴避」的牌子，接著是金吾衛士、直場排軍、青衣緝捕，接著是一頂八抬八簇肩輿明轎，轎上一人頭戴尺半長翅的烏紗，身穿猩紅斗牛的絨袍，腰橫荊山玉，懸掛太尉牙牌、黃金魚鑰，威風顯赫，貴氣逼人。

在他後面，才是頂盔掛甲十餘員武將，寶鞍駿馬，威風凜凜，帶著穿戰襖、戴皮笠兒的無數士卒，遠遠望去，笠頂紅纓如同一簇簇火苗，耀人二目。

沙州官吏、仕紳，似乎這時才意識到，楊浩不僅僅是手握十萬大軍的一位征服者，身兼橫山節度、定難節度、安西節護的一員武將，而且他還是開封儀同三司的大宋使相，具有開衙設府、任免官吏的大權。

楊浩深知水滿必溢，月滿必缺，行事本來一向低調，但是現在趙光義悍然動手，兵鋒直指府州，他已經不能韜光隱晦。

西域漢人散落各處，有數百萬之眾，而且他們自大唐安史之亂後，就與中原斷絕了聯繫，兩百多年下來，他們雖思念故土，嚮往中原，思念與傾慕的卻只是打著他們家鄉烙印的人和物，而不會無緣無故就把歷五代之亂後，建立僅僅十年，剛剛一統中原的宋王朝當成他們應該服從的正統。

也就是說，西域漢人是最好歸心的，今日在他們心中打下深深的烙印，恩威並用，教他們曉得自己這自東方而來的征服者就是統御此地文武的最高統治者，那麼他們就會成為自己的子民，就像幼獸睜開眼，會把它第一眼看到的生物當成自己的父母，所以以什麼樣的姿態出現在他們面前，楊浩也是煞費苦心，此刻果然先聲奪人。

八抬八簇肩輿明轎一到城前，沙州眾文武仕紳立即上前迎見，楊浩滿面春風，下轎還禮。

艾義海一旁引見，待聽說那站在最前面的皓首老人就是張承先，楊浩連忙搶上一步：「楊浩久仰張翁尊名，今日方得一見，真是三生有幸啊。來來來，請張翁與楊某同登肩輿，一同入城。」

張承先一驚，連忙擺手道：「使不得使不得，老朽哪能與太尉共乘？沙州百姓渴慕太尉尊顏久矣，還請太尉快快上轎，我等自有乘駕，當隨於太尉之後，共入沙州。」

楊浩笑吟吟地道：「嗳，老先生太過客氣了，諸位，且請各自登車上轎，咱們進了城再好生親熱親熱，張翁，莫要推辭，請請請，請上轎。」

楊浩不由分說，攙著張承先便往轎中走，張承先再三推辭不過，這才謝了罪，側身貼著坐榻坐了半個屁股上去。

儀仗一入沙州城，就見歸義大街上人頭攢動，對這個一朝風雲雷動，踏平河西走廊，其戰績媲美沙州人心目中永遠的英雄張義潮的楊浩，沙州百姓心中充滿了敬畏和好奇，當他們親眼看到與張家老族長張承先共乘八抬八簇的明轎入城的，竟是一個英武年少的青年時，更不免嘖嘖讚嘆。

楊浩出師前通告西北的那番擲地有聲的話，已在沙州的大街小巷中傳播，人人耳熟能詳。

楊浩那番話，喚起了他們心中壓抑已久的豪邁之氣和對故鄉的嚮往。他們就像與家鄉久已失去聯繫的遊子，本已茫然淡忘了故鄉的一切，曾經讓他們引以自豪的、曾經是他們堅強的後盾與支柱的故國家園，已經成了一代代沙州人口口相傳的遙遠傳說。

即便是張義潮，他也是沙州本地人，他的歸義軍是從沙州起兵，從西往東打，大唐無法援以一兵一卒。儘管張義潮在短短兩年間，從一無所有到一統瓜沙十一州，成為事實上的西域之王，但是他的勢力也至此而止了，當時西域與中原之間仍是險惡重重，強敵遍布。張義潮一統瓜沙十一州後，派遣使者到中原晉見大唐皇帝，居然走了將近兩年的時間，普通的西域漢人想要見一個故國人物，其艱難可想而知。

而楊浩卻是自中原而來，他帶來的是真正的鄉音鄉貌！

他的衛隊是清一色的中原軍隊打扮，皂綢衫、絹夾褲、外罩戰袍、頸束紅巾、頭戴皮笠子，帽上紅纓火苗一般迎風飄拂……

這支軍隊，是真正從中原開拔過來的隊伍。

道路上的百姓越來越多，前驅的儀仗已經不得不用盾牌抵擋著不斷擠向中央的人群，才能為楊浩的儀仗開闢出一條道路來。見此情形，楊浩忽然探身對策馬馳於身畔的木恩吩咐了一聲，車仗停止了前進，楊浩自明轎上緩緩站起，正興奮地向前擁擠著，爭先恐後一睹楊浩尊容的沙州百姓頓時一靜。

旁邊張承先見狀，忙也站了起來，楊浩忙扶住張承先，目光自道路兩側無數百姓臉上一一掃過，忽然向大家一抱拳，朗聲說道：「諸位鄉親父老！」

大街上雖是人滿為患，因這一聲卻立即變得鴉雀無聲，懷裡抱著不懂事的孩子的婦人忙也掩住了嬰兒的嘴巴，恐他啼哭起來，聽不清楊浩的聲音。

楊浩提足了丹田氣，清聲入宇，朗朗發言：「大唐開成年間，一百多年前，大唐使者出使西域，中途經過已淪陷多年的涼、甘、肅、瓜、沙諸州，我漢人百姓驚見故國旌節，夾道歡迎，悲喜交加，你們的祖先，曾經流著淚，向來自中原的使者大聲發問：『皇帝還記得身陷吐蕃的漢人嗎？』」

說到這裡，楊浩頓了一頓，忽然提高了嗓音，擲地有聲地道：「今天，我楊浩，可以在這裡告訴你們，大唐的皇帝已經不在了，但是和你們流著同一血脈的中原漢人，從來沒有忘記你們，我們記得你們，所以……今天，我們來了！」

大街上靜寂寂的，彷彿一根針落到地上都能聽得清清楚楚，過了許久，彷彿一陣嗚咽的風輕輕吹過，低泣聲在歸義大街上漸漸響起，許多人，尤其是白髮蒼蒼的年邁老人，都淚眼模糊，泣不成聲。

楊浩的雙眼也溼潤了，他長長地吸了口氣，朗聲又道：「今日，本帥擁兵入沙州，與歸義軍合為一體，將秉持張義潮將軍之遺志，濟民撫遠，確保河西走廊暢通無阻，保護西域百姓安居樂業；立屯田於膏腴之野，列郵置於要害之路。馳命走驛，不絕於時月；胡商漢客，日款於塞下，重現古道興旺繁庶！」

「萬歲、萬歲、萬歲！」

一個激動得渾身發抖的老漢忽然匍匐在地，行五體投地大禮，振聲高呼起來。一人動，眾人從，周圍的人很快受其感染，隨之跪倒在地，向楊浩頂禮膜拜：「萬歲！萬歲……」

就像平靜的湖水中投進一枚石子，漣漪蕩漾開來，以他們為中心，黑壓壓一望無邊的百姓們紛紛響應，隨之下跪高呼。

百姓們的感情是最樸素的，也是最容易感動的，而沙州的官吏仕紳們歷經多多，卻不會因為幾句貼心的話就感激涕零地掏心掏肺，他們已從中聽到了一些不同尋常的意味：大唐皇帝不在了，但是現在中原還有一個大宋的皇帝，而楊太尉卻只說中原的漢人沒有忘記被拋棄在西域的漢人，並不提宋國皇帝，這就耐人尋味了。

還有此刻，百姓們高呼萬歲，而太尉他……

楊浩下意識地回首，看向東方。

曾經，他也經歷過這樣一幕，那時，他惶恐不安，誠心誠意地下馬，面向東方而跪，引領眾人高呼萬歲，把百姓們的謝意和敬愛，轉達給東方那位皇帝陛下，而現在，他還會再次下轎，率領眾人面東而跪嗎？

「萬歲」聲中，楊浩緩緩落座，輕輕向前一揮手，儀仗再度前行了，百姓們都自覺地閃向兩邊，誠惶誠恐地目送著楊浩的儀仗前去。

後面，是浩浩蕩蕩的大軍，他們忽然不約而同，高聲唱起了〈大陣樂〉。

「大陣樂」，是大唐的戰歌。中原已沒有幾個人會唱這首戰歌了，可是在被割裂於西域的漢人們心中，祖宗傳下來的任何一點東西，都是彌足珍貴的，正是這些東西，使他們保持著對故土的思念和聯繫，這〈大陣樂〉的曲子他們自然是耳熟能詳的。

不同的是，曲子還是那個曲子，楊浩部下齊唱的歌詞卻已去掉了許多不合時代的東西，加以改變了。

戰鼓隆隆，伴隨著士兵們氣壯山河的歌聲：「四海皇風被，千年德水清；戎衣更不著，今日告功成……回看秦塞低如馬，漸見黃河直北流。天威直捲玉門塞，萬里胡人盡漢歌……」

當年，吐谷渾進犯沙州，張義潮大敗敵軍，追出一千多里地，活捉吐谷渾宰相，將其與來犯之俘一起斬首示眾，揚眉吐氣，傲視天下，凱旋之時，全軍高唱的就是〈大陣樂〉，這樣的威風多久不曾有過了？

不知何時，沙州百姓異口同聲隨之唱了起來：「四海皇風被，千年德水清；戎衣更不著，今日告功成。主聖開昌曆，臣忠奉大猷；君看偃革後，便是太平秋……」

他們唱的詞與楊浩所部的歌詞不盡相同，但是兩股聲音卻完美地融合在了一起，在沙州城頭、在大漠黃沙之上迴盪……

後面一輛車中，竹韻微微側著身子，聽著那雄壯豪邁的〈大陣樂〉，凝視著前方端坐在肩輿明轎之上的楊浩背影，眼波幽若兩罈老酒，未飲便已醉了。

許久許久，她才清醒過來，驀然回眸，卻發現坐在她身邊的狗兒也在痴痴凝視著前方，臉上有種以前從未見過的恬靜安詳，那雙眸子，矇矇矓矓的，好像霧中的星辰，竹韻的芳心不禁攸地一跳：「難道這及笄之年的小丫頭……竟也動了春心？」

「我……我為什麼要說也？」竹韻的臉蛋突然豔若石榴。

「咦！竹韻姐姐，妳怎麼了？」

狗兒似乎察覺到了她的注視，回首一瞧，訝然問道。

竹韻不動聲色地自袖中摸出一方手帕，輕輕搧了搧，泰然自若地道：「陽光太晒了，咱把簾子放下來吧……」

＊　＊　＊

穿過長街，一行人趕到敦煌王府。

楊浩被延請入廳，沙州的軍政要員、各大家族的當家人，紛紛上前再度行禮。

楊浩昨日還是他們的敵人，今日卻已搖身一變，成為他們將要效忠的首領，這番晉見便有點降臣認主的意思，所以楊浩也就不再推辭，坦然就坐，受了他們的大禮。

「諸位都請坐吧。」

待沙州官吏、仕紳名流亂哄哄地見禮已畢，楊浩笑容可掬地道：「各位深明大義，避免了沙州一場刀兵，本官在此，代我十萬遠征的官兵、伐沙州這些將士與百姓，謝過諸位啦。」

「哪裡哪裡，太尉客氣了，曹家不明大義，不識大體，我等豈能與之為伍？張翁一番慷慨陳詞振聾發聵，不但使我等幡然醒悟，也喚起了歸義軍的將士，我等方不致錯隨曹氏逆天而行，與太尉為敵，將我沙州八百年古城毀於一旦……」

楊浩呵呵笑道：「張翁乃金吾衛大將軍義潮公之後，當然是深明大義的，可是諸位於沙州，那也是功不可沒呀。這次諸位同心協力，在張老先生號召之下，群起響應，使得沙州古城免於戰火，挽救了沙州城內外無數性命。這麼多年來，沙州屹立於虎狼之地，始終傳承我中國衣缽，各位瓜沙的文武官吏、地方名流，同樣是居功甚偉呀。本太尉早聽說敦煌古城人才濟濟，各大世家藏龍臥虎，本官今後欲治理瓜沙，少不得還要依賴各位歸心輸誠，共謀大業！」

聽到這句話，許多人忐忑不安的心便稍稍安定下來。

楊浩又道：「自古以來，欲治一地，不外乎駐軍鎮戍、屯田墾荒、設官分職、郵驛通達、編戶齊民、納糧完賦、課稅工商、兵役派征、官設學校、國家科舉、通貨可兌等等。諸位瓜沙官吏，本太尉會盡量起用原職，然本官治府，政令法紀，與曹氏亦有不同之處，這樣的話，有些官署職位會重新進行調整，有些空出來的職位也要重新進行委派，希望涉及調整的官員能夠理解本太尉的一番苦心，欲要重用的才智之士也莫要推辭。」

楊浩為了盡快穩定人心，對原有的官員和瓜沙的世家大族自然要盡量予以接納，但是要說一點也不觸動，那是不可能的。

張、索、曹、陰、李、汜、閻、安、令狐九大家族，其中索氏雖然也參與了推翻曹家勢力的政變，但索家是因為家主受制，不得不從，主動與被動不同，所得的回報自然也不同，他們原本是沙州第二大世家，且與曹氏走得最近，占據了瓜沙許多重要職位，這時說不得就要推位讓賢了，這賢當然是沙州政變出力最大的張家。

再者，占據了瓜沙軍政兩界最多重要職位的曹家已經倒了，這些職位必然需要有人去填補，楊浩有可能會從勢力比較弱的汜、閻、安、令狐等家族中大力提拔新人，加強各大家族間的制衡，也有可能任命一些他的親信官員，加強對瓜沙的直接控制力，總之……必然是要動上一動了。

然而楊浩大軍在握，如果他橫下心來，完全可以用兩三年的動盪和蕭條為代價，剷除瓜沙二州原有的整個統治階層，從無到有重新建立，而各大世家不管你在瓜沙如何源遠流長，如何開枝散葉，有多麼深厚的群眾基礎，有多大的威望影響，卻不具備與楊浩進行軍事抗衡的條件，那麼在這種利益分配面前便只能表示贊同，何況他們本也沒有奢望楊浩能把曹家垮臺、索家失勢空出來的權位全給了他們。

只不過誰要上誰要下，現在都還是未知之數，大家也不好表態應和，張承先見狀，忙起身笑道：「我沙州仕紳為迎接太尉，特意準備了豐盛的酒宴，大家還是先赴宴吧，太尉入主敦煌，瓜沙中興有望，大家今日不醉無歸，呵呵，老朽雖然年邁，這樣大喜的日子，也是要喝上幾杯的，太尉，請，諸位，請……」

* * *

初次會見沙州官吏仕紳，其實這些安排都不必馬上提起的，大家盡可擺開盛筵，杯籌交錯，盡歡而散，然後按照楊浩一慣穩妥的做法，先分別談話，統一思想，再公開商議，正式宣布。

可是楊浩現在真的急呀，沒有打下瓜沙二州之前，他日夜盼著踏進瓜沙二州，如今終於打下了瓜沙二州，他又盼著馬上離開了，在他屁股後面還有個釘子戶等著他去拔呢，而麟府兩州的烽煙也等著他去救火，他焉能不救？所以他只能盡量加快自己在沙州的操作步伐，馬上著手進行權力分配。

當然，今天剛到，無論如何不必立即進行各種委任和調撤，這不過是給各大世家以及沙州官吏們先吹個風，點到為止，儘管這樣，瓜沙二州的官紳世族們還是充分體會到了楊太尉的雷厲風行。

飲宴散了，楊浩就下楊王府了。

一回到自己的住處，狗兒就飄然出現在他的面前，手裡捧著厚厚的一疊東西，說道：「大叔，曹家涉罪人員已全部拘押，等候遷置。這裡是屬於曹家的田莊地產、商鋪牧場、金銀財帛等物的帳冊，如何處置，還要大叔示下才是。」

「我就不看了，具體的處置，妳去做就好。我的意見是：凡屬曹家所有的財產，一概充公，我要在瓜沙兩州分設刺史，開衙建府，不但要用人，也是用錢的時候，曹家百年積蓄，正好為我所有。能直接用上的財物先封存起來，田產莊院、牧場商鋪一類的，看看瓜沙各大世家誰願買下，就作價變賣了吧。」

「是。」

狗兒閃身欲走，楊浩忽又喚住了她：「對了，妳竹韻姐姐……」

「嗯？」

「竹韻自隴右歸來時接連受創，傷勢甚重，如今雖然見好，可是還要小心照料才行，她那裡……」

狗兒恍然道：「大叔放心吧，竹韻姐姐現在就和小燚住在一起呢。其實竹韻姐姐已好得差不多了，好多天不洗澡，她一見了浴桶，就兩眼放光，嗖地一下就撲進去了，動作俐落的呢。」

楊浩哈哈一笑，說道：「那就好，大叔與沙州仕紳們多喝了幾杯，現在有點頭昏眼花，我先歇歇。」

「喔！」狗兒答應一聲，卻未立即離去，眼見楊浩和衣臥於榻上，忽然撂下那疊帳冊，躡手躡腳地走了過去。

楊浩正覺頭重腳輕，一雙柔軟的小手忽然輕輕地搭上了他的額頭，按摩的力道不輕不重，手法輕而不浮，重而不滯；柔中帶剛，剛中有柔，令人飄飄欲仙。楊浩沒有睜開眼睛，他只是長長地舒了口氣，擺了更舒服的姿勢，完全放鬆了身體……

沙州的政權重立的確非常複雜，光是人事安排方面就費盡了腦筋，既要重用張家，讓張家後人發揮餘熱，利用張義潮的威名抵消曹家幾十年來統治歸義軍的影響，確保歸義軍的穩定，又得權衡利弊，妥善安排各大家族在新政府中的位置，使他們既能通力合作，又能相互制衡，同時還得安插夏州官吏，加強對瓜沙二州的直接控制。

錢糧稅賦方面的制定也得十分謹慎，既要讓瓜沙百姓感受到楊氏優於曹氏的地方，又不能無限制地優容，讓瓜沙百姓把低稅低賦當作理所當然，養兵作戰、官府統治，所需所費，可都是要透過錢糧賦稅來徵收的。

不過這方面倒也不必過於擔心，河西走廊一統之後，久已荒廢的通商古道就能重新煥發青春，釐卡抽稅的收入，足以抵消農牧稅的損失，而且還大有富裕。

同時，楊浩以瓜沙二州為中心，加強了對周邊地區的宣傳，河西各州諸族雜居，甘州是回紇人的地盤，涼州是吐蕃人的地盤，但是其領地內也有大量的漢人，而瓜沙地區是漢人的政權，其轄內也有大量的吐蕃人、回紇人，對這些人當然也要納入統治，再時利用占領瓜沙之後的莫大聲望，還要盡量招納星羅棋布於沙漠綠洲上的大小村鎮的百姓。

河西走廊自然環境艱苦，有人聚居的地方都在星羅棋布的一個個小綠洲上，附近石板墩、瑣陽城、榆林窟、石包窟、紅柳峽等城阜雖在瓜沙治下，可是路途極為遙遠，若放在中原，等於跨越了幾個縣的距離，才能看到人煙。

對這些地方，要想迅速收降，納入統治，就要大力依賴於瓜沙各大家族的力量了，他們去了見到當地牧守官員招呼一聲，說明瓜沙如今的情形，便能很順利把這個地方納入版圖。

如果靠兵去打，就算這些地方全無對抗之力，往來奔波，各處調兵，沒有一年半載也不可能拿下來，還得大量駐兵才能鎮壓，這時就顯出當地大家族的作用來了。

軍隊方面的改制幅度是最大的，歸義軍已進行了完全的整編，精壯者編入了艾義海的飛豹軍，離開沙州戍守玉門關，這樣一來瓜沙二州就成了內線城池，歸義軍餘下的老弱就編入城防部隊，做為當地的守備已綽綽有餘。

除此之外，楊浩還令人四處張貼告示，大舉招納各族勇士踴躍參軍。歸義軍養不起那麼多軍隊，可楊浩正是大肆擴張期間，以戰養戰的所得，再加上他大力發展工商與農耕，以靈州為中心，依托賀蘭山，借助黃河水，發展了大片的糧米基地，卻是支撐得起擴招軍隊的消耗的。

至於修整拓寬原有驛道，開拓建設新的驛道，以便人馬往來，並建立驛寄郵傳、烽火傳報，確保軍情傳遞、商業運輸的需要。暫時是不能著手的，因為在來路上還梗著一個甘州，得回頭拔掉這顆釘子，才算是真正暢通了河西走廊。

在此期間，楊浩與夏州的訊息往來也是接連不斷，种放與楊繼業聯名上報的主動撤防，以橫山建立第二防線，禦宋軍於橫山以東的計畫，正與楊浩所思不謀而合，楊浩見信心中大定，不但未予治罪，而且通令嘉獎。

宋軍原有的戰略部署、軍事安排、後勤輜重的供給，都是按照占領府州，牽制麟州，逐一消滅來援之敵設計的，東線部隊甩開已糜爛不堪的府州和已成為包袱的麟州，主動撤防橫山，進行了一次戰略大轉移。主動放棄麟府戰場，開闢了以橫山軸、蘆銀兩州為點的第二防線，這就澈底打亂了宋軍的安排，雖然是撤退，卻是化被動為主動，扭轉劣勢的開始。

這樣一來，東線就算不勝，至少也能暫時維持對峙，為楊浩在西域的軍事行動爭取了寶貴時間。

在完成這些部署，澈底控制瓜沙二州之前，楊浩不想把宋國出兵麟府，討伐於他的消息公開。

然而這麼多的安排，林林總總，方方面面，就算他再如何日以繼夜，也不可能一蹴而就，這些天可真是累壞他了。

* * *

這一天，楊浩到陽關巡察駐兵防務，敦煌西北是玉門關，西南是陽關，這兩座雄關在握，就能確保敦煌不會受到來自西北回紇和瓜沙以南回紇人的侵擾。

瓜沙二州各個方面的部署已基本完成，楊浩已有把握在他離開之後，仍能把這裡牢牢控制在手中，只要他回師之後沒有遭受大的失敗以致勢力大損，就能始終保持對這裡的控制。

站在古長城的烽燧上，眺望著一望無垠的大漠黃沙，楊浩正思索著回返夏州，並順路拔掉甘州回紇的事情，木恩忽然腳步匆匆地走到他身邊，對他耳語幾句，楊浩順著他的手勢回首東望，只覺陽光刺眼。

楊浩手搭涼棚，瞇起眼睛，定睛觀望，待他看清了那片沙丘後面緩緩出現的景象，不由驚奇地叫道：「怎麼可能！那是什麼？海市蜃樓嗎？」

五百二三　跋前疐後

出現在楊浩面前的，是一個密集的重步兵方陣，士兵們戴著式樣奇特的頭盔，身披奇特的板甲，身後背著兩桿標槍，手中拿著短劍和大型立盾，胳膊大腿的古銅色肌膚都裸露在外面，尤其引人注意的是，每個士兵的頭盔上面都有一個白色馬鬃做成的扇形羽翎。

這支隊伍大約在一千二百人左右，隊伍中還有十多個身穿魚鱗狀鐵甲，頭戴橫向裝飾的紅色羽翎，外披紅色斗篷的人，看起來像是這支奇怪隊伍的頭領。

他們漸漸走近，楊浩從他們行動間身上盔甲的扭動中忽然發現，他們那身鮮明的板甲其實是皮革做成的，大概是塗了層漆，遠遠看去就像是真正的白鐵板甲，一到近處就原形畢露了。

饒是如此，楊浩還是看得目瞪口呆，或許別人不認得這支隊伍，但他卻是一眼就認了出來，這分明就是一支羅馬軍團！

從他們的板甲偷工減料用皮革製成來看，這還是一支山寨版的羅馬軍團。

在這個地方，突然發現這麼一支意想不到的隊伍，楊浩自然有點發懵。

羅馬軍團在一箭之外停下了，這一箭的距離是按照西域傳統弓弩射程計算的，楊浩的士兵已裝備了最新式的一品弓，此時完全可以亂箭齊發，不過因為楊浩正在目瞪口呆之中，並未下令放箭，所以士兵們只是刀出鞘、箭上弦，嚴陣以待。

停了片刻，一個大紅披風，頭戴橫向紅鬃雞冠的羅馬百夫長，就像一隻高傲的雄雞，一手劍、一手盾，昂首闊步向前走來，楊浩見狀連忙吩咐道：「不許放箭，讓他近前答話。」

「娘的，我這邊誰懂羅馬話呀……」

命令下達，楊浩才想到溝通上的困難，不過令他更為吃驚的是，那個羅馬百夫長走到城下，仰首向城頭大聲喊的居然是一句字正腔圓的漢話：「我們是暖泉峪的百姓，聽說楊浩太尉正在招募兵馬，我們全寨壯年都來投軍了，不知哪位將軍能為我們引見？」

楊浩愣了片刻才清醒過來，忙下令道：「打開城門，放他進來說話。」

楊浩手下的兵將中，這時忽然有人驚叫起來：「啊！我認得他，這不是賣菜的隆德斯大叔嗎？我的天吶，他怎麼扮得像一隻公雞似的？這是什麼打扮！」

利用在沙州的這段時間，楊浩已將他手下成分複雜的軍隊進行了重新整編，焉耆人、吐蕃人、回紇人、党項羌人、吐谷渾人，以及漢人，全部打散組成新的軍團，歸義軍中精壯的士卒也全部編入他的主力部隊，老弱則成為瓜沙二州的守備部隊。

這樣一來，陽關和玉門關的守軍就並非全部都是原來的軍卒了，玉門關和陽關原來的守軍本就有限，楊浩對軍隊進行整編，並派駐重兵把守兩關之後，陽關的守軍裡面原有的當地士卒寥寥無幾，所以這時才有一個當地的士兵認出城外那人身分。

楊浩無暇多問，叫人打開城門，放了那人進來，那個隆德斯聽說楊浩太尉正在陽關，不由又驚又喜，連忙上前參見，楊浩一看此人，果然金髮碧眼，隆鼻凹目，是個正宗的歐洲人，楊浩驚詫不已，聽他自述身分，竟是瓜沙政權轄下暖泉峪鎮的百姓，因為見了官府張貼的告示，竟爾舉族投軍。

楊浩按捺不住，問道：「你們的形貌與此地各族多有不同，你們的裝扮，像是極西之地一個國家的軍隊，這是怎麼回事？」

那位百夫長打扮的賣菜大叔隆德斯大為訝異，欽佩地道：「太尉大人當真是見多識廣，竟然認得我們的裝扮，不錯，我們的祖先正是來自極西之地的一個國家……」

賣菜大叔很是健談，把他們的來歷娓娓道來，楊浩才知究竟。原來早在幾百年前，羅馬人就已經到過東方，當初正是漢朝初年，羅馬帝國三巨頭之一的克拉蘇率領羅馬第一軍團東征帕提亞王國，也就是漢朝所稱的西域安息國。

克拉蘇的第一軍團中了安息騎兵的埋伏，不甘坐以待斃的克拉蘇萬般無奈，只好命令部下各自逃命。他本人戰死沙場，其子率領部下殺開一條血路，為了避開帕提亞軍隊的封鎖只好繼續向東突圍，逃竄到了敦煌附近，並成為當地王國的僱傭軍。

此後，漢軍西征，討伐與漢為敵的郅支單于，發現匈奴人不但懂得在土城外建造重木城拱衛主城，而且他們的隊伍會使用魚鱗陣等幾種防禦和進攻的陣法，對當時的匈奴人來說，這是他們不可能掌握的技術，所以漢軍大為驚奇。

不過儘管有這支僱傭軍相助，但當時已經分裂的北匈奴人與漢軍相比實力相差太過懸殊，而且羅馬軍團就算沒有遭受重創，憑他們的武器和戰術面對同等數量，且裝備了弩的漢朝遊騎兵也不是對手，於是他們就成了漢朝的俘虜。

這些俘虜被安置在了河西走廊一帶，幾百年來，他們在這裡繁衍生息。由於交通不便，再加上各部落間的天然隔閡，所以這些羅馬軍團後裔在很大程度上保持了祖先的文明，沒有受到其他文化的衝擊，他們的後人仍然保持著獨立的作戰方式和生活方式。

起初，他們的生活還算穩定，不過漢王朝自顧不暇後，西域重陷戰亂，羅馬人的生活便受到了很大的衝擊，不管哪一族稱王稱霸，做為少數民族中的少數民族，這支羅馬第一軍團的後裔都是屬於被統治的階層，更是受到其他各部落欺壓的對象，生活極其艱難。

河西各族征戰不休，一般都使用本族的戰士，而且本族的戰士都是戰時為兵，平時為民，沒有軍餉可拿，難得這一次楊浩在西域大舉徵兵，而且不分種族，一視同仁，入伍還有相當高的待遇，所以看到沙州地方官府的告示之後，暖泉峪的羅馬人心動了。

他們覺得這是改變族群命運的一次難得的機會，要想改變他們的族人艱苦困厄的生活環境，唯有投軍入伍，如果能立下戰功，出幾位將軍，那麼整個部落的境遇才能隨之改變，於是他們拿出僅有的積蓄，按照他們祖先的軍容，盡可能地把自己打扮得風光一些，以期得到楊太尉的青睞，能對他們委以重任。

雖說他們早已化軍為民，不過在這個動盪不安的地方安家落戶，廝殺征戰的技藝是不會撂下的，再加上他們部落內部時常搞些長跑、擲標槍一類的體育運動，族人的身體素質還是很好的，他們整個部族的百姓始終沿襲著祖先傳下來的軍事訓練，說到聞金而退、聞鼓而進的軍事紀律和軍人素質，遠比剛剛收服時的艾義海的馬賊隊伍還要強上許多。

楊浩正在用人之際，這樣一支稍加訓練就能投入戰鬥的部隊自然不會拒之門外，一俟弄清了這些人的來歷，楊浩便慨然應允，同意他們加入自己的隊伍，並且會立即分發一部分軍餉和米糧，以使他們的族人沒有後顧之憂。得到楊太尉的親口接納，隆德斯也十分興奮，立即出城向他們的族人說明情況，然後列陣入關，接受楊浩的檢閱。

楊浩出城前只帶了三百名輕騎兵，回城時後面倒跟了一支千餘人的羅馬軍團，木恩放心不下，特意加派了士兵護送太尉趕回敦煌。

沙州地方百姓對金髮碧眼的西方人並不陌生，可是對他們這種大公雞似的打扮，而且是千餘隻大公雞一齊現身的壯觀場面卻是從未見過，羅馬軍團一進城，就引起了城中居民的好奇圍觀，沿途跟來看熱鬧的沙州百姓越來越多，那些羅馬兵一見這麼多人圍觀，個個挺胸腆肚，擺出威風凜凜的模樣，那高大的身材、整齊的行伍，倒也搏得了一片喝采聲。

楊浩帶著這支雄雞隊伍正趕向王府，前面大街上突然又趕來一支隊伍，後面同樣是熙熙攘攘看熱鬧的沙州百姓。看那群人，其中不乏金髮碧眼的歐洲人，也有渾身黝黑如墨的黑人，只不過他們的穿著五花八門並不整齊，被圍在中間的人手中也沒有兵器。

兩支隊伍相遇，大眼瞪小眼的都有些發怔，楊浩也在納罕，這時就聽有人大叫道：「楊太尉，楊太尉，哈哈哈，楊太尉好生了得，竟然這麼快就打下了瓜沙古城，一統河西古道，真是可喜可賀呀。」

楊浩聞聲看去，竟是大食國商人伊本．艾比．塔利卜，楊浩立即明白過來，不禁大喜過望：「塔利卜先生，你這是……這就是……」

塔利卜笑道：「是啊，這些就是我從鄙國給太尉大人帶過來的農奴。」他說完看了楊浩後邊的人馬一眼，驚疑不定地問道：「太尉大人，你後面這支隊伍……」

楊浩笑道：「他們啊，呵呵，他們是沙州本地的百姓，幾百年前，他們的祖先遠征安息，兵敗之後流落於此，聽說本官正在招兵，便舉族來投了。」

「原來如此，」塔利卜見這些士兵的模樣和裝備與大秦帝國的士兵有些相似，本來心中極是詫異，一聽原因如此，就不太上心了，他轉而指向自己帶來的人，得意洋洋地吹噓道：「太尉，你看看，這些人個個健康強壯，吃苦耐勞啊。我這次一共給您帶來一千五百人，哎呀，一路上帶著這麼多人，叩關過城、疏通交際的花費可著實不少，太尉你可不能讓我賠了本錢呀，呵呵呵，這一次時間倉卒，只是就近調撥了我們在東來商路各處地方充當奴僕的戰俘過來，你要是滿意，下一次運過來的人還能更多。」

楊浩笑道：「這個你儘管放心，沿賀蘭山下來，本太尉已在黃河兩岸開闢了大片沃土，西域古道平定之後，草原上會安靜下來，農耕、畜牧，都需要大量的人手，商路通暢，漸爾興旺之後，客棧酒家等等也需要大量人手，而戍疆守土，建立政府，需要大量的本地青壯，這樣一來，勞力十分匱乏，想從中原招募是不成的，他們本來就是故土難離，何況西北如今終究要比中原貧窮得多，所以，你弄來多少，我就收多少……」

他看看塔利卜帶來的人，又說道：「下次可以把女人也帶來一些，人口的繁衍生息，總不能只靠男人，種棉紡織、製作皮裘、釀酒、經商、畜牧，這些事情女人一樣做得來，有些事情比男人還可以做得更好。」

塔利卜猶豫道：「這個嘛……女奴的價格，比起男奴要低了許多……」

楊浩笑道：「這有何難？節帥府來支付差價就是了，總不能教你吃虧。」

塔利卜聞言大喜，當下兩人邊行邊走，塔利卜喜上眉梢，以前他經營買賣，在西域古道上每過一城都會遇到一方勢力，每一方勢力對他們這些胡商都會抽以重稅，如果運氣不好正趕上各方勢力大戰，更有可能人貨並失，所以塔利卜辛苦一趟，敢攜帶的財物並不太多。如今楊浩統一了河西走廊，自玉門關往東，直到宋遼境內的稅賦成本會大幅降低，其中可以增加多少利潤，塔利卜心中有數，當然喜悅非常。

一路上，塔利卜帶來的許多俘虜看見楊浩麾下的羅馬兵，都面露異色，儘管他們的軍服款式已經有了相當大的變化，但是對本國古老的戰服自然並不陌生，行進中，他們壯起膽子試探著和這些士兵問話，這些暖泉峪的士兵中還有些人會說些簡單的母語，得知這些士兵竟是幾百年前他們遺落東方的同族，那些農奴大為震驚，同時也起了從征入伍的念頭，當兵自然比當奴隸要強上許多。

快到王府時，塔利卜便向楊浩告辭，先去客棧安頓自己的部屬和販來東方準備繼續運往宋國和遼國的財物，兩下裡拱手告辭，塔利卜走出幾步，縱身上馬，無意間回頭一看，忽然又勒住了韁繩。楊浩帶著親兵衛隊在他的府門外停住了，府門前站著三個人，竟是一個將軍、一個文士、一個和尚。

塔利卜為之一詫，連忙又跳下馬，帶著幾個彎刀武士跟了上來。

和尚、文士、將軍，這樣的組合已經很是匪夷所思了，更離奇的是他們的裝束。那和尚大紅袈裟、毗盧帽，手中一桿禪杖，好像東土大唐西天取經的唐三藏。而那文士玄色帕頭、圓領白袍，腳下一雙馬皮六合靴，既具儒雅之氣，又帶驍勇之風。袍袖上還繡著翔鶴吉雲。

至於那武官，則是頂盔掛甲，頭盔頂豎紅纓，左右護耳外捲，身甲探出護頸，披膊如同龍首，胸甲前後各有一枚護心寶鏡，腹甲如魚鱗，下垂膝裙戰袍，小腿縛紮吊腿，腳下一雙戰靴，按劍而立，一動不動。和尚的裝扮自古如今沒什麼太大變化倒也罷了，這一文一武，卻俱是唐人打扮。

楊浩看到那三個面朝王府而立的怪人，也有些莫名其妙，不過今天就連幾百年前的羅馬軍團都穿越到他面前了，就算再蹦出幾個唐將來，那也算不得什麼了。楊浩定了定神，舉步上前，沉聲問道：「你們是什麼人？」

王府大門前站立的三人回頭一看，見楊浩年紀雖輕，神情氣度卻是不凡，而且後面跟著許多披甲佩刀的侍衛，便曉得這人在沙州的官職地位一定不低，那和尚白眉一垂，高宣佛號道：「阿彌陀佛，貧僧等要面見河西隴右兵馬大帥楊浩楊太尉，不知小施主在楊太尉軍中官居何職，可肯代為引見？」

楊浩剛要答話，大門裡邊喊了一聲：「太尉大人回來了！」

臉若重棗、身材魁梧的令狐上善快步走了出來，令狐上善如今是沙州別駕，官職不低，楊浩皺了皺眉，一指那和尚問道：「令狐大人，他們是什麼人？」

令狐上善哈哈一笑，說道：「大人且請回府，咱們慢慢說話。」說著不由分說，拉起楊浩就走，這時那三人聽清眼前這箭袖青衣的弱冠男子就是楊浩，不由得精神一振，立即回轉身來，成品字形將楊浩攔在當中。楊浩身後侍衛一見登時上前，只聽「鏘啷啷」聲不絕，十幾口刀劍已將三人死死逼住。

三人面無懼色，當中而立的文士向楊浩長揖一禮，肅容說道：「鄙人是于闐國黃門將軍、國子少監李從林，奉大朝于闐國中興皇帝之命，前來沙州。」

楊浩並不知道這個黃門將軍李從林口中的大朝指的是中土，把大朝放在于闐國前面是始終表明于闐國是中原屬國。于闐國主李聖天是個瘋狂的哈唐族，衣飾、官制、建築、文化，莫不效仿大唐，就連名字，他都在自己的本名尉遲僧烏波之外，另取了個唐朝國姓的名字李聖天。

楊浩還以為李從林口中的大朝是自稱于闐，雖說于闐國在西域確也稱得上是一個大國，而且歷史悠久，秦始皇一統六國稱始皇帝前，于闐國就已建立了，不過自稱大朝未免有點狂妄，他只一笑，卻也並不動怒，只問道：「你們是于闐國主的使者嗎？求見本太尉做什麼？」

令狐上善哂然道：「他們哪裡是來求見太尉的？他們要見的是曹延恭，可惜他們來遲了一步，曹延恭自不量力，妄與太尉為敵，已然自焚於瓜沙烽燧，嘿！這些于闐人急病亂投醫，居然妄想再求太尉相助。走走走，太尉莫要理會他們。」

令狐上善拉起楊浩就走，楊浩見令狐上善舉動大異於常，料他必有緣由，所以也不再拒絕，那三人被刀劍緊緊逼住動彈不得，眼見楊浩就要步入王府，情急之下，李從林高聲喊道：「我于闐素來以中土為奉朔正統，施政建制、職官衙署、文物教化、都城建築，莫不以東勝為風範，以中土臣屬而自居。太尉擁兵入沙州，曾當眾言道，要秉承張義潮將軍之遺志，濟世撫遠，保境安民，今我于闐，危在旦夕，求於太尉門下，太尉卻將我等拒之門外，莫非要食言而肥？」

令狐上善勃然大怒，回首嗔怒道：「豈有此理，我家太尉與你于闐有啥關係，濟世撫遠，保境安民，與你于闐有何相干？再敢胡言亂語，就把你們拉將下去，打個半死，逐出境去！」

李從林慘然道：「李某此來，本領三百侍衛，沿途受人追殺，三百勇士以身殉國，只保得我三人性命周全，披星戴月地趕到沙州，如果不能完成使命，何須令狐大人動手，我們三人也無顏回去了，就死在這兒便是。」

李從林說罷，抽出匕首抵住心口，那將軍與僧人也都從容取出隨身短刃抵住了自己要害，看那樣子，楊浩一腳踏進門去，三人就要立即自盡。

楊浩臉色一變，馬上制止了令狐上善的動作，返身走到三人面前，沉聲問道：「你們求見本官，到底有何所請？」

李從林見他回來，連忙說道：「前些時日，喀拉汗國不宣而戰，猝襲于闐，他們步步進逼，焚我佛寺，殺我僧侶，劫我民財，燒我民居，欺男淫女，無惡不作，我于闐錯失先機，以致步步受制，急需外援相助。李從林與慧生大師在蘇拉將軍保護下來到沙州，就是要乞請太尉發兵，解我于闐之圍。」

楊浩聽了眉頭頓時一皺，他自己還有甘州和麟府兩州的難題未解，哪有閒心替于闐解難？楊浩便道：「我與于闐國主素不相識，也談不上什麼交情，為什麼要為你于闐出兵，折損我麾下將士？」

那慧生大師高宣一聲佛號，說道：「阿彌陀佛，楊太尉此言差矣。太尉出兵援我于闐，既是助人，也是助己。助人者，為的是大義所在；助己，是為了西域古道萬千庶民，怎麼能說此事與太尉毫不相干呢？」

楊浩哂然道：「助你于闐，如何就是助人助己，大義當先？還請大師明示。」

慧生大師侃侃而談道：「太尉，我于闐和喀拉汗國時戰時和已十餘年了，當初，大戰初起，我于闐三位太子便分赴沙州與開封求取救兵，當時沙州慨然助兵，而中原因路途遙遠，中間又相隔吐蕃、回紇、党項羌等諸多部落，難以發兵，宋國皇帝陛下只得派了一百五十七名僧侶往赴西域，予以道義上的支持。未能發兵來援，貴國皇帝陛下亦以為憾事。

「太尉是宋國使相，今既屯兵沙州，與我于闐近在咫尺，反倒不能發兵相助嗎？太尉既說要恩威撫遠，我于闐向來奉中原為正朔，無論唐梁晉宋，但主中原，即是我于闐正統，西域孤臣，一片丹心，如今國事危急，不正是太尉恩威撫遠之時嗎？這不是上合帝意、下合民心，匡扶正義、炫耀軍威的時候嗎？

「再者，喀拉汗國能擊敗我們，卻不能滅亡我們，縱然太尉不肯發兵相助，我于闐也是要與敵人戰至最後一兵一卒的。我于闐疆土西南抵蔥嶺與婆羅門接，相去三千里。南接吐蕃、西至疏勒二千餘里，領地遼闊，疆域寬廣，一旦燃起戰火，玉門關外處處狼煙，再無一片淨土，胡商難來，漢商難往，太尉縱然一統河西，又如何做得到胡商漢客，日款於塞下，重現古道之興旺繁庶？這不是失信於天下嗎？

「三者，于闐佛教隆盛，乃崇佛之國，喀拉汗國之敵燒我寺廟、殺我僧侶、焚我經卷，其形其狀，慘不堪言，我聞太尉是我佛家護法，敬佛崇佛，譯經印經，功德無量，深受西域諸活佛、高僧之信賴，深受西域百萬佛教信徒之擁戴，今于闐僧侶信眾大難臨頭，太尉豈能坐視不理？」

好一張利口！

慧生大師琅琅而言，舌粲蓮花，現場圍觀的百姓聽了登時一陣騷動，竊竊私語聲匯聚成了一股嗡嗡的聲浪，楊浩臉色不喜不慍，完全看不出他的心思，眼神卻陡地銳利起來。

一旁的塔利卜聽了臉色卻變得很難看，他是大食國人，與喀拉汗人有著同一信仰，喀拉汗王國原本是崇佛之國，剛剛改變信仰才三十多年，這正是大食用軍事征服和經濟滲透的方式向東方擴充的一個傑出成果。而今，面對于闐和喀拉汗的這場戰爭，他的立場不問可知。

不過塔利卜心中雖然十分緊張，但是他也清楚以自己的商賈身分，對這種事不宜置喙，所以他只是謹慎地盯著楊浩，看他如何決定。

楊浩凝視慧生大師許久，忽然淡淡一笑，吩咐道：「令狐大人，將三位于闐使者於館驛中暫且安頓下來。」

令狐上善一怔，下意識地朝王府裡看了一眼，這才應道：「是，下官馬上就安排。」

李從林見楊浩轉身欲走，急叫道：「楊太尉！」

楊浩駐足，回首道：「軍機大事，豈能輕率？三位且請去館驛歇下，聽候本官傳見。」

楊浩說罷便進了王府大門，一踏進府門，他看似輕快的步伐忽然沉重起來，塔利卜將這一幕完全看在眼中，他眉頭一擰，目光針一般微微一縮，忽然急急轉身，向侍衛們打了個手勢，悄然沒入人潮之中……

五百二四　泥菩薩也是菩薩

楊浩邁進府門，腳步就沉重起來，行不多遠，就喚過一人，吩咐道：「去，馬上請張雨大人來府中一晤。」

張雨是張承先的第四子，楊浩入主瓜沙之後，拜張雨為沙州刺史，至於張承先張老先生，已是偌大的年紀，自然不會入仕，仍然於士林之中，充當沙州歸義軍的精神領袖。

行至中堂時，楊浩看見狗兒和竹韻正在花叢綠樹下活動，竹韻本來練的是外家功夫，自從在狗兒口中套得了周女英的坤道鑄鼎功，內外兼修，武功大進，內氣中和，傷勢痊癒的也較常人迅速。

不過在楊浩面前，她可不敢露出一絲端倪，此刻所練的仍是外家功夫，只是傷勢未曾大癒，只挑些輕柔的動作活動身體。

楊浩見二人切磋得入神，便沒有高聲，逕自轉向了中堂。

一杯香茗還未飲盡，張雨便匆匆趕來，楊浩連忙起身相迎，將張雨接到廳中就坐，張雨茶不沾口，便拱手問道：「未知太尉匆忙相召，有何要事垂詢？」

楊浩一笑道：「張大人，這只是私下敘話，不必拘於禮節。」

他請了口茶，這才說道：「張大人，今日有于闐使者，往我沙州乞援。他們本來是要向曹氏求援的，卻不知如今已是本太尉統御沙州。聽他們說起于闐目前的情形，其形其狀甚是可憫，然本太尉與于闐國素無往來，對他們目前的情形了解也十分有限，所以對他們的懇請，並未當場答應。

「如今請張大人來，本太尉就是想知道這于闐國的詳細情形，以及與我沙州的關係。」

張雨聽了方才釋然道：「原來如此，是為了沙州使節一事啊。」

他拈鬚想了想，這才說道：「說起于闐，滅而復立，立而復滅，如此反覆，不知凡幾，不過該國始終不滅，倒也是一樁異數。唐玄宗時候，嫁宗室之女予于闐國王尉遲勝，自此于闐自稱中原臣屬，其後代國王與中原皇帝國書往來，皆尊中國皇帝為舅，自稱為甥。

「尉遲僧烏波稱帝之後，嚮往中原文化，國家體制、文化建築也都一應仿照中土，當時大唐已然滅亡，但于闐遠在西域，不聞消息，仍以大唐宗屬自居，尉遲僧烏波還給自己起了李姓漢名。

「後來與我沙州開始結交，當時沙州是曹氏掌權，曹議金把次女嫁給于闐王李聖天為皇后，李聖天則把第三女嫁給曹議金之孫曹延祿為妻。從那時起，與我沙州往來漸密，兩地使者、僧侶來往不斷。」

說到這兒，張雨端起杯來喝了口茶，又道：「于闐是西域大國，自南而來的胡商翻越蔥嶺，必經于闐，方至玉門關，西域諸國中，如今與我沙州關係最為密切的就是于闐國，如果于闐動盪不安，或許有些有手段的商賈可以另闢蹊徑，不會受到大的影響，但是對大部分胡商來說，確實會怯於東行。

「而喀拉汗國……」

張雨侃侃而談，楊浩只是凝神靜聽，有所疑問時便開口詢問，張雨知無不言，兩個人說了一個多時辰，楊浩不但對于闐國的情形已經基本掌握，就連它周邊各國的勢力分布，國家情形也大致有了了解。不過與張雨言談期間，楊浩絲毫沒有露出是否援助于闐之意，等到張雨將情況介紹清楚，楊浩起身送走了張雨，再返回中堂時，令狐上善已經等在那兒了。

楊浩問道：「于闐使者已經安頓好了？」

令狐上善忙道：「是，他們已被安排在胡楊館，那位與太尉相識的胡商塔利卜本已入住胡楊館，占了最好的房舍，下官出面斡旋，讓他們騰出了三間上房，又囑咐了店主要好生侍候，一應花費皆由刺史府支付，這些事忙完了，這才剛剛回來。」

楊浩點點頭，說道：「令狐大人請坐，方才在王府門前，令狐大人再三阻止本官與那幾位于闐使者交談，莫非……內中有什麼緣故？」

令狐上善苦笑道：「下官哪裡有什麼緣故，實是馬統領特意囑咐下官，說那于闐人既是來求曹氏的，便與咱們全不相干，太尉政務繁忙，哪有餘暇理會這些不相干的人物？要下官將他們逐出府去。」

楊浩一怔，若有所思地道：「馬燚？」

＊　＊　＊

後宅，馬燚和竹韻的住處。

楊浩抬腿進了院子，剛要走向門口，門扉吱呀一聲開了，裡邊探出一個身穿月白小衣的女孩來，手中端著一個木盆，一盆水「嘩」的一聲揚向院子，虧得楊浩身手靈活，攸地閃了開去，佯怒道：「小燚，要把大叔淋成落湯雞嗎？」

「啊！大叔！」

馬燚吐吐舌尖，笑嘻嘻地道：「誰曉得大叔要來啊？你走路像貓似的，不帶一點聲音的。」

馬燚推開房門，笑道：「大叔進來吧。」

房內的燈光灑出來，給她的身子披上了一層柔和的光，小丫頭好像剛剛洗過了澡，水靈靈的模樣，俏生生的身子，她未著外衣，身子還未長成，但胸口已見一抹渾圓隆起，撐起她月白色的棉布小衣，猶如一對可愛的玉兔。

馬燚一直叫楊浩大叔，雖說如今漸漸長大，可在楊浩心中，現在的她與當初那個毛頭小子卻似乎沒有什麼區別，從來也沒有把她當成一個女人看待，所以雖見她未著外衣，卻也未覺有什麼不妥，便泰然邁進房去。

馬燚平常慣綰的道髻已經打散了，長髮簡單地分作兩束垂在削肩上，月白色小衣，燈籠紗褲，寬大的褲腳在足踝邊鬆鬆地疊了幾圈，兩隻白生生的小腳丫趿著一雙木屐，臥蠶似的十顆小腳趾就像新剝的荔瓣一般晶瑩可愛，如畫的眉眼，帶著新浴之後的潮紅，瞧來倒真是一個天真無邪的小姑娘。

「大叔今晚怎麼有空過來呀？」

馬燚擱好木盆，馬上殷勤地給他斟了杯茶過來，歡歡喜喜地問道。

「哼！」

楊浩板起臉道：「大叔是興師問罪來了。我問妳，我早吩咐過衙中各司各負其責，不得利用職權插手過問其他人的事情，今日有于闐使者到訪，妳為什麼告訴令狐別駕把他們驅趕出去？妳是我身邊的人，一舉一動，一言一行都該更加謹慎，否則旁人豈不以為是出於我的意思？」

馬燚只道他真的生氣了，小臉立刻緊張起來，雙手垂著，規規矩矩站在他面前，雙眼盯著自己的腳尖，期期艾艾地道：「啊，我……我是聽竹韻姐姐說，這些于闐人來了，對大叔並無半點好處，反要讓大叔陷入兩難之地，不如趁著大叔不在，將他們打發了去，也可保我沙州體面，所以才……才……」

楊浩哼了一聲，沉聲道：「竹韻呢？」

馬燚慌慌張張地道：「剛剛沐浴，正在梳妝，我……我去叫她……」

馬燚一溜煙跑到旁邊門口，掀起簾子，探頭進去，小聲叫道：「竹韻姐姐，快來，快來。」

楊浩橫目一瞧，鬆軟薄紗的燈籠褲掩不住她那嬌俏的身段，這樣往房裡一探身，纖腰微沉，凹下淺淺一道溝痕，翹臀挺起，小巧玲瓏，雖說看起來似乎一巴掌就能蓋住，但是隱隱已有些圓潤的女人味道了，心中不由得一動：「小丫頭開始長大了呢，我以後對她說話倒要注意一些，小孩子不會往心裡去，一個姑娘家，這樣嚴詞訓斥，難保她不會覺得委屈……」

內房中，竹韻已經聽到了楊浩的聲音，狗兒叫她時，她已匆匆穿上一件外衣，應聲便走了出來。

竹韻穿了件白色繡鶴的輕袍，秀髮鬆鬆地綰了一個髻，膚色白裡透紅，嬌中有媚，傷體初癒的她，英氣少了幾分，倒是多了幾分柔媚，站在闌珊的燈影裡，彷彿一朵含苞待放的花兒，予人一種光豔清華的美麗。

她淺淺笑道：「太尉大人，我們俱是一番好心，小燄做事，更是處處只知為太尉著想，何必這麼聲嚴色厲的，莫要嚇壞了她。」

楊浩瞪她一眼道：「小燄本來很乖，就是跟著妳，才學得一肚子機靈古怪。說說吧，妳為什麼要未經我的允許，就擅自趕走于闐使者？」

竹韻最擅察言觀色，一個人是真怒還是假嗔，哪能瞞得過她的眼睛，所以楊浩的佯怒她根本就沒有放在心上。

她走到楊浩身邊，嫣然笑道：「我的大老爺，你就不要裝了成不成？難道你喜歡看見那些于闐人？沙州官吏還不知道發生在麟府的事，可是我還不知道嗎？大人在沙州這些天做事廢寢忘食、通宵達旦，為的是什麼？還不是為了盡快穩定沙州，揮兵去解麟府之亂？」

她捧起狗兒斟給楊浩的那杯茶，輕輕遞到楊浩手邊，這一靠近，楊浩聞到一股淡淡的澡豆香氣，令人心曠神怡，竹韻穿著輕鬆的博袍，袍袖一滑，露出一截雪腕，腕上卻有一道剛癒的傷痕，才生好的嫩肉還泛著嫩紅的顏色，楊浩心中一軟，便接過了茶杯，說道：「妳們坐吧。」

狗兒如奉綸音，她拍拍心口，趕緊蹭到一張椅子上，乖乖坐好。

楊浩道：「繼續說。」

「是！」

竹韻見他聽進了心裡，淺淺一笑，又道：「大人，于闐和咱們有什麼關係？更何況于闐先王李聖天的皇后還是曹家的人，他們今日是急病亂投醫，可來日焉知不會恩將仇報？就算咱們現在太太平平的，也沒必要赴援于闐。再說，大人的根基在夏州，雖說以橫山天險為隘阻循宋軍西進的步伐，他們未必就能攻下銀蘆兩州，夏州可保無恙，然而一旦讓他們在麟府兩州站穩腳跟，把那裡據為己有，就堵住了咱們東進之路。」

楊浩乜了她一眼，哼道：「東進？誰說我要東進？」

竹韻挑了挑眉毛，向他嫵媚地一笑，並不反駁。

楊浩吸了口長氣，放下茶杯站起身來，緩緩踱著步子，沉吟道：「妳認為，我應該對于闐之難置之不理？」

竹韻道：「那是自然，不但我這樣想，就算种大人、張將軍在這裡，恐怕也要這樣想吧。漫說咱們和于闐素無交情，就算彼此交情深厚，如今咱們自顧不暇，安能為他解圍？」

楊浩緩緩搖頭，喃喃地道：「都這麼想嗎……」

竹韻窺他臉色，忽地動容道：「難道……太尉真想出兵襄助于闐？」

楊浩反問道：「如果我確有此意呢？」

竹韻驚詫道：「如此自討苦吃，所為何來？太尉，現在朝廷大軍壓境，咱們是泥菩薩過江，自身難保啊，哪裡還能顧及他們？」

楊浩喟然道：「泥菩薩……也是菩薩啊，若不然，就真的只是一灘泥巴了。竹韻，對這件事，我已想過很久，我們現在是很辛苦，內憂外患，危機重重，可咱們就是再苦，這個仗還是得打，應該去打。」

「應該打？」

「不錯，應該打，內中緣由有四：第一，利益。于闐西南抵蔥嶺與婆羅門接，相去三千里。南接吐蕃、西至疏勒二千餘里，領地遼闊，疆域寬廣，如果這個地方戰火連綿，那我們縱然一統河西，也無法做到振興河西的承諾了，中西貫通的絲綢之路，我河西走廊只是其中的東段啊……」

竹韻反駁道：「太尉，于闐與喀拉汗之戰一直時斷時續不曾停止，可屬下聽說，大食商人塔利卜已帶了一千多個農奴和大批的財物抵達沙州，再加上之前他偷運過來的大食寶馬，可見，他們並未受到于闐戰火的影響呀。」

楊浩搖頭道：「不然，那只是一個塔利卜，他有大食王族血統，與大食軍方必有聯繫，而普通的商賈卻沒有這樣的特權，也沒有這樣的本事。重振河西，不可能只靠一個塔利卜，何況……」

他的眼睛微微瞇了起來：「竹韻，如果我的經濟命脈掐在一個人手中，妳說那是幸，還是不幸呢？」

竹韻不說話了，楊浩又道：「第二，安全！宋國伐我麟府，消息還一直在我們的控制之中，可是隨著河西古道的暢通，消息是遮掩不了多久的，一定會傳到這裡來。如果這個消息傳開，剛剛歸附我們的各方勢力會不會蠢蠢欲動？我們封鎖了麟府之亂的消息回師東下平亂，勢必不能把收服的西域各州軍隊帶回夏州去。

「這樣一來，玉門關、陽關、肅州、甘州、涼州……每一處地方，我還要留駐忠心可靠的大量軍隊，以防我們一走，就有人利用我東線之亂，蠱惑剛剛歸附尚不可靠的軍隊死灰復燃。與其派駐重兵日夜防範他反，不如釜底抽薪，乾脆以保我河西古道昌隆興盛為名，以援我友邦、救我信眾為名，派一支精銳，帶領一支剛剛歸降的大軍赴援于闐。

「遠師在外，他們是反不起來的，而且，在此緊要關頭，我還有餘力支援他國，等宋國攻我麟府的消息傳開，那些蠢蠢欲動的人想要造反，就是再三掂量，而那些三心二意、觀望行色的，就會更加堅定對我信心。」

「那麼，第三呢？」

「第三，人心。民心向背，在戰場上雖然顯示不出明顯的力量，可是它無時不刻不在影響著敵我軍心士氣的興衰、糧秣輜重的供應。河西諸地崇佛信佛，而于闐佛教隆盛，此番乞援使者中又有一位高僧。

「我能這麼快一統河西，除了我們的兵士作戰勇敢，其實當地百姓與其統治者沒有同仇敵愾之心，大大消磨了他們的壯志也是一個主要原因，否則當初李光睿揮軍西進，屢至涼州而止，難再寸進，何以我們卻能勢如破竹？是我們的兵力遠勝於李光睿，還是我們的戰鬥力遠勝於李光睿？

「路無痕乃西域大儒，在沙州士林素享盛名，要想做官，曹氏早已委以重任了，他為何棄瓜沙而為我所用？一路西來，為什麼西域的士林名宿紛紛投效？漢人子弟雀躍相迎？因為他們身處異地，飽受欺淩，才會更加記得自己的根，才會更加渴求同祖同宗的親人。

「于闐國昔日與大唐往來密切，當年安西四鎮之中就有于闐。所以那裡國內也有很多漢人，而于闐國王更以中原宗屬自居，自視為中原之人，他們受到了欺淩，當初困守沙瓜二州委屈求全賴以自守的曹氏尚能派兵相助，而今我這盡擁河西，兵強馬壯的楊浩反而袖手旁觀，豈不是還不如原來的曹家？

「沙州百姓愛我敬我，將我比擬為當年的張義潮。張義潮曾策馬急追一千多里，斬殺吐谷渾宰相，而我呢？于闐使者向我乞援時，我卻帶領大軍匆匆逃回夏州去了，還談什麼保境安民？做不到這一點，如何得到這一方百姓的擁戴？歸義大街上，我曾對沙州百姓親口說過，要愛我百姓，濟民撫遠，重振河西，再現興旺，現在卻是一副虎頭蛇尾的模樣，這不是打自己的臉嗎？愛，是做出來的，不是說出來的。這才是我真正的命門所在啊。」

楊浩說得激動，順口溜出了一句後世名言，一語出口，心頭就是一驚，他的身子僵在那兒，好半晌，才尷尬地轉向竹韻和狗兒，卻發現兩個人聽得非常入神，兩雙大眼睛就像天上星，亮晶晶，正滿是崇拜地看著他。

見他回頭，狗兒擊掌讚道：「大叔說的好棒！」

楊浩鬆了口氣，暗自慶幸道：「幸好……這個時代還沒有這個詞……要不然我楊太尉在兩個下屬、一個晚輩面前，可真是全無形象可言啦。」

竹韻站起身，心悅誠服地道：「太尉說的太好了，想不到這其中還有這許多道理，竹韻錯了，以後……竹韻再也不敢自作聰明，壞了太尉大事……」

楊浩汗顏道：「知錯就好，妳們都是我身邊的人，我不希望妳們因為想要維護我，反而做出有害於我的事來，不屬於妳們職權範圍之內的事，以後切勿插手便是。呵呵，剛才這番話，我是分析給妳們聽的，不過這樣一說，倒是更堅定了我自己的決心。」

狗兒眨著眼道：「大叔，你方才說有四個理由，這第四個原因是什麼啊？」

楊浩的眼神攸地變得深沉起來：「這第四個理由，與東邊有關。」

「東邊？」

「對啊，那個炅啊。」

「啊？」

還是竹韻機靈，腦海中靈光一現，脫口道：「趙炅？趙光義？」

楊浩一笑：「不錯，軍事上，我要把他阻於橫山以東，消化鞏固整個河西。軍事上進入僵持之後，就是政治上的互相攻訐，這政爭，卻是比戰爭更加險惡、更加詭譎。其中理由，妳們現在不必知道的太細……」

他看了竹韻一眼，溫和地說道：「等妳養好了傷，我有一件極其重要的事需要妳去汴梁，等妳把這件事辦妥，就是我和他趙炅攤牌的時候了……」

楊浩說完又道：「好了，妳和小燚先歇息吧，等我安排了遠征之事，就立即回師夏州，希望趕回夏州的時候，妳的身子已經大好。不管對錯，不管用心，這一次的教訓，要記住，不許再犯。」

「是……」

竹韻和狗兒一齊應了一聲，狗兒乖巧認真得很，竹韻偏要扮出一副委委屈屈的樣兒，楊浩瞪了她一眼，這才離去。楊浩一走，狗兒馬上蹦蹦跳跳地跑進裡間，拿了竹韻放在梳妝檯上的一枝眉筆，又跑出來趴在桌上，從懷中掏出一個小本子攤開，一筆一畫地記了起來。

竹韻奇道：「小燚，妳在做什麼？」

狗兒一邊念一邊寫：「愛，是做出來的，不是說出來的。」然後抬起頭道：「我記下大叔說過的話啊，大叔經常會說一些很精彩很精彩的話，我都會記在小本子上，免得忘記了。」

竹韻翻個白眼，沒好氣地道：「妳大叔如果有一天真的做了皇帝，我看妳做個起居郎倒正合適。」

狗兒闔上小本子寶貝似地揣回懷中，好奇地問道：「起居郎是幹什麼的？」

竹韻道：「起居郎啊，皇帝御殿則侍立，皇帝行幸則隨從，就是整天跟在皇帝身邊，不管是他做國家大事也好，還是日常起居也罷，統統都要記錄下來的人。」

狗兒一聽，訝然道：「還有這麼一個奇怪的官嗎？要整天跟在大叔身邊呀……」

她按著自己心口的小本子，幸福地傻笑道：「那真是太好了，以後……我就跟大叔討個起居郎做，呵呵呵呵……」

竹韻嘆了口氣，喃喃地道：「沒心沒肺的傻丫頭，真是傻得沒治了……」

＊　＊　＊

天亮了，雄雞唱曉。

楊浩一身箭袖青衣，在院中剛剛打了兩趟拳，額頭沁出些微汗水，正欲正練兩趟劍法，令狐上善忽然急匆匆地跑進了後院，邊跑邊叫：「太尉，太尉大人，出事了，胡楊館出事了。」

楊浩愣了愣，收劍問道：「胡楊館？胡楊館是個什麼所在？」

令狐上善急得直跺腳：「就是安置那三個于闐使者的地方啊，他們出事了。」

楊浩失聲道：「于闐使者？他們出了什麼事？」

令狐上善急得滿頭大汗：「殺了，被人殺了，下官剛要登衙署理政務，就聽到這個消息，一刻不停馬上就來尋找太尉，太尉，這下可糟了，不管怎麼說，他們是于闐國的使節，彼國使節死於沙州，這事……」

楊浩的臉色嚴峻起來，截斷他的話道：「我曾任鴻臚少卿一職，自然知道一國大使身死於此意味著什麼，不要慌，是福不是禍，是禍躲不過，事情已經發生了，急有何用？咱們去看看。」

楊浩一邊說一邊大步而行，令狐上善提著袍裾，一溜小跑跟在後面，兩人出了府門翻身上馬，在一行侍衛的護衛下急趨胡楊館。

胡楊館是沙州最大的一家客棧，條件也最好，占地極為寬廣，楊浩趕到時，沙州府衙的衙役公差已然進入了胡楊館，客棧外面又有沙州的守備軍將那裡團團圍住，楊浩急急下馬，與令狐上善進了大門，那胡楊館掌櫃臉色如土地趕來相迎，引著兩位大人直趨三位于闐使者住處，一邊走一邊喋喋不休地辯白撇清：「大人啊，小老兒一向本分，經營這客棧從來沒有出過事情，今兒一大清早，起夜的時候聽見一聲慘叫，小老兒匆忙趕來一看……」

楊浩二人也無暇理他，沉著臉只是趕路，到了那處院落，早有幾個衙役迎上來道：「太尉大人，別駕大人，這院門本是自內門著的，小的翻牆才打開來，賊人是直接翻牆進去的……」

楊浩點點頭，腳下不停直接進院，一進院門就吃驚地站住了，那位于闐將軍站在門邊，身著小衣，嗔眉怒目，似欲擇人而噬的一頭猛虎，但是他再也動彈不得了，一桿長矛洞穿了他的胸膛，將他牢牢地釘在了牆上。

旁邊的門敞開著，楊浩快步進去，就見那位文士李從林同樣未著外衣，他似乎剛剛聞聲起床，走出內間要查探動靜，便被猝然闖入的兇手一劍刺穿了頸子。這一劍刺斷了他頸間動脈，鮮血噴濺了一身，屍體軟軟地靠在壁上，他的臉上還帶著一片驚詫與茫然。

楊浩定定地瞧著李從林那雙已了無生氣，卻死不瞑目的眼睛，許久沒有動彈。

「大人，這和尚還有一口氣。」裡邊的衙差高聲叫道，楊浩一個激靈，立即彈身掠進了內間，只見那位慧生大師一襲月白色僧袍，斜斜倚在榻上，一手掩住汩汩流血的胸口，一雙無神的眼睛正向他看來。

楊浩立即掠過去，俯身扶起他來，怒聲問道：「大師，是何人行兇？」

慧生大師嘴角露出一絲淡淡的笑意，他艱難地道：「老衲……能捱到太尉大人趕來，總算我佛……有靈。不知太尉思慮一夜，今……是否……決定出兵，解我于闐萬千……眾生之難？」

楊浩急道：「大師，到底是何人行兇？」

慧生道：「老衲……三人此來，已懷必死之心，今……已見太尉，死得其所矣。老衲……身為于闐……使節，只想知道……太尉可有定……議嗎？」

楊浩重重地一頷首，沉聲道：「本太尉心意已決，必援于闐！」

慧生和尚目中露出驚喜之色，他顫巍巍地合起染血的雙手，寶相莊嚴，一派肅穆：

「太尉……慈悲為懷，尋聲救苦，不捨于闐眾生，有此弘願，便是菩提心，心懷菩提，即是立地活佛，老衲心願已了，可以去了……」

「大師！」

楊浩叫了一聲，卻見慧生脣角含笑，神態安詳，竟已坐化菩提。

楊浩慢慢站了起來，默默地退了兩步，向這位只有一面之緣，卻令人肅然起敬的佛門高僧雙手合十，鄭重地施了一禮，又沉默片刻，返身便往外走去。

令狐上善驚疑地看了眼他的背影，忙也匆匆向慧生大師行了個合十禮，緊跟著楊浩走了出去。

楊浩一路出了胡楊館，翻身跳上戰馬，拉住韁繩，這才對令狐上善道：「于闐國使者的後事，就拜託令狐大人，要好生處理，以備送回于闐國去。」

「是，下官自會妥善處置，太尉儘管放心，下官恭送太尉。」

令狐上善一揖到地，再抬頭時，楊浩已率侍衛揚長而去。

楊浩信馬游韁，拐上長街時，這才放緩了馬速，輕輕攤開了他的手掌，在他的掌心，有一枚被鮮血浸染的戒指，戒面很寬，純金打製，沉甸甸的很有一些分量，用兩指將它輕輕拈起，可以看見上面有些細小的蝌蚪文，乍一看去，就像一串串花紋。

楊浩仔細地端詳著，目中漸漸泛起針一般鋒利的光芒，冷冷笑道：「竟然是他……

也只能是他，我竟然沒有想到。刺殺于闐使者，哼！刺殺于闐使者幹什麼……你想做班超嗎？可惜，我楊浩……卻不是鄯善王！」

五百二五　風雨欲來

回到書房，楊浩拿出那只已經洗去血跡的寬面金戒指，再度端詳起來。這只戒指是慧生大師坐化前塞到他手裡的，作工一般，但是碩大的純金戒指，戴在手上顯得很大氣，戒指的正面沒有鑲嵌寶石，正面和背面都雕刻著一種蝌蚪式的文字。

這種文字他不認得，但是他前世的時候，常在某一類飯店裡見到掛著類似文字的匾額。在塔利卜和他的隨從侍衛們身上，他也見過這種戒指。他知道那上面雕刻的是經文或聖訓。

事發地點、塔利卜的出身來歷、再加上這枚戒指，三者聯繫，兇手是誰已是呼之欲出了。

楊浩長長地吁了口氣，他萬萬沒有想到，一個商人對信仰竟是如此虔誠，他竟然不怕觸怒自己，冒著巨大的風險動手殺人，信仰之力實在是太可怕了。或許，塔利卜是自恃與他關係密切，認為他楊浩斷不致為了幾個不相干的外人與他決裂，才如此肆無忌憚吧？

慧生師入駐「胡楊館」時，是親眼看見過令狐上善與塔利卜進行交涉，很客氣地請塔利卜讓出一處上房給他們居住的，自然明白他們雙方的關係密切，慧生大師至死也沒有當眾說出兇手是誰，而只是把他搶到的物證悄悄塞到自己手中，恐怕也是出於這種忌憚，他怕節外生枝，增加楊浩出兵赴援的變數。

正思忖著，門外響起了一陣腳步聲，楊浩收起戒指，輕輕抬頭。腳步聲在門口停住了，侍衛高聲稟道：「沙州別駕令狐大人到。」

「有請。」

令狐上善舉步入內，向楊浩一禮：「太尉，屬下已處置妥當了，三位于闐使者皆已入殮，內置香料以存屍體，現存放於『得聖寺』中。」

楊浩點點頭，肅然道：「我叫你調守備官兵困住胡楊館，緝兇查案，真相未明前，不得放一人出入，可辦妥了？」

令狐上善道：「是，遵太尉吩咐，胡楊館已被圍得水洩不通，此案一日不結，不許放走一人。」

楊浩冷冷一笑，頷首道：「甚好！我倒要看他，還能不能沉得住氣……」

* * *

一隊侍衛，個個高頭大馬，腰帶刀，肩挎弓，猩紅披風，遠遠馳來如同一片紅雲，整個敦煌內外，如此既拉風又騷包的作派，除了馬匪頭子艾義海便再也沒有第二個了。

艾義海領一隊輕騎急馳入城，片刻不停地直奔王府而去。

艾義海本來正在玉門關督建工事、修繕烽燧，得到楊浩將令之後，立刻馬不停蹄地趕回敦煌，到了王府前面他翻身下馬，把大氅一撩，風風火火地直奔中堂，一進楊浩的書房，便迫不及待地叫道：「大帥，急急調末將回來，可是有仗要打了嗎？」

楊浩笑道：「你這性子便是一個霹靂火，來來，先坐下，玉門關的防務怎麼樣了？」

艾義海擦了把汗，在胡椅上大馬金刀地坐了，咧嘴笑道：「玉門關腐朽倒塌處甚多，烽燧古城年久失修，目前正在進行修繕加固，旁的嘛，實在沒什麼好說的。大帥啊，你要老艾衝鋒陷陣那沒得說，這種娘兒們的活，幹著可實在無聊。要說這修繕工事，加固城防，還是老柯幹著在行，不如太尉把他調過來吧，要是哪兒有仗要打，大帥您把我派過去那才痛快。」

楊浩哈哈笑道：「好得很，本帥如今，正有一場惡仗要你去打！」

艾義海騰地一下跳了起來，興奮地道：「當真？果然？哈哈哈哈，總算不用待在那玉門關喝西北風了，太尉真是我老艾的知音吶，哈哈哈，大帥，咱們要打誰？要打哪兒？請大帥示下，老艾馬上就走。」

楊浩笑道：「不要急，先喝杯茶，喘口氣再說。」

艾義海抓起茶杯咕咚一口喝乾了，呼呼地喘了兩口大氣，迫不及待地道：「大帥現在可以說了？」

楊浩哭笑不得地道：「急什麼？等木恩和李華庭也到了，本帥再詳細與你解說便是。」

一炷香的工夫之後，木恩和李華庭也分別趕到了，楊浩這才正了正顏色，把于闐使者向沙州求援前後發生的事，以及自己昨日對竹韻分析的四點出兵理由說了一遍，木恩和李華庭用心聽著，艾義海卻左顧右盼，根本沒往心裡去，這種勾心鬥角的事要讓他多想一會兒都覺得頭痛，他只曉得有仗打了，一顆心早飛了起來，在那兒摩拳擦掌的只等著楊浩下令出兵。

木恩和李華庭的性子比起他來可要沉穩得多，楊浩說罷，李華庭蹙眉沉思半晌，忍不住說道：「大帥，如今涼、甘、肅、沙、瓜諸州剛剛歸附，咱們對其軍隊的控制力還有限，這個時候如果把他們調往東線，讓他們面對朝廷軍隊，難保不會有人幹出陣前倒戈的事來。

「如果把他們留在河西呢，卻也不妥。各州的殘餘反對勢力如果藉朝廷攻我麟府的機會蠱惑軍心，煽風點火，很難說不會有人譁變造反。想要克制他們，咱們東行前就得留駐大量的軍隊。現在把他們調往于闐，一則可以揚我軍威於西域，二則也是釜底抽薪，借喀拉汗的兵牽制著，河西諸州心懷叵測者就攪不起什麼風浪，這倒的確是個妙計……」

楊浩笑道：「你是一員武將，說話痛快些，莫要繞來繞去，到底想說什麼，儘管開口。」

李華庭微窘，訕訕一笑，這才說道：「屬下擔心的是，如今喀拉汗國與于闐交戰具體情形如何，出兵多少？領軍何人？戰力如何？兵力部署怎樣？我們一概不知。而于闐方面目前的情形我們也一概不知，勞師遠征，糧草輜重能否承擔得起？自此往于闐去，黃沙千里，路途坎坷，能否保障運輸？這都是問題。萬一吃了敗仗，削弱的可是大帥的威信，剛剛對太尉生起敬畏之心的西域諸國也難免又生怠慢之意。」

楊浩道：「這一點，我自然想過。喀拉汗與于闐雙方時戰時和已十多年了，喀拉汗國的兵力多寡、戰力如何、有名的將領，沙州官員並非一無所知，至於具體的兵力部署、如今的戰況情形，呵呵，就算于闐使節把這些交代得清清楚楚又有何用？

「戰場形勢瞬息萬變，他們趕到我沙州的時候，于闐國的情形早已天翻地覆，與他們所知全然不同，等我們的人馬趕到，彼國的一切早已面目全非。如果咱們囿於成算，出兵之前就按照現在了解的情形擬定戰略、畫好陣圖，依樣打仗，那不成了紙上談兵了？如此拘泥不化，哪裡還有勝算？」

木恩贊同地道：「大帥所言甚是，咱們只要估算出他們大致的兵力，了解基本的情形就足夠了。屬下擔心的是，于闐國王李聖天的王后是曹家的女兒，如今于闐國三位使者又喪命在沙州，于闐朝廷對此種種，心中豈能沒有芥蒂？咱們貿然出兵，熱臉貼了冷屁股還是其次，如果于闐再對我們懷有敵意……」

楊浩失笑道：「可能嗎？于闐岌岌可危之時，大軍遠來相助，難道于闐國王瘋了？會選擇拒援亡國？」

「這個……」

楊浩又道：「本帥已向張刺史了解過于闐國的情形，于闐國主李聖天已逝世十多年了，其子李從德去年也剛剛駕崩，如今于闐國是李聖天的長孫尉遲達摩在位。新君登基，國勢不穩，這才連取敗績，不得不向沙州急急求援。江山基業，與彼國太皇太后的一點私人恩怨孰輕孰重，我想這尉遲達摩還是分得清的。

「何況，如今于闐掌握大權的宰相是李從德、尉遲達摩父子兩朝的元老重臣張金山，這張金山說起來可是沙州張家的後人，昔年李聖天與沙州歸義軍張氏互結姻緣，嫁女娶媳時，張家有一個晚輩做了于闐駙馬，就此留在了于闐，張金山就是他的後人，論起輩分，沙州刺史張雨張大人乃是他的族叔，你說他會做何立場？」

說到這兒，楊浩輕輕笑了：「昔日于闐王與張氏交厚，也是姻親。曹氏取代張氏成為歸義軍首領後，于闐王是怎麼做的？與曹氏結親而矣，他可曾因為曹氏代張而對曹氏生起敵意？所以，這件事無須擔心。至於于闐使節被刺一事，若是他們為我所殺，那才是向于闐公然宣戰，可我楊浩卻派了援軍去解于闐之圍，于闐王又不是白痴，好壞還分不清嗎？」

說到這兒，楊浩的神色嚴肅起來：「真正需要我們考慮的，其實只有一點，那就是如何遠征作戰。」

楊浩返回身拉開牆邊遮幔，牆上懸掛著一張十分簡陋的西域地圖。楊浩到此時日尚短，對玉門關外情形了解有限，還未做出讓人一目瞭然的沙盤地圖來。

「三位將軍，你們看，首先說行軍與後勤。如果我們要赴援于闐，只有兩條路可走，一條是出陽關，沿阿爾金山脈直達于闐國的約昌城。這條路是直線，路途最近，不過沿途不是山巒就是沙漠，補給方面很成問題。第二條路就是西出玉門關，先抵羅布泊，借道高昌國，沿若爾臣河直達約昌城。這條路稍遠一些，不過真要走起來，反要比第一條路好走，抵達羅布泊之後，補給問題也可以就近解決。」

艾義海跳將起來道：「好，那咱們就走第二條路，西出玉門關好哇，我的軍隊正在玉門關呢，大帥下令吧，末將馬上出兵。」

楊浩瞪著他道：「你要如何補充糧草？」

艾義海理直氣壯地道：「搶他娘的唄！這事老艾常幹，大帥放心，我那些兵油滑得很，呼嘯而來，呼嘯而去，來去如風，行蹤莫測，高昌國的人休想擋不住我們的去路。」

楊浩沒好氣地哼了一聲道：「你以為此番援救于闐，只有你那五千遊騎兵？」

木恩蹙眉道：「末將聽說高昌人與喀拉汗人都是回紇一族，借道高昌，可行嗎？」

楊浩道：「本屬同族，卻也是不同的國家。高昌崇佛，而喀拉汗國卻崇信日月神，他們為了推行教義，順我者昌，逆我者亡，行事十分霸道。如今他們發兵攻打于闐，固然是為了擴張國土，信仰的原因也是其一，高昌豈能不生忌憚？

「再者，高昌國是被于闐、沙州、喀拉汗呈品字形包圍在中間的一個小國，國小勢微，所以一向安分守己，不敢妄生事端，對于闐、歸義軍和喀拉汗，高昌一向以結交為主，中原每立新朝，他們也都會想盡辦法遣使進貢，所以他們是不會主動對我們挑起事端的。

「當然，如果是在喀拉汗國的脅迫之下，高昌國也未必就不會對我們起了歹意。我們若是挾起尾巴取道阿爾金山，悄悄趕往約昌，正是壯其賊心，借道高昌，反而可以耀我軍威，打消他們的妄念，嘿！西域諸國，哪個不是欺軟怕硬呢！

「他們一旦借道予我，那就是向我靠近了一步，輕易來說，就不會再投向喀拉汗王國。同時，我打算派一個商貿使團與援軍一同前往，大棒子加胡蘿蔔，呵呵，也就是軟硬兼施的意思……」

楊浩事前已經做足了功夫，侃侃說來胸有成竹：「高昌以畜牧為生，高昌王、王后、太子均各有領地和馬場，在他們那兒，好馬一匹值絹一疋，差馬僅供肉食，每匹只值絹一丈，貴族食馬肉，平民以羊及野鴨、雁等為食，因為周圍國家都有自己的馬場，他們的馬銷路少，所以生活極其貧苦。

本帥透過一笑樓，從中原廉價買進了大批絲綢，本來是要充作軍餉之用，此番正好用上，我可遣一使團，攜帶高昌國匱乏的絲綢、瓷器、茶葉、鹽巴前往貿易，換取他們的馬匹、布疋、貂皮、玉器、琥珀、室刀、鑌鐵劍、藥材等等，一面以軍威震懾他們、一面以商貿的甜頭羈縻他們，高昌就能成為我遠征軍的後勤補給基地。到了于闐之後，軍需輜重自然要于闐國來承擔，這一點倒無需擔心。至於如何作戰嘛……」

楊浩轉向三人，微微一笑：「喀拉汗軍自西而來，約昌卻是于闐國最東邊的城市，喀拉汗人是不可能打到約昌的，如果他們已打到約昌，那于闐也就亡了國，咱們直接打道回府算了。所以，遠征軍進入于闐後的這第一個立足之地，不會有凶險，接下來，就是與于闐國人取得聯繫，共同作戰，迎戰喀拉汗軍了。」

木恩聽到這裡，方才微微點頭，踏前一步，振聲請命道：「末將明白了，末將願領軍往援于闐……」

艾義海怪叫道：「木將軍，你可不能跟我搶啊，這差使大帥已經許給我了。」

「哦？」

木恩和李華庭看了看艾義海，再看向楊浩，神情都有些詫異，艾義海善打猛仗硬仗，在戰場上是個十分難纏的角色，這個他們自然知道，可是艾義海此人性情暴躁，作風狂野，向來有前無後，讓他單獨領軍遠出千里，誰能放心得下？

二人不太相信楊浩會委派艾義海做為援救于闐國的三軍主帥，是以都向他望來，楊浩笑道：「此番往高昌、于闐，自然需要一位使者的，這位使者，由張家來出。至於統兵主將，不錯，本帥的確屬意艾將軍。」

李華庭是降將，資歷淺，不好表什麼態，木恩卻搶前一步，說道：「大帥，艾將軍……」

楊浩擺手道：「孤軍遠戰，處境險惡，對手又是驍勇善戰的喀拉汗人，這種情形下，艾將軍正是最佳人選，我大軍此去，若能成為喀拉汗人的剋星，威震西域，那這員大將，便非艾將軍莫屬了。」

艾義海一聽大為得意，乜了兩個袍澤一眼，臉上滿是沾沾自喜的表情。

楊浩誇獎完了，卻把臉一板，對他道：「艾將軍，此番遠征于闐，我可是把涼州、肅州、瓜沙的精兵都交給你了，異域他鄉，人地兩生，打勝仗不容易，如何盡可能地保全咱們的將士，更是大不易，你不要一味想著打仗可立戰功，要好好想想如何打上一場大勝仗，又能把咱們這支軍隊完完整整地帶回來，本帥把這重任交給你，把這些兵交給你，你可莫要讓本帥失望。」

艾義海一抱拳，大聲應道：「大帥放心，艾義海絕不會讓大帥失望。」

木恩茫然道：「大帥，艾將軍征于闐，那末將做什麼？」

楊浩道：「你，就為本帥守住陽關和玉門關！艾將軍一上路，本帥就得回師甘州了。如果艾將軍慘敗于闐，命喪他鄉，說不定戰火就會直接燒到玉門關來，那時候……為我守住兩關，不使外敵入侵一步，不使本帥後院起火，首尾兩顧的重任，就全要靠你了。」

艾義海一聽大是不忿，剛想頂撞幾句，可是話到嘴邊，心裡忽然翻了兩回。他仔細想想楊浩的話，臉上倨傲狷狂的神情漸漸斂去，換上了一副謹慎凝重的神情，沉聲道：「大帥，艾義海此去，定會謹慎小心，不辱使命！」

楊浩欣然一笑，說道：「那樣最好，本帥若信不過你，也不會把這件重任交給你。你們現在就回去各自準備吧，三日之後，艾將軍遠征于闐，李將軍隨本帥回返夏州，看看兩線作戰，比一比，誰能打個漂漂亮亮的大勝仗！」

甘州汗帳王庭上，雙方的激辯已經到了白熱化的程度。

阿里王子和阿古麗王妃互相攻訐，彼此貶斥，已經完全不顧母妃和王子的身分。而估固渾氏、拔野古氏、同羅思結氏、動羅葛氏各大部落首領也微微加入了戰團，各自擁護一方，針鋒相對，毫不示弱。

阿古麗王妃激動得滿臉紅暈，大聲說道：「大汗，事實證明，阿里的猜測從一開始就完全是錯的。夏州軍虛張聲勢，本已不克久戰，如果我們一直堅守城池，夏州軍早已絕望退卻了，可阿里王子是怎麼說的？他一味攛掇大汗棄城逃入大漠，三番五次催我各部強行突圍，如果不是他一意孤行，估固渾部、動羅葛部在夏州軍的屠刀之下損失怎會如此慘重？」

阿古麗王妃這一說，估固渾、動羅葛諸部的族長和頭領們登時連聲附和，估固渾首領蘇爾曼更是老淚縱橫，他的兩個兒子都在強行突圍時慘死在夏州軍的陌刀陣下了，陌刀之下，人馬俱碎，其狀慘不忍睹。大漠男兒，馬革裹屍乃尋常事，可這犧牲本來是可以避免的啊，老來喪子，怎能不一掬傷心之淚？

夜落紇大汗盤膝坐在白熊皮的王座上，雙目似闔非闔，始終一言不發。

夜落紇占據甘州這些年來，已漸漸接受了漢人的一些生活習慣，雖然他在城中還設有氈帳，不過早已蓋了一座金碧輝煌的王宮，這王宮自然比氈帳住著舒坦，所以夜落紇大汗平時都居住在王宮裡面，那大汗的氈帳只是做做樣子，已經有好幾年沒有踏進去一步了。

這座宮殿是漢人工匠建造的，不但富麗堂皇，而且聚音效果極好，阿古麗王妃站在庭中說話，聲音悠遠傳開，站在大殿每一個角落的人都聽得清清楚楚。有人出聲應和，自然有人出聲反對，站在阿里王子一邊的拔野古氏、同羅思結氏頭人們馬上就站出來進行反駁。

阿里王子不陰不陽地道：「目前圍城之軍雖已退卻，可楊浩的主力卻還在瓜沙那邊，焉知他回師途中，不會順手抄了我甘州城？以父汗的安危和我甘州城十萬軍民的性命打賭，這個賭注下得實在是太大了，七王妃可以不在乎，身為父汗的兒子，我阿里卻不能不在乎。」

阿古麗王妃怒道：「大汗之安危，甘州軍民之安危，我如何便不在乎了？」

阿里王子冷笑一聲，負起雙手，仰望殿頂承塵，悠悠地道：「父汗令妳入楊浩軍營行刺，他們竟然識破了我們的計策，反而將計就計打了我們一個埋伏，他們營中主將能掐會算不成？而妳……阿古麗王妃，既然被人識破身分，居然還可以從萬馬千軍中從容逃脫，不傷分毫，這分本事，就更是了得了。」

阿古麗氣得嬌軀亂顫，反脣相譏道：「楊浩營中，沒有人能掐會算，可是如果有人施計拙劣，人家還看不破嗎？我一個女子，假意投降，趁亂逃脫並不稀罕，倒是阿里王子你，於亂軍之中受傷被擒，竟然還能隻身奪馬，逃出生天，這才真是不可思議。」

阿里王子大怒，嗔目喝道：「妳言下何意？我是父汗的兒子，難道會背叛父汗嗎？」

阿古麗王妃把酥胸一挺，嬌聲反駁：「我是大汗的王妃，難道我會投靠漢人？」

「好啦好啦，如此吵鬧，成何體統！」

夜落紇斷喝一聲，霍地站起來，他在王座前緩緩踱了幾步，回首問道：「阿古麗，依妳之見，本王如今應該怎麼做？」

阿古麗王妃急忙道：「大汗，若敵尚未至，咱們先已棄城而逃，威風掃地之餘，如何稱雄西域？如果讓楊浩順利得了這座空城，派一支兵馬駐守，咱們再想取回來，豈不是難如登天？如今宋國討伐麟府，正是我們的天賜良機。楊浩雖擁重兵於瓜沙，可是他的根基之地正受到攻擊，他豈能不急如風火地趕回夏州去？哪有餘暇再打我甘州？

「依我之見，咱們應該令域內各部多籌糧草屯於甘州，據甘州而觀河西形勢。楊浩馳援夏州時，我們可以出兵抄他的後路，如果楊浩防範嚴密，不予機會，我們便可在他退兵之後，上下其手，對西路，扶助肅、瓜、沙、涼諸州不肯臣服於楊浩的權貴世家，煽動他們造楊浩的反，重現河西舊勢。

「對東路，則可以觀望夏州戰事行色，楊浩雖然勢大，可是與實力雄厚的宋廷比起來，卻如狼搏雄獅，難有勝算，等到楊浩落了下風出現敗勢時，我們就可以立即進兵，趁他自顧不暇時吞併靈、興、順、定諸州，到那時，大汗就可取代夏州，成為河西霸主了。」

夜落紇聽得怦然心動：從一個眼看就要棄城而逃、流落大漠的亡國大汗，一躍成為河西霸主，有這個可能嗎？能抓住這個機會嗎？這樣的事，以前也不是沒有過啊……想著想著，他的心漸漸熱了起來。

阿里王子怒道：「妳的部落族人多在甘州執業工商，自然不想遠離。真是一個愚蠢的女人，為了妳那些罈罈罐罐，就要讓父汗擔上無盡凶險不成？」

阿古麗王妃毫不示弱地道：「王子駐牧於貢雍之地，如今一味勸誘大汗棄甘州富庶遷居大漠，又是何居心，莫非你要挾大汗而自重？」

阿里王子聽了怒不可遏，猛地拔出彎刀，直指阿古麗王妃，厲聲喝道：「妳敢挑撥我與父汗的關係？」

夜落紇大喝道：「夠了！在我面前拔刀霍霍的成何體統，你眼裡還有我這個父汗嗎？」

阿里王子急忙收刀請罪：「父汗，兒是因為一時激忿……父汗，你萬萬不可相信她的話啊，留守甘州的風險……」

夜落紇面沉似水，冷冷地道：「前番，我錯信了你，這一次，你還要我相信你嗎？」

阿里王子霍地抬頭，待他看清夜落紇那雙冰冷的眸子，一顆心頓時沉落深淵……

五百二六　大漠雄風

沙州城外，白雲藍天。

萬里黃沙做校場，縷縷白雲做旌旗。從涼州吐蕃軍、肅州龍王軍、瓜沙歸義軍中精中選優挑出來的各一萬騎的精銳鐵騎，再加上艾義海本部的五千驍騎兵合兵一旅組成的遠征大軍，經過三天的整合備戰，秣馬礪兵，如今盤馬彎弓，正候令出塞。

馬鳴風蕭蕭，紅日照大旗！

一桿火紅的「楊」字大纛高高飄揚，秋風吹過，獵獵有聲。勒騎肅立的士兵立即齊刷刷地向東望去，一輪紅日下，楊浩親自來為他們餞行了。

隨同楊浩而來的，是瓜沙二州的地方官吏、仕紳名流、鄉里耄耋，除了準備隨同大軍趕赴高昌國的使團隊伍，後邊還有幾十輛車子，荷牛載酒，以為犒軍之用。

「嗚——嗚嗚……」

楊字大纛一出現，軍陣之中便兵甲鏗鏘，旌旗飛揚，數萬精騎徐動如林，向高壘一丈的黃沙土臺靠攏。

這番出兵，楊浩發動了瓜沙的仕紳名流、鄉里父老，打出保家衛沙、抗喀援于的旗號，更利用三天的時間，做足了宣傳功夫，將援救于闐的重要意義直接和河西走廊的興衰和瓜沙父老的存亡掛上了鉤。

每一個百姓、每一個士卒，現在都已知道于闐大亂，阻塞東西，他們不但無法重現西域古道的興旺，而且將因道路阻塞，不得通商，漸漸變得和高昌國一樣貧窮落後。

每一個百姓、每一個士卒，現在都已知道，喀拉汗人窮兇極惡，他們一旦占領于闐，就會繼續東進，威脅敦煌的安危，敦煌的佛寺、塔林都會被搗毀，所有的僧侶和虔誠的信徒都會被梟首焚屍，整個河西將陷入無盡的戰火，所有的百姓都將變成他人的奴隸。

其中有多少誇大其詞且不去管，宣傳是很有效果的，同仇敵愾之心已瀰漫於整個瓜沙，原本一場遙不可及的戰爭忽然間變成了與他們生死攸關的一件大事，瓜沙父老、鄉親百姓自然不遺餘力地支持，他們的態度直接影響到了這支遠征軍，每個士卒從百姓們的一舉一動、一言一行中，都感覺到了自己負有多麼重要的使命，他的長弓利矛，並不僅僅是去西域他鄉作戰，他在直接保護自己的父老鄉親，士氣空前地高漲起來。

而今天，楊浩攜八大世家、地方官吏、仕紳名流，以及德高望重的鄉里耄耋隆重檢閱遠征部隊，更是把這種榮譽感、自豪感和堅不可摧的旺盛鬥志提到了極致。

楊浩徐徐登上了點將臺，隨之而來的人都在臺下肅立，面向遠征大軍。

從臺上看下去，正對著點將臺的是艾義海的五千驍騎兵，飄揚的飛豹大旗下面，是同色同款的戰袍甲冑、統一制式的鋒利刀槍，軍容威武雄壯。

馬是雄壯魁梧的西涼健馬，護甲披膊、火紅的披風，隨秋風一起，就像一片火燒雲。秋風掀起披風的時候，可以看到他們肋下的彎刀，槍托上的長矛，側掛的圓盾，他們的肩上俱挎一品弓，兩壺狼牙箭滿滿當當的。

左右和後陣，便是涼州、肅州、瓜沙三路軍陣。他們的武裝和武器並不整齊畫一，刀槍劍戟、棍棒鞭鐧不一而足，同一隊伍中，長短兵器、輕重兵器可謂五花八門，使用的弓箭也是各有不同，但是所表現出來的那種威嚴凌厲，剽悍如虎的氣勢，卻也絲毫不弱於艾義海的中軍。

同樣還是這些隊伍，在與楊浩為敵的時候，他們消極怠戰，士氣低落，而落到楊浩手中後，稍加擺布，精氣神就完全變了個樣，看在楊浩身後那些人眼中，不由得他們不對楊浩更生幾分敬畏。

楊浩練兵，固然注重軍紀軍法，但是從蘆嶺州演武堂訓練出來的各級將佐，本就是平民出身，他們更淡漠上下階級、更注重官兵一體，素質一流的將校軍官、保家衛民的同一志向，再加上絕不拖欠和剋扣的軍餉，使得這支隊伍在楊浩手中迅速脫胎換骨，變了模樣。

站在楊浩身後的人群雖然都是趕來勞軍的，但是他們未必全都與楊浩一心一意，比如本是沙州第二大世家的索家，如今已是大權旁落，雖說他們龐大的家族注定了索家在瓜沙仍然具有相當大的影響，但是他們家族的人已經從瓜沙軍政要職上退了下來，像九大世家中屈居最末的令狐世家，如今其家主都做了沙州別駕，如果索家今後不能出幾個傑出人物，不能在瓜沙軍政兩界謀幾個要職，那麼不可避免的，三五代之後，在沙州九大世家中屈居末尾的很可能就是索家，甚至一蹶不振，澈底沒落，被擠出世家大族的行列。

像這樣的家族不止一個，他們也未必就肯甘心臣服，用忠誠和行動來維持家族的地位，如果楊浩把主力撤回夏州，而且楊浩與強大的中原政權發生戰爭的消息傳來，他們很可能就會聯起手來發動政變，顛覆楊浩對瓜沙的統治。

而現在，他們卻不得不與楊浩齊心協力了。

楊浩回師夏州，瓜、沙、涼、肅諸州精銳遠征于闐，這個時候他們還能攪起什麼風浪來？就算還有那個餘力，他們也不敢妄動了，遠征大軍中不少將領都是諸州世家權貴的子姪，如果河西有點什麼風吹草動，這支孤懸於外的軍隊便有全軍覆沒的危險，將領們後面站著一個個根基深厚的世家名門，士兵們後面站著一個個百姓人家，這些人就算只為了自己的家人，也絕對不允許河西大亂，阻塞了他們子弟回家的道路。

楊浩今天一身戎裝，頂盔掛甲，威武不凡。

他肅立在點將臺上，望著緩緩迎向臺前的三軍將士，忽然輕輕一舉手，三軍立即戛然而止，駐馬於前，肅然而立，當真是其徐如林、不動如山。

艾義海和其他三路兵馬的統軍將領策騎出陣，向臺前疾馳而來。

楊浩徐徐收回目光，高聲說道：「三軍將士們，楊某自夏州而來時，曾張〈告河西父老書〉，向天下宣言，誓統河西，光復故土，還河西父老一個太平世界。楊某做到了！」

他在臺上踱起步來，威然注目各個軍隊：「如今，只剩一個甘州苦苦支撐，跳梁小丑，不足為慮，本帥揮軍回師時，踏平甘州，不過是彈指一揮間的事。現在，本帥要向西域諸國、諸部，發布〈告西域諸國書〉，向天下宣言！」

三軍肅穆，戰旗獵獵，就連楊浩身後的八大家族、瓜沙仕紳們，也都感覺到了楊浩話語中的騰騰殺氣，是的，楊浩的崛起是個另類，他奇蹟般地崛起於河西，奇蹟般地打敗了河西之王李光睿，在此之前，他一直低調又低調，只是埋頭發展自己的軍政，他第一次信心十足地向整個河西宣告他的實力和主權，就是出兵西進，一統河西的時候。

「順我者昌、逆我者亡！」慷慨激昂的誓詞言猶在耳，他做到了，他奇蹟般地一統河西，他用了最短的時間，實現了他的第一個宣言，這是楊浩第二次向天下宣告，這一次，他要說什麼？

那時將帥對全軍講話，哪怕聲音再大，喊得聲嘶力竭，也不可能布達全軍，軍中自有訓練有素的傳令兵，將將帥的講話用最快的速度傳遞下去，所以將帥們講話，常常一句一頓，這樣自然可以加強語氣，加強將士們的理解消化，同時也是為了方便傳達。

楊浩頓了一頓，方才朗聲道：「于闐國，素以中國藩屬自居，事之以忠，待之以誠。中國萬邦上國，交往諸國，素以睦鄰友好為策，然扶危濟遠，亦是己任。菩薩慈悲，亦有修羅護法，今喀拉汗悍然興兵，荼毒千里，于闐國使求於本帥階下，本師忝為河西隴右兵馬大帥，安能置之而不顧？西域宵小，妄逆天威，我若倒退一尺，彼豈便進一丈……」

*　　*　　*

胡楊館中，一直悠然安坐的塔利卜霍然而起：「他已決意出兵？」

他的一個僕從躬身道：「方才聽館外守卒言道，楊太尉已於沙場點兵，出征在即了。」

塔利卜的雙眉攸地擰了起來，殺死于闐國三位使節之後，他就料到以楊浩的精明早晚會猜到兇手是他，也料到這般觸犯楊浩的權威，必然惹他發怒，不過于闐對楊浩來說，實無必保之需要，而他卻是楊浩的重要合作夥伴，至於于闐之亂會阻礙東西交通，影響河西興衰，這應該是楊浩最為擔心的了，而這個問題對別的胡商是天大的問題，對他來說卻不是。

他自以為按住了楊浩的命門，楊浩早晚要服下軟來。等到楊浩對通商西域的倚賴越來越重，而通商西域的關鍵完全掌握在他的家族手中，他就可以對楊浩發揮更大的影響，兵不血刃地讓這位西域霸主皈依他的信仰，成為大哈里發在東方最強有力的夥伴和代言人。對喀拉汗，他們正是這麼做的，而且大獲成功。

行刺成功之後，他就耐心等著楊浩主動來找他，不管楊浩如何怒不可遏，他都有信心以讓人心動的條件，平息楊浩的雷霆之怒，從而進一步加強對他的控制，可是想不到楊浩居然封鎖了胡楊館，根本不與他見面。塔利卜一直猜度不透楊浩的用意，只得沉住了氣，看看誰先按捺不住。

萬萬沒有想到，楊浩在三位于闐使者身亡之後，短短幾天工夫，就已做好準備，毫不猶豫地發兵遠征了。一時間，塔利卜完全猜不透楊浩心中的打算了，不由得方寸大亂，他繞室疾走半晌，忽地站住腳步，急道：「備馬，更衣，我要去見楊浩！」

點將臺上，楊浩的聲音鏗鏘有力：「喀拉汗侵我藩屬，就是挑戰我中國之權威，本帥既然在此，就有執中國之責任，援藩邦之義務。今告西域諸國，莫以為玉門之西，便是我中國不臣之地。今大難當前，大義所在，大愛所施，大善所行，大德所向，不容反顧，楊浩將義兵，行天誅，陷陣克敵，必敗宵小，以為天下戒！」

狗兒滿眼崇拜的小星星，伸手便去摸胸口，竹韻乜著她，見她掏出個本子，忍不住好笑地道：「小燚呀，妳什麼時候落下這麼個毛病？他說的又不是聖旨，還記下來呢。」

狗兒幸福地笑道：「我就是喜歡記下大叔說過的話啊，他以前說的話少，我記得住，現在不成啦，哇……剛剛說什麼了？好多話，我記不住……」

竹韻翻了個白眼，順手遞過一張疊得整整齊齊的紙來：「喏。」

狗兒茫然道：「這是什麼？」

竹韻沒好氣地道：「張貼得滿大街的告示啊，上面都寫著呢……」

楊浩說罷，大聲道：「眾將士，此番出征，還望三軍將士奮勇爭先，建功立勳，打出一個威風來，不要辜負本帥的期望，不要辜負河西父老的期望！」

艾義海等將帥在馬上齊齊拱手，轟然稱諾，四下將士一齊響應，聲震長空。

楊浩把手一揮，大喝道：「出發！」

中軍移動，旌旗如雲，號角聲響徹大漠。

慷慨激昂的〈大陣樂〉在蒼茫萬里的大漠上空迴響：「回看秦塞低如馬，漸見黃河直北流。天威直捲玉門塞，萬里胡人盡漢歌……」

長矛前指，萬馬縱橫，宛如一股旋風，無數勇猛的將士呼嘯西去……

＊　＊　＊

沙州金山國王府，楊浩戎裝未解，大馬金刀地坐在帥椅上，看到塔利卜走進來時，雙眼只是輕輕一抹，全無前番相見時的禮遇。

塔利卜的臉色十分難看，進來以後長揖一禮，也未講話。

楊浩也不讓座，端起杯來輕輕抿了口茶，這才瞟向他，淡淡說道：「于闐國使遇刺一案尚未查明，所有嫌犯不得稍離，塔利卜先生是本帥的好友，是以破例允你來見。不知道塔利卜先生有什麼要事？本帥馬上就要揮師返回夏州，如果塔利卜先生只是生活上有什麼不便利的地方，可以直接向張刺史提出來，這些方面，我們是會予以滿足的。」

塔利卜一聽，臉色更加難看：「太尉何必明知故問？在下的來意，想必太尉早已心知肚明了吧？」

楊浩冷冷一笑：「本帥只知道，塔利卜先生是本帥十分器重的西域商賈，一個商賈就該自明身分，不想妄想干預我的政事！」

塔利卜吸了口氣，臉上的怒氣漸漸收斂：「呵呵，太尉何必這般震怒，為了于闐傷了你我的和氣，值得嗎？不錯，我是一個商賈，可是與你們中原的商賈不同，在我們大食，商賈的身分地位並不低。而我，更有皇族身分，在大食軍政兩界均有許多關係，對太尉的助益，在下相信，遠比那不知所謂的于闐國要重要得多。」

楊浩放下茶杯，沉聲道：「塔利卜先生看來還是沒有明白本帥的心意。這不是誰有用誰沒用的問題，而是我的權力，絕對不容侵犯。塔利卜先生與我的合作，只在於雙方的金錢利益，餘此並無其他。」

塔利卜哂笑道：「呵呵呵，這裡沒有外人，在下就打開天窗說亮話吧，太尉是岡金貢保，是佛教的護教法王……然而依在下看來，太尉只是利用了河西民眾崇佛之心罷了，如果太尉是一名虔誠的佛教徒，我在太尉府上，卻不曾見過一尊佛像，不曾見太尉去任何一座廟中禮佛上香，不曾見太尉誦過一句經文、佩過一件法器。太尉，佛家對民眾的約束號召力，其實十分有限，太尉如果……」

楊浩一舉手，制止了他的講話，微微一笑，說道：「果然如此，我想……我已經明白你要說什麼了、你的目的是什麼了，呵呵，你不必再說了。」

塔利卜目光一厲：「難道太尉欲扶菩薩而滅我真主？」

楊浩冷哼道：「日月神的光輝，還不曾灑到我河西之地，塔利卜先生這話，從何說起？」

塔利卜驚疑不定地道：「那麼，太尉是什麼意思？」

楊浩緩緩直起身來：「你既開誠布公，那我就把我的意思也與你說個清楚明白。如果塔利卜先生願引貴國阿訇入我河西傳播教義，楊浩竭誠歡迎。」

塔利卜一聽喜上眉梢，連忙道：「此話當真？」

楊浩道：「本帥一言九鼎，自然當真。不過，我有一言在先：唐朝時候，貴國商旅行人自海路而來，大量聚居於廣州、泉州、洪州、揚州等地，多者達數萬人，建寺傳教，皆屬自由，大唐並不禁止。唐伐西域時，大食國曾發一路援軍相助，後來這一支人馬到了長安，蒙唐皇恩賜，允其娶漢婦，駐於長安，其信仰教派，亦隨其自便。

「本帥也是這個意思，效仿唐時辦法，海納百川，兼收並蓄，信仰自由，絕不獨尊一術。佛儒釋道，概不打壓。如果基督教徒要來我的轄地傳教，我一樣歡迎，對你們，自然也不會拒絕，不過，我絕不允許你們唯我獨尊，以血腥手段屠滅其他信仰，你的信仰若是真可令百姓信之，百姓自然便是你們的信徒，大家各呈其能罷了，在我這裡，你不要妄想喀拉汗故事重演。」

塔利卜的臉色又難看起來。

楊浩道：「如果塔利卜先生能夠同意，那麼我與閣下、我與貴國，便仍是親密的朋友。如果塔利卜先生仍固執己見，那麼，如果說本帥真要在我轄地禁絕一教，那就是你所信仰的了。本帥希望塔利卜先生能做出明智的選擇，等你有所決定之後，隨時可以來見我，現在，請回吧。」

楊浩說罷，返身就走，塔利卜急叫道：「太尉且慢。」

楊浩停住腳步，頭也不回地道：「怎麼？塔利卜先生這麼快就有所決定了嗎？」

塔利卜含怒問道：「如今我的人全被困在胡楊館，幾時可得自由？」

楊浩呵呵一笑，說道：「這個嘛……等我的西征大軍抵達于闐國約昌城的時候，你們會得到自由的。不過，不管塔利卜先生是否答應我的條件，今後為敵還是為友，我需要幾個兇手，這……是本太尉因為你我以往的交情，所做的最大讓步了！」

＊　＊　＊

塔利卜被侍衛引著，怒沖沖地往王府外走，走到前院時，迎面正碰上幾個人，兩個沙州官員引著身穿大紅披風的幾名羅馬武士正往裡走，他們戴著橫向紅鬃的頭盔，銀白色板甲，小腿和手臂都裸露在外，肌肉虯結如龍，古銅色的肌膚蘊含著強勁的力道。其中有兩個，甚至就是塔利卜這一次運到河西的羅馬戰俘。

塔利卜怔了怔，下意識地往旁邊避了避，那幾個人似乎全未注意這個胡商，其中一個道：「隆巴斯，你真的是克拉蘇執政官的後裔？哈哈哈，那好得很吶，當年我們羅馬帝國與帕提亞王國議和之後，曾經向他們索要我們第一兵團的戰士，我們知道你們沒有全部戰死，你們是羅馬公民，我們不會放棄你們的，可是安息人也不知道你們的下落，這件事成了我們永久的遺憾。這一次，太尉大人讓我們一起去羅馬，克拉蘇執政官的後人回到故鄉，一定會轟動整個羅馬……」

幾個人說著，興沖沖地過去了。

塔利卜心中一驚，腳下頓時沉重起來，別看他在楊浩面前把大食帝國說得無比強大，似乎縱橫西方，所向無敵，但那只是借了東西訊息不暢之利。實際上大食帝國與羅馬帝國已經打了幾百年的仗，在幾十年前那段時間，大食帝國的確占了上風，節節進逼，勝仗無數。

可是羅馬帝國分裂為東西帝國之後，在軍事、政治、文化各個方面都出現了分歧，西羅馬帝國是守舊派，一直沿用步兵為主力的作戰方式，以至於當騎兵成為戰場主力的時候，日趨沒落直至滅亡，而東羅馬帝國早已開始重視以騎兵為主力的作戰方式，並漸趨壯大。

近一百多年來，東羅馬帝國在幼發拉底河上游的薩莫薩塔全殲大食軍隊，先後收復巴里、塔蘭托和卡拉布里亞。又奪取了美索不達米亞、克里特島、塞浦路斯、安條克、阿勒頗、埃德薩、大馬士革、貝魯特及敘利亞等地，拜占庭帝國在東方已開始重新獲得優勢。這也是大食人迫不及待地要在東方發展同一信仰國家的原因，他們需要一個強大的東方盟友，共同扼制羅馬的壯大。

東羅馬帝國重新走向下坡路，是在他們丟失安納托利亞這個重要的馬匹盛產地之後，而那已是幾百年後的事了，塔利卜沒有未卜先知的本事，他現在只知道如今的東羅馬帝國正如日東升，按照這樣的發展態度，大食帝國的未來岌岌可危。他只知道當楊浩了解這一切後，楊浩就會明白，如果他同羅馬帝國建交，所獲的幫助並不弱於大食帝國，而對大食帝國來說，失去目前在西域擁有重大影響的楊浩，對他們來說，卻是極其重大的損失。

塔利卜的雙腿就像灌了鉛，越來越是沉重，他本來是絕不肯接受楊浩的建議的，而現在……他的意志不得不動搖起來……

五百二七　九月鷹飛

獵狐最好的時候，通常是在九月。那時秋高氣爽，草長葉黃，在遼闊的原野上，獵人們會放出漫天的獵鷹，當獵鷹飛舞時，即使是那最狡猾的狐狸也以為地上有了美味，便紛紛從那躲藏的洞穴中出來奔向那假想中的食物，殊不知自己反而成為了獵人的獵物——只要有一隻狐狸出現，就會有無數隻蒼鷹飛起，只要有鷹飛起，那隻狐狸就死定了。這大概就是「九月鷹飛」的由來。

九月，是野兔肉肥味美的季節，也是狐狸覓食的季節；九月，是雄鷹振翅高飛的季節，更是獵人狩獵的季節；所有生靈都將在這秋高氣爽的季節裡，拚盡全力，勇往向前，只為在冬日之前多準備些口糧。那麼在這場生死博鬥中，究竟誰才是狐狸，誰又是真正的鷹呢？

鷹揚長空，戰馬嘯嘯，楊浩大軍集結，正待東下。

「送君千里，終有一別，諸位不必遠送了，待平定甘州，楊某還是會找機會西巡敦煌的，到時候，也會邀請諸位東行的。」

楊浩在馬上暢笑抱拳，他此時雖然挾弓佩劍，卻是一身箭袖青衣，頭戴飾貂笠帽的打扮，看那模樣不像是一個統率大軍正要去踏平甘州的大將軍，倒是要一個策馬塞外，引雕獵狐的少年郎。

「吾等恭祝大元帥此去甘州，旗開得勝，馬到功成！」

沙州八大家族、地方官吏、仕紳名流，以及歸附楊浩的左近吐蕃、回紇、吐谷渾、漢人族寨的豪酋土官們紛紛駐馬抱拳，向他祝福。

在楊浩身後，是他日益壯大的軍隊，其中有夏州兵、涼州兵、肅州兵、歸義軍，以及新近招納的羅馬軍團、吐谷渾軍團等等，此外還有大批的瓜沙士林名宿、各大家族長房嫡系的重要人物，他們是要隨同楊浩前往夏州做官的，這些人的另外一層身分就是質人，是各大家族派遣家族重要人物為質向楊浩表態效忠的一種形式。

這些家族頭領、地方豪酋雖地處西域，性情粗獷，但是能為一部之長，心機智慧自然超人一等，楊浩自涼州向西一路行來，真正做到了順我者昌，逆我者亡。

各方勢力誰肯歸附，誰肯為之而戰，就能獲得遠較別人更多的利益，沙州張氏現在在軍政兩界，真正再度成為沙州第一大家，僅僅屈居於楊浩之下，就連駐守陽關、玉門關，手握三萬精兵的木恩，這樣一個楊浩最為親信的將領也只能與張家平起平坐。

此番以莫大魄力，力排眾議遠征于闐，既在河西諸州百姓和西域諸國面前顯示了他強大的軍事實力和自信，也使得河西亂源薪柴為之一空，而他用的，卻是堂堂正正的辦法，一箭雙鵰於不動聲色間，以壯我軍心士氣的手段排除了撤兵東返時的一絲潛憂。

這樣寬猛相濟、剛柔並用的手段，足見大帥駕馭治理的手段，此前在他對八大家族的具體運用和任命之中，更已充分顯示了他激勵制衡、相佐相挾的圓滑心術，對這些西域大豪來說，一個統御百萬雄兵的莽夫不足畏懼，而這樣一個深諳政治、心機慎深，胸藏百萬甲兵的領袖，才更加令人敬畏。

這些一方之雄對此盡皆看在眼中，感悟心裡，對楊浩的敬畏和崇信也是與日俱增。此去甘州，他們相信甘州是必敗無疑的，夜落紇做為河西走廊上曾經最強大的一方勢力，多年來的積蓄之豐厚可想而知，經此一戰之後，楊浩將會獲得更加雄厚的實力，而那些戰利品：無數的黃金、白銀、玉器、奴隸、牛羊、馬匹……做為楊浩的部下，他們也能從其中分一杯羹，豈有不踴躍支持的道理？

楊浩正欲策馬離去，沙州方向忽有幾匹快馬飛馳而來，正欲率軍離去的楊浩和遠送至此的沙州仕紳都向那裡望去，那幾匹馬漸漸走得近了，頭前一人看其官袍顏色，只是個從七品的州官屬吏，而他後邊隨行的幾匹馬上的人，卻都是皂隸衙役的打扮，這樣品級的官員，是沒有資格來送楊浩的，眾人不禁竊竊私語起來。

不一會兒，那幾個人已到了軍前，楊浩揚了揚手，阻止侍衛阻攔，那幾匹馬得以長驅直入，一直搶到了楊浩近前，這才翻身下馬。

那剛剛下馬的官三十出頭，兩撇髫鬚，有些不拘言笑，看來倒是有些沉穩老練的樣子，只是這樣衝撞太尉的儀仗，可就看不出他哪裡沉穩了。閻家家主定睛一看，認得是自家的一個姪兒，名叫閻肅，如今正在州府裡擔任司理參軍，不由臉色一沉，斥道：「閻肅，太尉面前，竟敢長驅直入，你好大的膽子。」

閻肅一抬頭，見是自家家主，不禁有些訕然，有心解釋，可楊浩正在面前，哪有撇了主官去答自己家主的道理，失措之間，楊浩已笑道：「唔，原來是閻參軍，呵呵，閻老先生不必怪罪，閻參軍此來，想必是有緊要的公務。」

閻肅鬆了口氣，連忙棄了馬韁，上前大禮參拜：「沙州司理參軍閻肅，見過太尉。」

楊浩在馬上點點頭：「有什麼事，你說吧。」

閻肅急急稟道：「太尉，于闐國使遇刺一案，已然有了眉目，事涉他國使臣，干係重大，屬下不敢不急來稟報。」

楊浩目光微微一凝，問道：「詳細說來。」

「是，自于闐國使節遇刺之後，州衙封鎖了事發之地『胡楊館』，一直在尋蹤覓蹤，緝索兇手，不敢有絲毫懈怠。今日，有胡楊館中幾個胡商酒後言語，談及所擄于闐使者隨身財物，因分贓不均大打出手，胡楊客棧掌櫃的一旁聽到，急急赴衙舉報，下官遇訊現已將幾人緝拿歸案，並從他們住處搜出于闐國使節隨身之物。

「幾個胡商人贓並獲，已然招認，是他們聽聞于闐國使節向我沙州乞援，就住在他們隔壁，料想國使求援，必攜重寶，因而起了歹意，夜入于闐使節住處，殺人擄財。現有人證胡楊館掌櫃和小二，以及自幾個兇手房中搜出來的紫玉如意、七寶楊枝等寶物數件。」

楊浩聽罷目注沙州刺史張雨道：「張大人，本帥出征在即，三軍將行，不能回去了。司理參軍查證清楚之後，由司法參軍依法斷案，整個過程，還要張大人全程督理，因此案事涉于闐使節，總要審個清楚明白，方好對于闐有個交代，不可不慎。」

楊浩入主沙州以後，已改變了沙州沿襲唐律的司法體系，在宋律的基礎上又加上了些自己的想法進行改進，司理參軍審理案件、司法參軍判案斷刑，再加上鞫司和讞司兩個內部稽核覆審系統，盡量利用原來的官署設置，在一定程度上實現了古典式的審權、判權和檢察權的分離，三者和巡檢司的緝捕權一起構成了州衙司法系統。

張雨聞言連忙應道：「下官遵命，對此案一定慎之又慎。」

楊浩淡淡一笑，向沙州方向輕輕掃了一眼，心中暗道：「塔利卜，你終於讓步了嗎？」

* * *

夜黑風高，草原上隱隱傳來狼嚎，一切顯得十分靜謐。

而在通往甘州的東西兩條要道上，兩路大軍正在夜色中急急行軍。為了不致讓甘州回紇得到警訊之後逃之夭夭，一東一西兩支隊伍自肅州和涼州同時襲向甘州，晝伏夜行，偃旗息鼓，輕裝疾進，另有幾支輕騎已然先行幾步，堵在了甘州逃往北方大沙漠和南方疊嶂重巒的險要路徑，對其形成了合圍態勢。

離城還有五十里，軍令祕密下達，三軍悄然止步，開始安營紮寨，他們要以最好的狀態、最飽滿旺盛的鬥志出現在敵人面前。當黎明到來的時候，甘州回紇會突然發現，他們已四面烽火，八面來敵。

楊浩的軍隊向四下散開，把周圍一切沙丘、山窩、河谷、草原細細梳理了一遍，開始安營紮寨，遊騎暗哨祕密派布，探馬斥候已直抵甘州城下。

中軍大帳迅速紮好，營外戰塹壕溝也同時挖好了，鹿角、陷阱、拒馬槍等密密排布，頃刻間在甘州外圍外形成了一座城外之城。雖然夜深，楊浩的中軍大帳卻是一片忙碌，各營的安置進度，與唐焰焰自東而來的東面軍團的聯繫情報，各營將領的請示、建立等密集往來，均需楊浩定奪吩咐。

當這一切消停下來，營中兵馬匆匆往來的身影也漸漸稀落，楊浩才和衣躺到了行軍榻上。夜深了，在侍衛們的拱衛下，他的中軍大帳周圍最是寂靜，可是他躺在榻上，卻沒有一點倦意。忙碌了半天，人歇下了，可腦海裡還是像走馬燈一般，許多想法思慮紛至沓來。

這次西征，到目前為止，一統河西的整個進程是非常順利的，他所遭受的困難和阻力遠遠小於他的前任李光睿。尤其是他善用所降服勢力的力量，使他們迅速為自己所用。在這個過程中，他透過戰爭手段促使剛剛歸順的力量迅速轉化成為服從於自己的武力，也保證了他的力量沒有因為連續的戰爭而遭削弱，相反，卻像滾雪球一般越來越是壯大。

單純依靠本族核心力量對楊浩來說是不切實際的，對宋國這樣基本一統的國家來說同樣不切實際。目前的宋國，同樣需要大量的時間來消化融合本族不同勢力，把他們澈底融合，這個帝國最快也得需要幾十乃至上百年的時間。

然而，你無法保證你的帝國一直明君輩出，也無法保證你的帝國始終處於上升期和旺盛的擴張力，因此真的經過百十年的發展，帝國內部在人力充足和內部一統兩方面達到條件後，反而極少會有多大的建樹。

武力的強大、政治的清明、旺盛的野心，通常都集中在開國之初，當帝國秩序穩定下來，一個龐大的統治機器已經完善，文臣武將可以透過循規蹈矩的正常模式來錄用、晉陞，百姓們已經完全穩定下來的時候，朝野各方就會形成一種合力，制約對外擴張造成的必然動盪，興兵會被視為窮兵黷武，無論是皇帝、官吏、仕紳、百姓，都已喪失了這種對外擴張的動力。

所以崛起之初，是最好的擴張時機。而要迅速擴張，那麼征服一個地方，再用這個地方的軍民繼續出征，這種次第擴張的方式就成了最好的模式，它能避免本族人力物力不能源源供應的缺陷，可以用極快的速度擴張開去，漢、唐、阿拉伯、蒙古帝國，都是這種擴張戰法的佼佼者，也從中獲取了極大成功。

當然，這種打法如同玩火，必須控制住火候。有兩個問題必須予以注意，一是你的核心力量必須保證對受控勢力的足夠約束力，否則也許就會遭受為你所驅的力量反噬之險。第二就是不能無限擴張，哪怕是一家公司，快速且無限的擴張，其弊端都遠遠大於它的收益，更何況是一個政權呢。

配套管理體系、對被征服區的統治與消化，疆域迅速擴大而造成的通訊障礙，這些問題中任何一個出些岔子，都能促使剛剛構建起來的統治集團陷於崩潰。這些原因，正是楊浩目前把自己的勢力控制範圍鎖定在玉門關以內，同時竭力保持自己的直屬部隊不會被攤薄、削弱的原因。

這些楊浩做的很好，所以他暫時還不必擔心這方面會出現問題，他現在真正擔心的是東線。以橫山為主要防線，可以集中有限的兵力，依托險要的地勢，構建一個最完美的防禦體，又有楊繼業這個善守的戰術家，种放這樣一個戰略家，其實哪怕他本人現在就在橫山，也未必就能比這兩個人做的更好了。

可是……對手是宋國這個龐然大物啊，這是他所遇到的前所未有的強敵，領兵將領又是潘美這個最擅長進攻的宋國名將，東線到底會不會出問題？楊浩對此惴惴不安，自然在情理之中。

更加令他難以決斷的是，他要以什麼身分面對宋國？他很佩服折子渝的果決和勇氣，如果折子渝不是當機立斷，果斷放棄了府州，隨同楊繼業撤往橫山，那麼折家軍就會全部葬送在府州。如果折子渝不是頂住了莫大的內部利益集團的壓力，和對一個女兒家來說，無法承受之重的詆譭和侮辱，「一意孤行」地決定放棄折家軍的稱號，將折家軍併入了夏州軍，易幟換旗的話，那麼折家將面對打起受折家乞援而來的旗號，挾折家少主為幌子的朝廷大軍，必將打也不是，不打也不是。戰場上，一個先機就有可能決定全軍的勝敗，陷於尷尬境地，進退兩難猶豫不決的折家軍將落得一個什麼下場，那就可想而知了。

易地而處，如果自己是折子渝的話，楊浩不敢確定他有沒有這分氣魄膽略，做出折子渝做出的決定，他的性格其實一直都有些優柔寡斷，即便現在擁兵十餘萬，成為一方霸主，其實這個性格上的弱點也沒有完全改變，如果折子渝不是有一個先天缺陷：她是個女兒家，楊浩相信，她會比自己更加成功。

楊浩能夠想像得到，一個本不該承受這麼多責任的女孩，一個心高氣傲的小公主，一個做為女孩兒家本來最重視的就是清白名聲，承受這麼多的壓力和責任，承受這麼多謠言誹謗和侮辱，她心中的壓力該有多麼沉重。她放棄了府州，交出了折家軍，對她而言，並不是卸下重擔，而是背上了更多的負擔、還有屈辱。

她再堅強，又能支撐多久？

子渝……

楊浩恨不得插翅飛到她身邊去，用他堅強的臂膀做那棵為她遮風蔽雨的大樹，可是這個時候對子渝表現出更多的熱忱，夏州軍會怎麼想？折家軍會怎麼想？朝廷又會怎麼說？他能不能不在乎這些聲音？子渝能不能不在乎這些聲音？即便這一切都不是問題，他仍然無法馬上飛奔而去，他只能耐著性子，先來解決甘州的事情。

同時因之而來的還有一個最大最大的問題，他毫無思想準備的問題，子渝已經反了，他怎麼辦？反還是不反，不反如何自處？如何禦敵？反了話，以什麼名義？什麼身分？目前他所控制的各種勢力，能否在他喪失河西隴右大元帥這個合法身分，且與中原最強大的帝國成為對立之敵的時候仍然忠於他？

這個火候比他吞噬河西各方勢力，再引為己用，滾雪團般進行擴張涉及的層面和需要考慮的因素還要複雜百倍，做的力度不夠，那麼在名分大義上，他就屈居下風，這場仗，就不能打得理直氣壯。如果火候過了，他將取代遼國，成為宋國首欲對付的第一大敵，他能不能應付源源不絕的大宋軍隊？傾國之力，他能應付得了嗎？

儘管他現在已經開始著手做著種種準備，但那都是不得已而為之的手段，不到最後關頭，他不能動用，他可以看不起趙光義，但他不能無視宋國的強大實力，無視宋國的戰將如雲。

楊浩越想越是頭痛，他終於從沙州回師了，可是他一點也沒有輕鬆，他現在將要面對的，反而是更多棘手的問題。

遼國會干預吧？就像他不會坐視于闐被滅一樣，一個有戰略眼光的政治家，同樣不會容許河西淪落宋人之手，蕭綽可不是一個僅僅金玉其外的美人，不過……她會如何進行呢？蜀地那邊，如果小六和鐵頭成功奪取了領導權，現在也應該有所行動了吧？他們能不能成功地從趙得柱手中奪取領導權？

冬兒……上一次送來的情報中，說她已經幾次出現陣痛，現在應該已經生了吧？母子平安嗎？是男還是女？

國事，家事，天下事，一樁樁、一件件，楊浩就像鍋裡的烙餅，翻來覆去，難以入眠。

而他這一夜唯一沒有去想的，就是他眼皮底下的甘州。

對囊中之物，還有什麼好想的呢？

＊　　＊　　＊

這一夜，對甘州回紇可汗夜落紇來說，同樣是一個不眠之夜。

探馬斥候如流星趕月一般，把一個個驚心動魄的消息送到了他的王宮。宮殿上，燈火通明，所有的重要人物濟濟一堂，人人皆現驚惶之色。

「怎麼會……怎麼會……麟府兩州受到攻擊的消息絕不會假，楊浩怎麼可能還安之若素，取我甘州？」阿古麗王妃方寸大亂，喃喃自語，花容一片慘淡。這本是在大汗面前貶低她的最好機會，可是阿里王子已經顧不上嘲弄她了，他急不可耐地道：「父汗，楊浩回師，涼州那一路軍馬也殺了回來，楊浩如此陣仗，是必欲取我甘州才甘心吶，依我看，他是寧可放棄麟府，一統河西之地，事不宜遲，趁他兵馬剛剛趕到立足未穩，我們馬上突圍，不惜一切代價，或有一線生機。」

「走？往哪兒走？」

夜落紇兩眼無神，茫然抬起頭來：「楊浩不惜調動兩路大軍取我甘州，分明志在必得。他離城五十里就開始紮下營盤，分明就是擔心大軍直趨城下，會被我游卒探馬發現後，本可汗會立即突圍，讓他來不及安營紮寨，設置防禦，如今我們趁夜突圍，還來得及嗎？哪個方向敵軍勢力薄弱，濃濃夜色之中，我們查得清嗎？」

阿里王子急道：「父汗，難道我們就坐以待斃不成嗎？」

他急急地道：「父汗錯信了七王妃的話，沒有趁楊浩撤兵之機遠遁大漠，反而將我各部資源全部調集到了甘州，楊浩既然擺出這個勢頭，這一回就絕不會輕易撤兵，就算楊浩對城中不發一矢，城中存糧終有耗盡自取敗亡之時，更何況他大軍雲集，豈有不攻城的道理？

「如果拖下去，我們在城中是坐以待斃，我們在草原大漠上的部落既失精銳武力，又失去了牛羊糧米，也必被強族吞併，我甘州回紇一脈就要全軍覆沒了，父汗，殺出一條血路，還有一線生機，現在是拚也得拚，不拚也得拚了！父汗是大漠之鷹，是草原之虎，是河西諸部聞風喪膽的英雄，難道鷹翅已老，虎爪已鈍，連一拚的勇氣都沒有了嗎？」

夜落紇的身子猛地震動了一下，卻沒有說話。

阿古麗王妃聽到阿里王子提到可汗錯信自己的話，臉色攸然變得慘白，她忽然向前走了幾步，在夜落紇的王座前單膝跪下，按住腰間寶刀，沉聲說道：「大汗，阿里王子說的對，我們不得不走了。拚，還有一線生機，不拚，就是坐以待斃。」

阿里王子頭一回見到阿古麗王妃與他意見一致，倒是不由一怔。

阿古麗王妃道：「大汗，阿古麗願率我部族人和武士為先驅，哪怕全軍盡沒，也要殺開一條血路，掩護大汗突圍。大汗，請與阿里王子為陣，由阿古麗衝南城，大汗……」

阿里王子聽到這兒，急忙打斷她的話道：「衝南城？衝南城怎麼成？我們往哪兒去？大汗，咱們應該衝向北城，突破敵圍，衝向巴丹吉林大沙漠，那裡地域廣袤，且有我們的許多部落，楊浩絕對難以利用他的優勢兵力聚殲我們。」

「阿里王子，前番的確是我的錯，是我的錯，我願一力承擔。」

阿古麗王子臉色慘淡，蒼白如紙，神情卻是十分決絕，而語氣也出奇平靜：「可是，北向巴丹吉林，以前也許可行，現在卻不可行了。因為……我們族人的糧草，已經盡可能地集結於甘州城中，輕騎突圍，絕對無法把這麼多糧草帶上，這麼多人馬，要吃要喝，一旦到了大漠，我們的部落支撐不起的，這個冬天，我們的族人將大半凍餓而死在大漠戈壁上……」

大漠上的部落多是阿里王子的部屬，聽阿古麗王妃一說，阿里王子面色漸轉扭曲，猙獰地道：「那麼，往南突圍，又能往哪兒去？」

阿古麗沉靜地道：「楊浩自西而來，涼州軍自東而來，他們剛剛紮營，兵力應該還沒有來得及排布開，其主力必然在東西兩線，北面是死路，去不得，那就只有往南走了。往南走，是祁連山脈，翻過祁連山，就是我……」

阿里王子怪叫道：「妳瘋了？翻過祁連山？我們這麼多人，如果翻過祁連山，要死多少人？還能留下什麼？就連馬，恐怕也剩不下幾匹，草原上的漢子，一旦失去了戰馬，我們也就等於失去了全部家當，翻過祁連山又能做什麼？」

阿古麗等他咆哮完了，才繼續道：「大汗是回紇九大王姓，身分尊貴。翻過祁連山，就是隴右之地，隴右如今在吐蕃人手中，不過青海湖以西地區，散居著大量的我回紇族人，他們其實如果合力的話，並不弱於吐蕃人，可惜……他們一個尊貴的王者，百十帳、千百帳為一部，如同一盤散沙，屢受吐蕃人欺搾，如果大汗到了隴右，憑著尊貴的王姓血脈，就能一統回紇諸部。到那時，有祁連山阻擋著夏州軍的鐵騎，東有吐蕃人牽制宋人的武力，大汗就可以在青海湖以西積蓄實力，東山再起。」

「瘋狂，真是瘋狂，父汗，就算到了大漠十分清苦，可是我們還有復起的機會，拋棄一切翻越祁連山，我們就要澈底沒落了啊，拋棄了這裡的族人，隴右的同族會信任依賴於父汗嗎？父汗，這個女人自作聰明，您萬萬不可……」

阿古麗大聲道：「大汗，這是唯一的機會了。阿古麗會攜我族，不惜全部代價，護衛大汗出去，當此時刻，不能再猶豫了。大汗……」

夜落紇憤然道：「前番，我錯信了妳，這一次，妳還要我相信妳嗎？」

這話，正是他上次對阿里王子說話的，而這一次，卻是一字不差地送給了阿古麗，阿里王子心中一陣快意，阿古麗王妃卻是臉色慘白，眸中露出淒然的神色，她緩緩拔出雪亮的彎刀，絕望地道：「一切，都是阿古麗的錯，甘州落得今日局面，阿古麗百死莫贖，大汗，請你殺了我，以慰族人吧！」

阿古麗的族群，在甘州本部中占有相當大的力量，而且估固渾部、動羅葛部與阿古麗的部落也是向來同進同退，這種時刻實不宜寒了她的心。夜落紇一見她慘淡的顏色，急忙語氣一轉，痛聲道：「阿古麗，我並不是在責怪妳，我其實……是在自責啊。唉，不管你們如何建議，最終決定的畢竟是我這個可汗，妳一個女人，既然做了我的王妃，本該錦衣玉食，盡享榮華，受到我的恩寵和保護的。可是……妳卻要為我殫精竭慮，為我衝鋒陷陣，而我……我沒有盡到一個大汗的責任，更沒有盡到一個男人的責任啊。」

阿古麗熱淚奪眶而出，伏地流淚道：「大汗！」

夜落紇起身走下王座，雙手將她輕輕扶起，深情地道：「這些年來，住在這甘州城，錦衣玉食、絲竹雅樂、醇酒美人、風霜不侵，我這雙手上，當初被刀劍磨礪出來的硬繭已經消失了，能挾得住性子最烈的野馬的一雙腿，也已生滿了贅肉，我的心，我的雄心壯志，已經消磨……」

他扶著阿古麗的手臂，緩緩看向殿中各個部落的酋領頭人，眉宇間重新煥發出了豪邁之氣：「今天，我夜落紇，要重新做回你們信賴和擁戴的回紇大汗，我要保衛我的族人，重振我甘州回紇的威名。楊浩小兒，何足懼哉？老虎不發威，你當我是病貓！」

他自阿古麗手中拿過那柄鋒利無匹的彎刀，高高舉在手中，振聲說道：「各部立刻回去準備，不分男女老幼，但能控弦騎馬者，盡皆披掛起來，聽候我的調遣，當黎明第一線曙光出現在天涯的時候，我將率領你們，殺出一片新天地來！」

五百二八　王妃末路

拂曉突圍，這是夜落紇大汗定下的時間。

如果連夜突擊，楊浩那邊固然剛剛紮下營盤，但是甘州城裡調兵遣將，捨棄老弱，收集細軟，等等等等……也不是一時半晌可以完成的事，而楊浩的軍營剛剛紮下時警惕性必然最高。

五十里的距離不遠也不近，又顯得十分尷尬，快馬衝鋒的話，路途太遠，輕騎緩進的話，敵人又可以提前做好充分的準備，既然這樣，不如天明一戰。

待得天明，天光破曉的時分，只要楊浩軍的士兵夜間歇下了，這時就是精神最困頓，行動最遲緩的時候，而做為攻擊的一方，旗鼓信號、將令傳達的運用方面本就遜於楊浩一方的甘州軍隊，也比伸手不見五指的夜間更易於調遣。

那麼逃逸的方向呢？選擇哪裡？

天色微明，天邊剛剛露出魚肚白，甘州南城大開，阿古麗王妃率其親族為先鋒，估固渾部、動羅葛部為兩翼，如同一柄三尖兩刃刀，迅速刺向駐紮在西南方向的夏州軍軍營。

阿古麗王妃認為甘州落得如此困境與她有莫大的干係，所以一力承擔了這個突擊任務，率領她的部族勇士誓要為全軍殺出一條生路來。與之交厚的估固渾部、動羅葛部，也知道這是甘州回紇生死存亡的時刻，全族精銳青壯全部出動，估固渾部族長蘇爾曼有兩個兒子在以前突圍時都慘死在夏州軍的陌刀陣下，仇人相見，分外眼紅，此刻更是殺氣沖霄。

懷必死之心的哀兵，可以暴發出的戰鬥力，較之平常時候一倍不止，何況南面是連綿高聳的祁連山脈，所以楊浩軍的主力並不在此處。

當甘州軍隊源源不絕殺向南面大營的時候，藉著清明的晨曦，他們很快發現，飄揚的旗幟、林立的矛戟、長嘶的駿馬、層層的盾牌，在他們前方構築成了一座銅牆鐵壁。

防守南線的的確不是楊浩的主力，卻是楊浩的精銳，飛熊戰旗高高飄揚著，這一路人馬正是楊浩麾下大將李華庭的陣營。

甘州回紇已被逼到了生死存亡的時候，眼見夏州軍陣營似乎不可撼動，阿古麗王妃還是一馬當先，義無反顧地衝了上去。

就算今日在這裡灑盡她的血，就算被夏州軍的戰馬把她踩成爛泥，她也一定要蹚開一條血路！

儘管她是一個女人，但是她的血脈裡，流動著和男人一樣的剛烈之氣。

吶喊廝殺聲充盈雙耳，楊浩雖想陳兵於堅城之下，採取強勢攻城的手段，不過也考慮到了敵人狗急跳牆的可能，四面八方處處軍營，盡皆挖戰壕、設拒馬，嚴陣以待，這時終於用上了。

戰壕被死屍和戰馬填平了，拒馬的長槍被野蠻的衝撞折斷了，陷入絕地的回紇人發揮出了令任何敵人望之膽寒的勇氣，用他們的血肉撕開了一道口子，第一道防線失陷。

「繼續衝！用最快的速度，撕裂敵人的陣營，掩護我們的族人殺出去！」

阿古麗渾身浴血，就像一朵被鮮血染紅的玫瑰花，眼見夏州軍營被衝開防線，她精神大振，舉起已經有些捲刃的彎刀大呼道。

箭雨橫空，厲嘯不絕，在她的鼓舞之下，回紇勇士以必死之心拚命地向前衝去，那種一往無前的勁頭，恰與當初楊繼業率八千死士趁大霧襲擊宋營一般無二，是的，此刻他們就是死士，肩負著全族存亡的死士。

阿古麗彎刀過處，波分浪裂，人仰馬翻，她的貼身侍衛不顧一切地往她前面搶，攻如鑿穿而戰，竭力撕開湧上來的夏州軍兵，兇猛地突破，一往無前。

「殺！」

夏州軍也殺紅了眼，四柄長矛閃電般刺向阿古麗的頸、胸、腹和她胯下的戰馬，阿古麗王妃提韁磕馬，縱馬疾進，手中刀「噹」的一聲砸開劈面刺來的一桿長矛，隨即揮若疋練，向當面之敵的頸部猛劈下去，對挑向她頸部和小腹的兩桿長矛不管不顧。

她的侍衛及時趕到，一個磕開長矛，另一個來不及招架，竟然大吼一聲，整個人和身撲了上去，他手中的刀貫穿了那個夏州兵的身體，直沒至柄，兩個人一起栽下馬去，隨即幾柄雪亮的鋼刀劈下，這個人就被亂刃分屍了。

阿古麗王妃提韁躍馬的姿勢，避開了刺向馬身的一矛，可那使矛的夏州兵反應極快，一矛刺空，立即抽矛再刺，手中的長矛猶如毒龍般一吞一吐，「噗」的一聲刺穿了阿古麗王妃的大腿。

血洞殷然，鮮血四濺，阿古麗王妃悶吼一聲，剛剛把身前那名夏州兵分成兩段的彎刀，劃著一個弧形再度揚起，那個士兵還沒來得及拔出長矛，頭顱和身體就分了家。

「噹噹噹噹……」

鳴金聲響起，陣形已亂的夏州軍迅速後撤，或避向兩翼，前方亂兵一空，迎接他們的又是一個槍戟林立，嚴陣以待的陣勢。

阿古麗王妃一把拔下刺入大腿的長矛，一手鈍刀，一手長矛，鮮血在指縫間流淌著，一刻不停地向前衝去。她必須抓緊時間，當楊浩理解了他們的作戰意圖，派出大軍前來圍堵的時候，即便他們能夠衝出去，成功地逃上祁連山，所付出的損失也將成倍地增加。

第二道防線，在付出無數的傷亡後再度告破，回紇兵士氣大振，他們連一口氣都來不及喘，馬上就迎向了第三道防線。

近了，更近了，清晨第一線曙光躍然而出，前方林立的長矛陣上耀出了道道鋒寒。阿古麗雙目盡赤，雙腳微微用力，臀部離開了馬背，身子彎成了一張弓。

剎那之間，她已看清了眼前的形勢，眼前這第二層密集的槍陣，她是衝不過去了，但是以最快的速度衝過去，她的馬至少可以折斷六柄長矛，當她的馬和她的身子被長矛一齊貫穿的時候，她手中的刀和矛至少還能殺死三個人，她能用自己的血肉之軀在敵陣中撕開一道口子，只要再有兩名侍衛迅速跟上擴大戰果，這第二道防線就能撞開，再度展開一場有你無我的肉搏。

而她的身後正有幾名侍衛緊緊相隨，不離不棄。阿古麗王妃深吸一口氣，一聲吶喊剛欲出口，斜刺裡忽然搶出一匹戰馬，馬上的騎士一彎腰便抄住了她的馬韁，使勁向後一勒。

阿古麗王妃的胯下馬希聿聿一聲長嘶，人立而起，若不是她馬術精湛，雙腿夾得甚緊，這一下就要跌下馬去。

阿古麗王妃側首一看，只見那人鬚髮皆白，正是估固渾部頭領蘇爾曼，阿古麗嗔目大喝：「蘇爾曼，你膽怯了嗎？」

蘇爾曼臉色灰敗，沉聲道：「王妃，妳看！」

阿古麗扭頭一看，遠遠的自東面正有一線塵煙滾滾而來，煙塵之下，馬頭攢動，旌旗如雲，來得好快。

阿古麗不由變色道：「他們的援軍來了，延誤不得，搶在敵軍合圍之前，衝出去！」

蘇爾曼悲哀地道：「王妃，老蘇爾曼是要妳看後面。」

阿古麗王妃扭身回顧，臉色刹那間也變了，變得比蘇爾曼還難看：大汗的人馬不在後面，被衝開的夏州軍已自後面合攏，夏州軍的飛熊旗飄揚著，他們三個部落的突擊勇士們，就像汪洋中的一隻小船……

*　　*　　*

「父汗，宋營出兵援助南線了。」

阿里王子興沖沖地回頭稟報道。

夜落紇迫不及待地問道：「哪一面出動了援軍？」

「東面，是東面。」

夜落紇目光一厲，沉聲道：「那麼，我們向東去！」

「嗚——嗚嗚……」蒼涼的號角聲起，甘州城東門大開，回紇軍向潮水一般傾瀉而出，朝著東面鋪天蓋地地捲去。

夜落紇從一個草原大漠的可汗，到成為一個皇帝般的人物，二十年來，錦幄玉帳，醇酒美人，已消磨了他的壯志。

但是他畢竟是從腥風血雨中拚熬出來的人物，當他走投無路的時候，胸中那腔傲氣和浸淫入骨的兇狠便又煥發出來，再度成為一個梟雄。

他不能接受南越祁連山的建議，如果翻越祁連山，當他到達隴右的時候，他就一無所有了，率領著一群叫化子似的族人，他得卑躬屈膝地向隴右吐蕃人討好，得放下王族的身段，向那些原本絕不會放在他眼裡的區區千百帳的回紇小部落一個個地乞食。

也許，忍辱負重、臥薪嘗膽，的確有東山再起的一天，但他不是句踐，他也不想做句踐，他是草原上的雄鷹，大漠中的猛虎。雄鷹，就算死亡來臨的那一刻，牠也會展開翅膀，奮力向上飛翔，直到力竭而死。猛虎，就算即將逝去，牠也會努力維持牠王者的尊嚴，不會在百獸面前俯首帖耳。

於是，他放棄了對他忠心耿耿的阿古麗，連帶著她的族人，以及與其部落一向同進同退的估固渾、動羅葛部，用他們的決死一戰，吸引圍城大軍，破壞他們的部署。

甘州城並不是一座正南正北的城池，它的角度稍稍有些傾斜，所以楊浩從西而來的主力等於扼守住了西北角，阻住了北進大漠的道路，而自涼州而來的軍隊則扼守住了東北角。

如果赴援南線的是西北方向的大軍，那麼他就衝向西北方向，趁其移兵出營，尚未來得及添補空虛的機會突圍出去，到戈壁沙漠上去與楊浩再作周旋。

如果赴援的人馬來自東北一線，那麼他就向東面進攻，突破夏州軍的防線，殺到更遠的東方去。

得到阿古麗送回來的消息以後，他已經派人探查過消息的真偽，他知道阿古麗說的消息是真的，宋國真的發兵進攻麟府了，夏州軍隊已沿橫山一線布署防禦，他還打聽到綏州的李光睿殘部也趁機而動，在橫山防線布署完成以前就越過橫山奇襲夏州去了。正因為了解了這些情形，他才相信了阿古麗的話，相信楊浩一定會急急回師，保他的根基。

可是楊浩突然兵困甘州，打破了他的幻想，在他看來，楊浩此舉只有一個原因：楊浩沒有信心和宋國一戰，此前他已主動放棄麟府是因為這個原因，如今在橫山部署第二防線，也只是垂死掙扎，竭力維持。

如果橫山再度失守，那麼楊浩很可能連夏州也一併放棄，全軍撤入河西走廊，以夏州和靈州之間的八百里瀚海這個天然屏障，做為阻塞以步卒為主的宋軍西進的天塹。楊浩不急急回師東線，甚至還集結兵力打他的甘州，這是抱著最壞的打算，想著一旦夏州失守，全力經營河西，做一個河西之王。

所以，如果西北一線的宋軍陣營沒有破綻可尋，沒有機會讓他逃去大漠，他就出其不意地攻打東線的夏州軍，殺開一條血路，殺到楊浩的大後方去。那裡有宋軍，還有綏州軍，那些都是他的盟友，在那裡，他可以亂中取勝。即便沒有機會渾水摸魚，他也可以從那裡取道綏州入隴右。

翻越祁連山到隴右，他可以盡量保存族人的性命，卻必須得捨棄戰馬，草原上的漢子離了戰馬，當他們趕到隴右的時候，與乞丐何異？他現在不得已而選擇的這條路固然漫長一些，凶險一些，卻是風險與機會共存的一條路。一旦這條路走不通，他也可以繞道去隴右，族人的損失會大一些，但他帶出去的將是精銳中的精銳。有馬才有兵，有兵才是草頭王，權力，他是一刻也不想放棄的。

這樣的話，他只能放棄阿古麗，而不能讓她知曉自己真正的打算。

做為先鋒突圍，固然死傷慘重，但是並非沒有一線生機，在此存亡關頭，她的族人，包括估固渾部、動羅葛部誰也無法推諉退卻，只能決死一戰。然而如果明明白白地告訴他們，他們是去做誘餌的，是必死無疑的，就算阿古麗肯，她的族人肯嗎？估固渾部、動羅葛部肯嗎？

當捨則捨，才是梟雄所為。

如今，阿古麗率領著三部勇士，用慘烈的犧牲連破夏州軍防禦陣勢，東北一線的夏州軍終於沉不住氣出兵援救了，他的機會來了！

「嗚——嗚嗚……」

雄渾悠長的號角聲傳來，草原上無數的小黑點從前方滾滾匯聚而來，漸漸形成一線洶湧澎湃的惡濤狂潮，向唐焰焰的中軍大營滾滾而來。

唐焰焰全身披掛，站在望樓上，看到如潮般湧來的回紇兵，不由怵然色變：上當了！南線那麼多回紇兵，那麼慘烈的攻勢，竟然……只是佯攻？

眼見人馬如潮，蹄聲如雷，聲勢驚人的回紇鐵騎滾滾而來，唐焰焰無暇多想，立即下令迎戰，箭矢如雨，鋪天蓋地而去，衝在最前面的約兩千回紇騎兵高舉圓盾遮住頭面要害，一刻不停地繼續撲來，在他們後面，大隊的人馬就像一柄鋒利無匹的彎刀，劃出一道勁疾的弧線，斜指重甲鐵騎的側翼。

這支可怕的裝甲部隊曾經給回紇人留下了不可磨滅的印象，他們清楚這支重裝騎兵擁有多麼可怕的戰鬥力，同時對他們的弱點也已看得清清楚楚，他們需要其他諸兵種的密切配合，他們對戰機和地理的要求特別高，當這些條件失去的時候，這支重裝甲騎兵就是一群廢物。

所以，當阿里王子親率大軍衝鋒在前的時候，突然發現了這支隊伍，立即主動迎了上去。

重甲騎兵還沒有跑動起來，沉重的甲冑在重量沒有化作動能之前，使得他們無比笨拙，而回紇人已經用兩千人的隊伍充作人牆抵擋箭雨，為他們爭取到了寶貴的時間，衝到了重甲兵的面前。一場慘烈血腥的屠殺開始了……

＊　　＊　　＊

「夜落紇，我做鬼也不會放過你的！」

千軍萬馬的戰場上，竟然呈現出一片異樣的寂靜，只有阿古麗王妃撕心裂肺的吶喊聲隨著風聲嗚咽。

阿古麗王妃喊罷，將頭一仰，彎刀一橫，便劃向自己的咽喉。

「鏗！」一聲金鐵交鳴，久戰力疲的阿古麗王妃拿捏不住，彎刀脫手飛去，她愕然看向蘇爾曼，卻見蘇爾曼鬚髮如飛，大聲咆哮道：「大汗已經拋棄了我們，如今王妃也要棄我們而去嗎？」

阿古麗慘笑道：「蘇爾曼，你告訴我，如今這種情形，我們還能做什麼？」

蘇爾曼大聲道：「不為我們自己，也要為城中拋下的老弱婦孺想一想，不為我們自己，也要為這些追隨我們的勇士們想一想，王妃，我們現在不該為他們的出路著想嗎？」

阿古麗王妃呆呆地道：「事已至此，我們還有什麼法子可想？」

蘇爾曼咬了咬牙，沉聲道：「投降！楊浩要的不是一座空城，要的是我們的人，我們投降，保一族性命。」

阿古麗怔怔地看著他，蘇爾曼老淚縱橫：「我的兩個兒子，都為大汗戰死了，他們都是死在夏州軍之手，妳以為老蘇爾曼就願意投降？可我們還有第二條出路嗎？王妃，這已是我們唯一的選擇了。」

清風徐來，捲動阿古麗蒼白臉頰上的髮絲，她淒然一笑，幽幽地道：「投降？投降？他們……還會相信我嗎？」

蘇爾曼大聲道：「為什麼不信？我們交出所有的兵馬，接受他開衙建府的統治，他還有什麼不能相信的？咱們打打殺殺，又為了什麼？還不是為了族人的生存？而今，大汗已棄我們而去，我們不該為自己的命運有所打算嗎？阿古麗！」

阿古麗深深地吸了口氣，艱難地回頭，向她那些渾身浴血的戰士們望去，久久不發一言……

五百二九　難兄難弟

甘州突圍，本在楊浩的預料之一，在他的預料中，是希望甘州回紇棄城突圍的。因為圍攻甘州城要嘛耗時太久，要嘛需要付出重大代價，而敵軍棄城，儘管敵軍多了一線生機，對楊浩來說，也是壓力大為減輕。

甘州回紇向南突圍，卻比較出乎楊浩的意料之外，他與眾將商討戰事時，本來估計回紇人最有可能向北突圍逃去大漠的，因此他親自駐軍於西北方，堵住了北向大漠的必經之路，可是萬萬沒有想到回紇人竟然選擇了向南突圍，向南走，必然是要經祁連山脈逃向隴右。

楊浩意料之外也不禁大為佩服夜落紇的隱忍心計，大漠之雄鐵木真幾起幾落，最慘時身邊只剩下寥寥幾人，最後還不是東山再起？在草原上，聲望和血統，就是招納部眾的最好招牌，敗走隴右雖然比逃向大漠的慘烈陰柔了一些，不過理智地說，確實是一個明智的選擇。只有逃向隴右，可以暫時避開楊浩的追擊，並且利用青海湖附近回紇部落眾多的優勢和他尊貴的王者身分招兵買馬，東山再起。

楊浩屯兵於北，一開始還想觀敵形勢再做行動，不想回紇人孤注一擲的突圍速度太過猛烈，南線防禦陣地一連兩道防線接連失守，這樣猛烈的攻勢，這樣密集的衝鋒，把楊浩心中最後一絲猶疑也打消了，他正想派人赴援，加強南線防禦，距南線更近的唐焰焰已經先行赴援了。

緊接著，夜落紇親率心腹部族的勇士突出奇兵，打了東線軍一個措手不及，楊浩大驚之下急忙率軍接應東路軍，當他的人馬趕到時，夜落紇已突破重圍，望東而去。隨他逃逸而去的人馬約有一萬五千人，其餘人馬或戰死沙場，或被楊浩的大軍重重圍困起來。

這時阿古麗和蘇爾曼、斛老溫來了。阿古麗是拔野骨部少族長，其父沒有兒子，她成為可汗王妃以後，拔野骨部就等於併入了夜落紇本部氏族，不過該部仍然擁有相當大的自主權，夜落紇也是透過阿古麗才能指揮調動這個原本地位並不弱於他的部落，同樣屬於王姓的部族。

該部漢化程度較高，基本已放棄游牧，改以甘州為中心從事農耕和工商，甘州城中以她的部落人口最眾，而蘇爾曼是動羅葛部族長，斛老溫是估固渾部族長，在回紇部落中同樣擁有極高的號召力，同時，三部亡命南突，為回紇同族爭取生路，卻顯然做了大汗棄子的經歷，這些東行的將士心中有數，對此他們不免心中有愧，於是當這三位極具號召力的重要人物同時現身招降時，身陷絕境負隅頑抗的回紇將士便放棄了抵抗。

楊浩此時剛剛趕到軍中，一見楊浩的帥字旗來到近前，阿古麗三人便已下馬等候，待楊浩出現，阿古麗不顧腿上鮮血淋漓，掙扎上前，跪拜於地，雙手舉起捲刃的彎刀，大聲道：「拔野骨部阿古麗率動羅葛部、估固渾部向太尉乞降。但求太尉慈悲，恕我甘州部眾死罪，阿古麗詐降在前，不敢求赦，請太尉斬我一人，以儆效尤。」

蘇爾曼和斛老溫聽了同時搶上前來，同樣跪伏於地，雙手舉起手中兵刃，大聲道：「楊太尉，戰陣之上，各為其主，使計施詐、用間埋伏，無所不用其極。我等願棄械投降，效忠太尉，請恕阿古麗王妃不死！」

被夏州兵團團圍困的甘州兵緊握兵刃，緊緊盯著楊浩，只見楊浩策馬而前，走到三人面前，還未開口說話，負責東線防禦的唐焰焰、何必寧忽也鐵青著臉色趕了來，二人都是一身戎裝，渾身浴血，到了楊浩面前一言不發，便跪了下去。緊接著，馳援南線中計上當的木魁也匆匆趕了來。

楊浩看看又在身前跪下的三人，忍不住問道：「你們這是做什麼？」

唐焰焰悶聲悶氣地道：「我等中計，讓夜落紇逃出重圍，特向太尉請罪。」

楊浩淡淡地道：「若出師常利，自古何憚用兵？一勝一負，乃兵家常勢，豈可遽以此傾動任事之臣？楊某用將，只看將勇怯、兵強弱、處置何如，豈會因成敗而論英雄，起來！」

三人對視一眼，向楊浩抱拳行了個軍禮，然後同時站起。

楊浩又道：「夜落紇逃向東面，就是本帥也不曾預料。他想趕去那個亂攤子裡渾水摸魚，哼哼……好！木魁、何必寧！」

二人一個愣怔，同時搶前一步，下意識地應道：「末將在。」

楊浩厲聲喝道：「你們馬上集結所部，全力追擊夜落紇殘部，不容他有片刻喘息之機！」

二人一見楊浩要他們將功贖過，親自追擊夜落紇，不由得精神大振，立即大聲應道：「得令！」二人立即翻身上馬，大聲吆喝著召集本部將士，迅速追擊夜落紇去了。

唐焰焰四顧茫然，訥訥地道：「太尉，我……我呢？」

楊浩看看她散亂的髮絲、染血的戰袍，汗津津風塵滿面的臉龐，聲音柔和下來：「這些日子，也真難為了妳。現在官人回來了，這個擔子，當然我來挑！」

唐焰焰眼睛一溼，所有的委屈、擔心和這些日子的緊張、焦慮全在楊浩的柔情一語中一掃而空了，要不是此時正在千軍萬馬之中，眾目睽睽之下，她真想撲進楊浩懷中，痛痛快快地大哭一場。

眼見得楊浩與唐焰焰情意綿長的模樣，阿古麗觸景傷情，鼻子一酸，淚水頓時模糊了她的眼睛，她趕緊又俯低了些，不願被人看見自己的軟弱。

楊浩撥馬看看這三個回紇酋領，略一沉吟，忽然摘下了自己的佩劍，「鏗」的一聲連鞘扔在了匍匐在地的阿古麗王妃面前。

阿古麗先是一怔，隨即恍然大悟，她棄了手中刀，一把抓起紫電劍，大聲道：「請太尉信守承諾，善待我甘州百姓！」說罷，阿古麗一按劍簧，「鏘啷」一聲寶劍出鞘，便決絕地割向自己的咽喉。

「王妃！」

蘇爾曼和斛老溫大驚失色，搶上前來就要奪她手中刀，那些被圍困起來正靜觀其變的回紇兵也騷動起來，再度舉起了他們手中的兵刃。楊浩冷眼旁觀，匆匆一掃，已將眾人反應盡皆看在眼裡。阿古麗舉劍劃向咽喉，楊浩的動作卻更快，他一伸手，手中馬鞭便插了進去，牢牢抵在劍鍔處。

阿古麗已仰起頭來，雙眼緊閉，因這動作，霍然睜眼，詫然向他看去。

楊浩徐徐收回馬鞭，朗聲道：「本帥一統河西，轄下各州府縣，麾下各將校卒，乃至地方各族百姓，一視同仁，不偏不倚，甘州既誠心歸順本帥，本帥豈有不善待之理？這一點妳盡可放心。從今日起，本帥就任命妳為甘州刺史，暫負責甘州軍政一切事務。」

阿古麗有些不敢置信，呆呆地道：「太尉是說……我？」

「不錯，夏州那邊的情形，想必妳也很清楚，印信官憑現在來不及頒發，本帥的貼身佩劍就是妳的印信官憑，妳持此劍開衙建府，持此劍為本帥打理甘州，甘州連番戰事以致糜爛，若不能盡快收拾，難捱今冬。如今秋高氣爽，若不盡早使勇士們返回部落，打草蓄冬，今冬人畜難以撐得過去，妳須速速籌措此事。若今冬真的天寒地凍，不能支撐時，亦可持此劍向涼、肅兩州求取部分餘糧，維繫甘州百姓性命。」

阿古麗先是滿臉的驚訝，隨著楊浩一聲聲吩咐，漸呈感動與信服，她嚓的一聲還劍入鞘，左手持劍往沙地上一拄，右手握拳往左胸一按，沉聲道：「阿古麗遵大帥所命！」

＊　＊　＊

阿古麗、蘇爾曼和斛老溫的主動乞降並出面招納受困的甘州兵，為楊浩爭取了寶貴的時間，如果等他解決這些陷入重圍決死一戰的回紇兵，再發兵追趕，那至少得耽擱半日工夫了，而今他卻能馬不停蹄追著夜落紇下去。

木魁、何必寧在前，李華庭居中，楊浩在後，三路大軍急急東行，唐焰焰把她掌握的橫山一線的最新戰況向楊浩說了一遍，然後擔心地問道：「官人，那個阿古麗前番詐降，險些傷了我的性命，你說她這一次會是真心投降嗎？」

楊浩道：「我們馬上要面對的，是宋國這個龐然大物，所以務必得盡可能集中全部力量以應其變，同時要應可能地穩定內部，哪怕是暫時的穩定。甘州是河西道上最強大的一股勢力，就算是連番受挫，剩下來的力量也不容小覷，如果把他們裹挾往東，那是非常不穩定的一個因素，如果把他們留下，馬上由我們實施統治，那又得留下一支比他們更強大的力量箝制他們，這樣不成啊，非常時行非常事，我也只能施以羈縻之策了。」

楊浩頓了頓，又道：「以阿古麗的性子，這一回詐降的可能不大，如果她真的仍是詐降，她現在的負累比我們更大，唯一的選擇也只有帶著老弱婦孺棄甘州而逃，給咱們添不了多大的麻煩。何況，今冬他們不好熬啊，我想就算只為了族人著想，她眼下也不能不降，如果我能成功地把宋軍阻擋在橫山以東，那麼阿古麗就更加不敢生起異心。」

「喔……」唐焰焰睨了楊浩一眼，抿抿嘴道：「我就說呢，同樣是臨陣受降，肅州龍王就得可憐兮兮地被拿去夏州軟禁，而阿古麗詐降在先，血戰於後，居然獲此恩遇，蘇爾曼和斛老溫被帶到軍中，說是要藉他們的身分盡量招降夜落紇餘部，實則是充作人質，而阿古麗卻得以留在甘州，還做了甘州刺史，這待遇……可著實有點不同呢。」

楊浩乜她一眼，失笑道：「莫非妳以為妳家官人見那阿古麗年輕貌美，起了憐香惜玉的心思？」

唐焰焰撇嘴道：「人家可沒那麼小心眼，你是三軍大帥呢，這個時候還開玩笑！宋國大軍已兵臨城下了你知不知道？你要是這時候還有尋花問柳的那個心思，嘿嘿，我就真服了你。」

「呵呵，大敵當前，怎麼就不能開玩笑了？談笑用兵，那叫風度。」

楊浩微微一笑道：「打肅州與打甘州不同，此一時彼一時也。當時正是殺一儆百的時候，而且肅州幾乎已完全漢化，我們很容易直接進行統治，對膽敢反抗者的處罰便不能不重。而今，甘州雖然到手，卻是一個燙手的山芋，人家既然降了，就不能臨陣殺俘，否則惡名傳開，有害無益。若不殺俘，這麼龐大的一股由回紇族人組成的力量，現在又騰不出手來進行統治，就只好恩威並施，制其首腦。」

他看了唐焰焰一眼，說道：「你們唐家富甲天下，擁有無數的商鋪、作坊，舉手投足，就能在商界掀起一片腥風血雨，如果現在唐家的人一夜之間消失得無影無蹤，這麼多的商鋪、作坊，財富、人手都還在，可是他們還能有這麼大的作用嗎？早就成了一盤散沙了。

「如果有人要取代唐家，要不要把唐家的商鋪、作坊全部擠兌破產才算成功呢？也不需要，如果他能取代唐家的統治地位，籠絡好那些商鋪、作坊的掌櫃、管事，就能換一個字號，指揮唐家的商業帝國，真正占多數的，真正在做事的，是你們唐家的那些夥計，可是不管誰當了這個家，都不需要逐個爭取他們的同意，才能指揮號令，是不是？」

唐焰焰側頭想了想，點了點頭，頷首稱是。

楊浩道：「這就是了，人類是生活在群體之中，而群體必須有一個核心組織才能協調集中所有的力量，產生作用的正是這個核心，一個掌櫃，是一家店鋪的核心，唐氏家主，就是所有掌櫃、管事們的核心，一般的民眾，哪怕集合十萬人，百萬人，也是一群烏合之眾，力量不但不會增加，相反還會更加渙散。

「拿宋國來說，他現在正在攻我麟府，進逼橫山，在他背後，是中原廣闊富庶的領地和數千萬子民，聽起來駭不駭人？可是這麼廣袤的土地，數以千萬的人口，只能表明他有充足的財力支撐這場戰爭，他可以源源不斷地徵兵來補充作戰的損失，如果打持久戰，他比我有更多的本錢，僅此而已。

「可是具體到橫山一線來，我的十萬兵和他的十萬兵有什麼區別？所以橫山既然還在我的手裡，楊繼業既然在橫山一線打得可圈可點，暫時我就不需要太過擔心。我真正要考慮的，是如何解決宋國對我持續不斷的進攻。因為……他耗得起，我耗不起。」

說到這兒，楊浩的目光變得深邃起來：「甘州打下來了，可這個爛攤子我來不及收拾，我得馬上趕回夏州，著手解決宋國這個難題，合縱連橫也好，釜底抽薪也罷，不管是使計施謀，還是用間運策，總之……要竭力避免我最擔心的——持久戰。

「甘州打得一窮二白，我暫時來不及管，又不能坐視甘州今冬凍餓無數，就得用一個能指揮得動這些回紇人的人，要他盡快著手解決冬儲問題。我不用阿古麗，甘州回紇就失去了唯一能聚攏他們、統一調配他們的人，他們就會四散逃亡，成為河西古道上的流民，甚至走投無路揭竿而起。

「我把這三個部落交到阿古麗手中，挾蘇爾曼和斛老溫兩位族長為人質，我就能把甘州城十萬百姓組織調動起來自力更生，不扯我的後腿，把甘州回紇散落在大漠草原上的那些部落也都兵不血刃地吸納進來。而明年……他們就能開始為我提供糧草和戰士，成為我的基礎的一部分。」

唐焰焰聽得有些入神，許久，才喃喃地道：「這裡面，竟有這許多的算計……我本以為做一個商人就夠勞心費力的了，想不到做你這大將軍，看著雖然威風，卻也更辛苦十分。」

楊浩嘆了口氣道：「其實……我還真想做一個商人的，奈何，天不從人願……」

唐焰焰也嘆了口氣，既然嫁了楊浩這個以天下為買賣的大生意人，她也只好嫁狗隨狗，為了自家的地盤、兵馬、子民，還有生死攸關的一場場戰爭來操心勞力了。想到向東逃去的夜落紇，她又暗暗擔起心來：「他逃向東去，會不會使得楊將軍腹背受敵呢？」

旋即，她就自我安慰道：「不會的，不會的，木魁、李華庭、何必寧三路大軍窮追不捨，夏州又有种大人在，他怎麼能安然抵達橫山？絕不會的！」

＊　＊　＊

夜落紇一路東行，過涼州而不入，先襲沙陀，奪取了糧草補給，再經應理、鳴沙、耀德、鹽州……一路之上，他們繞開所有的堅城大阜，哪怕那裡守軍有限，也絕不打那裡的主意，只揀些小寨小鎮襲掠一番，搶上些糧草就繼續趕路，飢一頓飽一頓地直奔夏州。

後面木魁、李華庭和何必寧陰魂不散，窮追不捨，也是他不得不狼狽趕路的原因，直到他兵經柳泊嶺，發現這裡地勢險要，只有一條道路可行，且易守難攻，於是派次子曲離率兵三千守在那裡，並下達了死令，務必守足一天一夜，方可伺機而退。

曲離的死守給夜落紇爭取到了擺脫追兵的機會，夜落紇率主力一路上又劫掠了些村寨補充給養，然後穿過左村澤，到達了三岔口。他知道三岔口再往前，就是李光睿時期拱禦夏州西面的一個重要兵塞，然而如今楊浩的勢力迅速西擴，已將靈州、鹽州等盡皆納入掌握，這個重要兵塞已經失去了它的作用，同時李丕壽（李繼筠）正自綏州奇襲夏州，而橫山一線宋國軍隊也在磨刀霍霍，夏州在這種情況下也沒有理由還在西線無用兵之地布署一支重兵。

儘管這樣揣測，夜落紇還是不敢大意，先使了探馬斥候前方探路，這才率領大軍急急尾隨，他不知道目前東線戰局已經進入了什麼狀態，如果綏州兵正與夏州鏖戰，那麼他就與綏州兵合兵一處，合攻夏州，如果已經失去攻打夏州的機會，他就繼續向東靠攏，與宋軍取得聯繫，謀求他們的援助。

畢竟二十多年沒有經歷過這樣辛苦的行軍了，再加上年歲已高，夜落紇的身體已極是疲乏，然而只要一想到夏州就在眼前，而他業已成功擺脫追兵，精神便亢奮起來，看在麾下將士眼中，他們的可汗仍是精神奕奕，一腔雄心。

離離秋草，呈現出枯黃的顏色，草原顯然被為牛羊馬匹儲蓄冬糧的牧人收割過，看起來就像一個個癩痢頭，這裡呈現出地皮的顏色，那裡卻還是野草滋生。

往東是一條寬敞的道路，北面是一望無限的荒原，南面兩三里外則是一片低矮的山林，太陽就要落山了，瑟瑟秋風襲來，已帶上了幾分寒意。

忽然，彷彿秋風突然驟急起來，風聲颯然，摩擦野草的聲音突然增大了十倍。

夜落紇若有所覺，猛一抬頭，就見四面八方驟然襲至的狼牙箭，已經像鐮刀刈草一般連人帶馬射倒了一大片，人喊馬嘶聲這才倉卒響起。

「埋伏，有埋伏！」

有人淒厲地大叫，叫聲隨即戛然而止。

「嗖嗖嗖！」

「噗噗噗！」

弓弦顫鳴，箭矢破空，利箭入肉的聲音伴隨著一聲聲斃命前的慘呼，使得整個隊伍頓時大亂。那一陣亂箭如雨打殘荷一般，剎那工夫就放倒了一片。

射箭的人站在道路兩側一箭之外的地方，草地上挖了能容人藏身的一個個坑洞，上面飾以枯黃的野草，望去毫無破綻，夜落紇的探馬斥候也並非全沿道路而行，可他們也並未探查一箭之外的地方，這時候，那些伏兵幽靈般地冒了出來，肆無忌憚地開弓射箭，用猛烈的箭雨收割著人命。

「啊！」有人正欲去摘盾牌，有人正欲跳下戰馬，可是轉瞬間就被利箭貫身，慘叫摔倒。

「散開，反撲！」

不等夜落紇下令，有經驗的將佐已大聲呼叫起來，這時他們才來得及摘下馬鞍旁的圓盾，撥馬向兩側射箭的伏兵猛衝過去，雪亮的鋼刀高擎於手中，只要給他們三息的時間，他們就能衝到那些弩手面前。

然而，隊形剛剛散開，南側兩三里地外的矮山密林中突然殺出了五路人馬，呈五個楔形陣，鋒芒畢露地刺向一條長蛇的甘州兵，看那模樣，他們想利用驟急的箭雨襲急打亂甘州軍的陣形，再用猛烈的衝鋒把他們截成數段，分而殲之。

阿里王子拔刀在手，護著夜落紇倉卒向後退去，在這無遮無攔的草原上，驟逢敵襲，頃刻間就被射死了數百人馬，可是能被夜落紇帶到這兒的士兵，哪個不是身經百戰的漢子？憑著他們精湛的馬技、靈活的身手，人屍馬骸、圓盾皮甲的抵擋，他們總算撐過了這一波猛裂的攻擊，並且很快恢復了秩序，簇擁著夜落紇後陣變前陣急急逃去。

「退！退！」

「嗚——嗚……」

「咚咚咚……」

號角與戰鼓齊鳴，斜刺裡又殺出一支騎兵，從南面山坡上俯衝而下，漫山遍野地截向他們的前方，當真如猛虎下山一般。那些夏州騎士驅馬如飛，且馳且射，一旦進入六十步之內的距離，他們立即收弓拔刀，踏直了馬鐙，吶喊著衝上來肉搏。

一個急急驅馬迎敵的甘州兵首當其衝，被那衝在最前的夏州將領一刀連盾帶人劈成了兩半。隨即他磕馬提韁，戰馬再衝，刀光一閃，又是一顆人頭沖天而起，那人躍馬揚刀，濺得滿臉鮮血，顯得異常猙獰，正是夏州守將拓跋昊風。

利箭破空生嘯，兵刃耀日生輝，這場短促的伏擊戰打了只有短短一炷香的時間，卻是戰果顯赫，遺於地上的屍體至少一千多具。回紇兵若不是這一路行來總是敵軍在後，向前疾逃已形成了他們的慣性思維，也不會落得這麼淒慘。可他們怎能想到他們急如星火的這般行軍速度，前邊居然有人早早地做好了埋伏？

「鳴金！不要追了！」

張崇巍翻開一具屍體認真看了看，緩緩直起腰來吩咐道，鳴金聲立刻響了起來，訓練有素的夏州兵立即停止了追擊。

「張將軍，怎麼不追了？」拓跋昊風快馬急馳到張崇巍身邊，一挺腰躍下馬，大聲問道。

張崇巍沉聲道：「咱們伏擊的這些人不是綏州兵，他們是回紇人，嘿！想不到夜落紇這麼快就逃過來了，既然他也來蹚渾水了，這事還是先稟報种大人再做定奪吧，不可莽撞。」

夜落紇倉卒中伏不敢戀戰，眼見退路被切斷，只好慌不擇路，沿三岔路的最後一條向北的道路急急行了下去，一路疾逃，眼看將到一座谷前，就見前方一路兵馬急急馳來。

夜落紇一見不由面色如土，絕望地道：「此處竟然還有一支伏兵？這……這……嗯？且慢，他們……他們的形色怎麼如此狼狽？」

對面而來的乃是李繼筠的綏州兵，李繼筠壯志在胸，本想效仿楊浩來個奇襲夏州，想不到种放那個不知兵的書呆子根本沒在夏州等他去攻城耀威、等他去藉宋國討逆之事煽動夏州城中的拓跋貴族們造反，种放居然主動出兵，與他結結實實地打了一場野戰。

李繼筠一敗塗地，再敗還是塗地，塗來塗去，就變成了他在前面跑，种放在後面追，李繼筠被种放追得上天無路、入地無門，如今逃到二狼口剛剛收拾了一下殘兵敗將，不想一出谷就碰上了夜落紇的人馬，一時間，李繼筠也嚇呆了：「他們追得怎麼……嗯？且慢，他們的形色……怎麼比我們還狼狽？」

五百三十　運籌

李繼筠真是被种放給打怕了，膽顫心驚之餘仔細一看，這才發現對面軍中簇擁著一將，遠遠看去隱約有些面熟，定睛再看，這才認出那人乃是甘州回紇的夜落紇大汗。

前兩年夏州定難軍和吐蕃人、回紇人戰事連綿，後來迫於楊浩崛起太快，已對夏州構成極大威脅，萬般無奈之下只得與仇敵和解，忍氣吞聲做出讓步，當時就是他受父親之命與涼州吐蕃首領絡絨登巴以及甘州回紇首領夜落紇數度進行談判，他自然認得夜落紇的模樣。

如今兩人竟在這裡相見，李繼筠不由又驚又疑，試探著上前喊話相認，夜落紇才曉得前邊這路人馬竟然就是那個所謂的綏州李丕壽的人馬。夜落紇驚喜交加，連忙上前相認。

二人下馬互訴處境來由，都是被楊浩所害，奪了他們家的根基，一個死了老爸，一個棄了老婆，逼得他們如喪家之犬般落到這步田地，說到淒慘處，也不由掬一捧英雄淚。

二人昔年雖是仇敵，此時卻已是實打實的盟友，說起楊浩來更是分外眼紅。

這時夜落紇才曉得李繼筠奇襲夏州，實際上根本沒有對夏州構成什麼實質性的威脅，他以破釜沉舟之勢離開綏州，本來算計的很好，想著李家統御夏州上百年，在那裡的勢力根深柢固，李家的影響絕不是那麼容易被抹除的，而且如今楊浩不在夏州，而定難軍又碰上了他們最強大的敵人：宋國，夏州此刻必然是人心惶惶，各部族的頭人酋首們意志搖動，這時只要他李繼筠兵臨城下，就能在這些拓跋氏貴族搖擺不定的心中再壓上一塊沉重的砝碼，一舉奪回這党項羌人中興之地。

誰想到那种放居然兵出夏州城，在曠野平原間擺開陣勢，與他堂堂正正地打了一場遭遇戰，以後的情形他不說夜落紇也看到了，李繼筠傾綏州所有的三萬五千名兵卒，如今只剩下了破破爛爛的一萬人，而他付出這麼大的犧牲，卻連夏州城的邊都沒沾著，這些天一直在夏州外圍玩敵進我退的把戲來著。

夜落紇就不必說了，他本來比李繼筠的勢力強大十倍，現如今混的還不如李繼筠呢，兩個人咬牙切齒，痛定思痛，便絞盡腦汁地開始磋商如何應對當前的形勢。

經過一番磋商，二人想出來三個行動計畫：一是集合兩人全部兵力，埋伏於楊浩必經之路，利用楊浩東返的急切心理，打他一個措手不及；二是合力圍攻夏州，如能爭取到城中拓跋氏貴族的支持，就能趁种放揮軍在外的機會輕易破城。只要占據了夏州城，憑他們現有的兵力怎麼也能堅守一兩個月，那樣就能造成整個東線地區人心浮動，給宋軍攻破橫州創造機會。第三就是馬上向橫山轉移，內外夾攻，先助宋軍攻破橫山防線，再挾宋軍之威反攻夏州。

打楊浩的伏擊，二人斟酌來斟酌去，最後還是否定了。楊浩揮兵東返，手中至少有八萬人，他們二人的殘兵加起來一共不到兩萬人，打伏擊的確大部分時候是以少對多的局面，可前提是他們還得有後續的軍隊，可以利用他們打伏擊創造的戰果來擴大戰績，扭轉戰場形勢。

如今他們一共只有這麼點人馬，殺人一千自損八百，這一錘子買賣下去，就算成功伏擊，他們的人馬也要損失殆盡了，那時不是白白讓宋軍撿了個大便宜？這一點不管是夜落紇還是李繼筠都無法接受。更何況他們身邊還有一個神出鬼沒的种放，指不定什麼時候他就會鑽出來，這計畫太過凶險。

兩下裡合兵一處攻打夏州倒是個令人心動的誘惑，可是盤算來盤算去，二人還是否定了，夜落紇剛剛中了种放的埋伏，現場必然有受傷和被俘的士兵，种放的人馬一經盤問，得悉夜落紇的人馬也趕到了這裡，必然會引起警覺。李繼筠可沒有自己一到夏州城下，振臂一揮，城中守軍馬上倒戈出迎的自信，而种放的兵馬以及楊浩的七、八萬大軍都是隨時可能要出現的，到時候打不下夏州不要緊，反讓人一鍋端了那就冤枉之極。

二人計議來計議去，最後不約而同地選擇了去橫山。他們兩下合兵一處，將近兩萬兵馬，這股兵力要衝破党項八氏的部落勢力轄區還是辦得到的，而且以這股兵力，也足以給鎮守橫山的楊繼業造成相當大的困擾，只要他們能在橫山打開一個豁口，就能把宋軍源源不絕地放進來。

一對難兄難弟一拍即合，計議已定，立即合兵一處，兵進大沙堆，經七里平直撲橫山，要搶在楊浩援軍到達之前，撕破橫山防線去了。

* * *

种放本來駐軍三岔口，令張崇巍、拓跋昊風在前路偃兵設伏，本來是要打李繼筠的，不想夜落紇一頭踩進了陷阱，發現敵軍有異，又審訊了俘虜得到準確消息後，老成持重的張崇巍立即勸阻拓跋昊風，回師三岔口兵塞，把消息稟報了節度副使种放，請他定奪。

种放聽說夜落紇已經逃到了夏州左近，眉頭頓時蹙了起來，他倒背雙手，在戍樓中輕輕踱著步子，口裡邊念念有詞，一雙眼睛還時不時地翻向天空，也不知在嘀咕些什麼。

麾下眾將早已習慣了他這種思考時的習慣，只是靜靜地等候著，過了半晌，還不見种放有所決定，拓跋昊風忍不住了，大聲道：「大人，大帥馬上就要回師了，夏州安危可保無虞，咱們現在何不趁勝追擊呢？如果能搶在大帥趕回來之前一舉殲滅夜落紇部或李丕壽部，那豈不是奇功一件？」

種放輕輕搖了搖頭，又沉吟半晌，這才吩咐道：「立即把我們這裡的情形傳報到太尉那裡，請太尉一路小心，勿中埋伏。」

李繼談應了聲是，緊跟著問道：「那我們呢，現在該如何做？」

种放雙眉一揚，沉聲道：「張崇巍，你率所部馬上趕赴德靖鎮，如果李繼筠或夜落紇部經過那裡，只守不攻，只是阻滯了他們的隊伍，那就達成了你的使命。李繼談，你率所部去守鐵冶務，防止他們經銀州奔回去，他們若想逃出生天，這是除往橫山外的唯一一條路，切記，你也是只守不攻，只要能把他們牢牢地困在我夏州地面上，就是你的大功一件。」

經過這段時日的調兵遣將，眾將對种放的手段已是心悅誠服，李繼談和張崇巍二話不說，齊齊拱手道：「末將遵命！」

拓跋昊風迫不及待地道：「大人，那我呢？」

种放微微一笑，說道：「你嘛，隨本官回夏州，加強夏州防務。」

「什麼？」

拓跋昊風幾乎不相信自己的耳朵，怪叫道：「大人，想當初李丕壽氣勢洶洶而來，人人都勸大人據城而守，不可冒進，可大人你卻一意孤行，執意出兵尋敵決戰。而今，咱們勝券在握，大帥的兵馬頃刻間也就到了，你的膽子怎麼反而變小了？」

李繼談和張崇巍同聲喝止道：「昊風，怎麼用這種口氣跟种大人說話？還不快快謝罪。」

种放微笑道：「無妨。拓跋將軍，須防狗急跳牆啊。戰場形勢瞬息萬變，如今大帥馬上就要回師，大局已定，需要冒險的已不是我們，那我們又何必冒險？切記，兵出險招，乃迫不得已之舉，若處處行險，劍走偏鋒，早晚必吃大虧。」

拓跋昊風眼見大功在握，种放卻一反常態，採取了謹慎姿態，心中大是不服，可是李繼談和張崇巍在一旁扯著他的衣袖，不斷示意他少說幾句，而且這些時日下來，他對种放用兵確也心悅誠服，因此雖然還是不理解，卻還是悶聲答應了。

种放也不多做解釋，便命飛羽立即傳書楊浩，示警報信，同時命張崇巍和李繼談馬上領兵上路，自己則迅速回師夏州。

當初，剛剛收到李丕壽揮軍四萬，繞過銀州奇襲夏州的時候，夏州文武本來都一力主張在此嚴峻形勢下採取穩妥的守勢，借助夏州城的高牆深壕抵禦綏州軍的進攻，而种放當時則堅持主動出擊，禦敵於外，是因為實質上如同定難軍宰相的种放，站在他的地位，有他更深一層的考慮。

首先，楊浩西征已用去了夏州這兩年來的大部分積蓄，可以預料的是，將來他要穩定河西諸州，對其實施統治，仍要動用一部分儲備，而此時已是秋季，夏州附近的大片良田已進入成熟期，夏州城外還有大片的牧場、農莊以及財源滾滾的作坊工場，如果兵力收攏於夏州城內，這些根基都會被亂兵毀去，對正遭受宋軍攻擊的夏州來說，那是雪上加霜。

其次，李繼筠寄予厚望的，正是种放所忌憚的。夏州的拓跋氏豪門貴族太多了，其中有的並沒有從楊浩上位中獲得什麼實際利益，有的忠誠度有限，如果李丕壽兵臨城下，打出匡復李氏的旗號，再加上有宋國大軍壓境這個因素，難說會不會有人臨陣反戈，防範再嚴密、防禦再堅實的城池，一旦出了內鬼也很難抵禦敵人，既然如此，不如主動禦敵於外，反而更加安全。

第三，就是此舉可以向周邊各部，向党項八氏，向定難五州的子民釋放一個信號：夏州，並沒有因為大帥東征、宋國來襲而失去對其轄地的控制，夏州還有足夠的餘力打擊入侵之敵，警告蠢蠢欲動者安分一些。

否則，以目前楊浩乃宋國封疆大吏的身分，定難軍正在重複著折家軍面對打著受折家所邀的旗號而來平叛的宋軍時的尷尬，打吧，理不直氣不壯，不打呢，則只有束手待斃。雖說楊浩的軍隊是以定難五州軍隊為骨幹，招兵買馬自行建立的，不會聽從朝廷號令，可是一些無形的東西對軍隊、對百姓還是有著相當大的影響力的，一旦有一個部落或一營官兵投敵，其連鎖反應將十分堪慮。

有鑑於此，种放才堅決主張禦敵於外，主動出兵，他將自己從各個方面的綜合考慮和盤托出，最後還是得到了羅冬兒的大力支持，這才得以力排眾議，調兵出城。而今，楊浩將歸，大局已定，他當然不想再出什麼岔子，優先考慮的自然是確保夏州穩若泰山。

＊　　＊　　＊

楊浩回來了，當他的大旗出現在夏州城外時，守候在城門外的文武官員、仕紳百姓都由衷地鬆了一口氣，已然有人歡呼起來。夏州在楊浩遠征期間，能支撐到現在，如今他率大軍歸來，而且是一舉踏平了河西故道，以新勝之師，挾滿腔銳氣而回，或許夏州面前的這個難關就能闖過去了。

一見楊浩，种放、蕭儼、徐鉉、丁承宗等人臉上就露出了由衷的喜悅，節度留後丁承宗由人推著，率先迎上前去，抱拳道：「職等恭迎太尉歸來，先賀太尉一統河西。」

楊浩翻身下馬，滿面春風地抱拳道：「楊浩遠征期間，多賴諸位維持夏州軍政，楊某能平定河西，諸位功不可沒，在此，楊某先謝過各位。」

楊浩向前來相迎的夏州文武團團拱手為揖，眾人紛紛舉手還禮，一通忙亂寒暄後，丁承宗立即道：「太尉，橫山那邊……」

楊浩泰然道：「不急，咱們回府再說。」

一旁种放見了，不由會心地一笑。楊浩這般沉得住氣，一副成竹在胸的模樣，那些惴惴不安的夏州文武官吏、仕紳名流們看在眼裡，當可安心了。

楊浩此舉確實是為了安撫軍心，其實他現在心裡比誰都急，他恨不得馬上就把橫山內外發生的一切情形事無鉅細地了解一遍，但是從夏州文武的臉上，他看得出，雖然人心不定，但是眼下還沒到火燒眉睫的時候，做為夏州的軍政最高統帥，這個時候他的一舉一動莫不引人關注，此時他能神情自若，安之若素，將遠比一番慷慨陳詞更能發揮安撫民心的作用。

對於眼下的夏州，楊浩心中其實是頗為慶幸的。慶幸的是他有楊繼業、种放這樣的名將，能為他分憂解難，慶幸的是他這兩年來對內政建設不遺餘力地投入，終於得到了回報，他的統治已經初具規模，統治機構已日趨成熟完善，並沒有因為他這個統帥不在，夏州就群龍無首，變成一團散沙。

節堂就在他的節帥府西側，到了節府前面，楊浩下意識地向自己的府門看了一眼，他多想現在就回到府中，見見自己的嬌妻愛妾，看看他的寶貝女兒，還有冬兒，現在應該已經生了吧，為什麼往來的軍書中對此一字不提呢？大敵當前，他也不好動問此事，而現在文武臣僚都在身邊，等著他對夏州目前的困局做出指示，雖然家門近在咫尺，他竟然要效仿三過家門而不入的大禹……

輕輕的一聲嘆息，楊浩硬起心腸，正要直奔節堂，府門中忽然走出了一群人，楊浩立刻站住了，跟在他身後的文武官員們很默契地停住了腳步，只見娃娃、妙妙一左一右陪著冬兒，正娉娉婷婷地站在府前，瞧見官人歸來，三人喜淚盈睫，若不是見他身後跟著許多官吏仕紳，三人早就忘情地撲了上來。

楊浩瞧見三人，卻是一怔，女英有孕在身，按時間算，現在已經顯懷，不出面本在情理之中，不過……出現的這三人……娃娃手中牽著雪兒，妙妙牽著呀呀學語的姍兒，而冬兒……冬兒懷裡抱著的那小小嬰兒……

楊浩急行幾步，搶到冬兒面前，冬兒喜極而泣地喚道：「官人。」

楊浩匆匆瞟了眼三位嬌妻略顯清減的俏麗容顏，遲疑道：「冬兒，這……這是……」

一旁雪兒已叫了起來：「爹爹，雪兒好想你。這是弟弟，嘻嘻，娘親給雪兒生了個弟弟。」

楊浩又驚又喜：「弟弟？」

冬兒破涕為笑：「官人，這是你的兒子，才剛剛滿月呢，妾知官人重任在身，恐官人戀棧思歸，因此不許人把喜訊傳報予你，可憐這孩兒，直到今日才見到他的爹爹。」

楊浩喜出望外：「他是我兒子？哈哈，我也有兒子了，來來，快讓我看看。」

楊浩後面，种放適時走上兩步，笑吟吟地道：「太尉一統河西，此是一喜，復得佳兒，又是一喜，雙喜臨門，可喜可賀。」

眾人紛紛拱手笑道：「恭喜太尉，賀喜太尉。」

楊浩搶過兒子，看著那不管不顧，只是呼呼大睡的胖兒子，不禁喜形於色，冬兒擦擦眼淚，又笑道：「孩兒還沒起名呢，就等官人回來，好為他起個名字。」

楊浩端詳著那噘著小嘴睡得正香的嬰兒，笑不攏嘴地道：「不用想了，就叫……唔，就叫楊佳。哈哈……」

身後，种放和丁承宗相視一笑。

* * *

畢竟公務繁忙，冬兒幾女都是識得大體的女子，雖與郎君有許多話想說，可是只匆匆一瞥，稍慰相思之意，便趕緊回府了。楊浩與妻兒沒說上幾句話，便先趕到了白虎節堂，暫抑與親人團聚的喜悅，收拾心情，凝神聽眾將講解著當前的情形。

丁承宗侃侃而談道：「自橫山送回的各種軍書戰報，概由下官整理歸納，此中情形，承宗可以向太尉詳細解說。王繼恩先誘赤忠作反，一舉擒獲折家滿門，隨後打起受援平叛的旗號，統五路兵馬攻陷府州幾處要塞，切斷麟府兩州聯繫，羈絆折家軍以待潘美發雷霆一擊，這些情形，太尉已經都知道了。」

楊浩點了點頭，丁承宗又道：「我們在潘美趕到之前，便主動撤軍，回防橫山，打亂了宋軍部署，搶得了先機，潘美趕到以後，雙方以橫山為線，展開爭奪。宋之企圖，是占我五州，進逼河西，所採取的方略是，武力進擊和羈縻並舉，他們一面拉攏綏州李光睿殘部牽制我銀州、夏州，一面對橫山各堡塞羌人部落封官許願，施以賄賂，進行分化瓦解，多方招撫。軍事上，則以暖泉峰、濁輪寨、大橫水為重點不斷進攻……」

楊浩站在沙盤前，靜靜聽著，目光不時隨著丁承宗的介紹，移向相應的位置，丁承宗接著道：「我們還抓獲了意欲翻越橫山的宋軍密使，從他身上搜到書信一封，這信本是寫給甘州夜落紇的，信中說……太尉有不臣之心，故興兵討伐，朝廷並無意於河西，又說朝廷現已聯絡綏州党項羌人、隴右尚波千等吐蕃眾側擊我腹背，以分兵勢，要夜落紇自我夏州背後掩殺，彼此呼應。」

楊浩聽到這裡不禁淡淡一笑，他早料到趙光義必會借助當地各方勢力，所以搶先下了一步棋，讓赤邦松和六谷藩的羅丹趕赴隴右，一個暗中分化離間、一個明著動刀動槍，隴右吐蕃自己打得如火如荼，哪裡還有餘力顧及河西？甘州的夜落紇更是自顧不暇，他縱不來攻打夏州，楊浩也是要去平他的甘州的，唯一一個被趙光義利用了的，就只有綏州的李丕壽罷了。

丁承宗道：「楊繼業將軍所採取的戰略是，對橫山諸羌部落同樣封官許願，以作拉攏，對投靠宋軍的部落毫不手軟，全力打擊，軟硬兼施，促使橫山諸羌至少做到袖手旁觀，不予生亂。對正面之敵，則屯重兵血戰，不讓橫山寸土，同時另遣奇兵，斷敵糧道，劫敵糧草。

「此外，因宋軍是由邊軍的安利軍、隆德軍、寧化軍、晉寧軍、平定軍、威勝軍和朝廷禁軍組成，各有派系和從屬，諸軍之間缺乏統一指揮，互不協同，故而楊將軍在防禦之中，不時發動突襲，使得宋軍各路首尾不能兼顧，吃了不少暗虧，迫使宋軍改變了戰略。」

楊浩很感興趣地道：「哦？宋軍改用了什麼策略？」

丁承宗道：「潘美主張，以六路邊軍合為一路，自己的禁軍為一路，放棄橫山一面，專攻橫山一點，利用優勢兵力分別自兔毛川、須彌洞齊頭並進，呈鉗形夾擊，速戰速決。王繼恩則認為此招孤注一擲，太過行險，一個不慎損兵折將的話，已到手的麟府兩州都要被奪回去。主張先行穩固新占的麟府兩州，鞏固防務，再進取橫山，占據要地，修築堡寨，步步進逼。

「兩下裡僵持不下，潘美是主帥，王繼恩是監軍，眾將領無所適從，最後官司打到了東京城，趙光義取了折衷之策，同意兩路分兵，但不同意突擊冒進，要潘美出塞築壘，步步為營……」

丁承宗此時所說，竟是連宋軍主將不同的意見、在朝廷上發生的爭執都一清二楚，顯見楊浩在朝廷那邊是隱有耳目的，雖說這只是大政方針，並不涉具體而微的戰策戰術，但是對夏州軍排兵布陣、如何調遣，那也是大有助益的。

丁承宗道：「潘美奉旨而行，兵分兩路，步步為營，因其集中兵力，而我軍在兵力上本就弱於宋軍，又須防守整個橫山，初始著實吃了幾個大虧，潘美又施聲東擊西之計，佯攻飛壺口，實奪馬湖峪，殺我守軍三千，一日之內，連奪三個城頭，王繼恩在他後面壘堡寨而進，他在馬湖峪築了一處堡壘，占此要地，北可攻蘆嶺州，南可攻銀州，又可屯糧以供給前哨，占據這處地利，我軍著實囚險。」

楊浩面皮一緊，沉聲道：「楊繼業如何應對？」

丁承宗道：「楊將軍先放棄一些地勢不太險要的地方，誘敵深入，使得宋軍張開兩翼，彼此不能呼應，這才據險隘死守，同時調一路奇兵出明堂川，繞經遼國草原，攻府州後路，待府州烽煙一起，求援軍書雪片一般飛來，潘美就只有被迫撤軍了。

「楊將軍則趁勢反擊，逐一收復了失地，又兵困馬湖峪的守軍。嘿！那馬湖峪糧草倒是屯積了不少，可笑的是，堡寨中竟然沒有活水，楊將軍困了馬湖峪，與宋國的援軍血戰九日九夜，打退無數次進攻，堡寨中的宋軍則空守著一袋袋糧米，眼睜睜渴死了一半，餘者全部被俘，如今馬湖峪已重回我手。雙方再度陷入僵持階段。」

楊浩吁了口氣，微微閉上眼睛，將丁承宗所說在心中又細細地濾了一遍，這才轉首看向种放。

种放會意，將他如何主動出擊迎戰李丕壽，如何打敗綏州軍的事情簡要地說了一遍，又道：「夜落紇與李丕壽先後出現在夏州附近後，下官料這兩路殘兵一旦會合，所取不外乎伏擊太尉、奇襲夏州或夾攻橫山之策，是而向太尉示警後，立即趕回坐鎮夏州，同時命張崇巍、李繼談分別率部駐守德靖鎮、鐵冶務，阻敵退路……」

他說到這兒，深深地吸了口氣，又道：「不料，這兩路人馬竟似早有聯繫似的，夜落紇剛剛逃離我伏擊之地，就與李丕壽合兵一處，馬不停蹄地向橫山去了，張崇巍趕到德靖鎮時，他們的人馬剛剛穿過該鎮，既然大帥馬上就要趕回，而他們業已離開，下官在夏州也不需要留駐那麼多軍隊，所以當時馬上就命令張崇巍、李繼談率部追了上去。如此情形，他們就算逃到了橫山腳下，後有追兵形影相隨，他們也無法對我橫山主力展開有效攻擊的。」

「嗯，這是什麼時候的事？」

「兩天以前。」

楊浩點了點頭，再度沉思起來。

徐鉉見狀，忍不住說道：「太尉遠征西域，風餐露宿直至玉門關，又一路急急趕回夏州，鞍馬勞頓，將士俱乏，本該好生歇養幾日。不過……橫山三軍，一直都在翹首企盼太尉的歸來，如今太尉已率大軍回返，下官說句不近情理的話，太尉應該馬上親自趕赴橫山，親自指揮作戰！」

楊浩搖搖頭道：「這個不急。」

眾人面面相覷，面上都露出古怪神色，這事不急，什麼事情才急？難道還要先抱抱娘子、逗逗孩子？

楊浩頓了頓道：「西征玉門關，雖勢如破竹，那是因為民心所向，又賴張浦等眾將扶持，三軍將士效命，本太尉不是張良、蕭何、韓信、英布之流，雖能將將，卻不能將兵，真論起排兵布陣、戰場廝殺，不及楊無敵多矣。」

徐鉉不悅地道：「縱然如此，太尉乃我夏州砥柱，也該現身橫山，以定我民意，壯我軍心。」

楊浩淡淡一笑道：「去，總是要去的，不過……眼下卻有一件事，比我親自趕去橫山坐鎮更為重要。」

他雙目輕輕一掃，吩咐道：「种放、丁承宗、蕭儼、徐鉉、拓跋昊風、木魁、林朋羽、范思棋……」

楊浩一口氣點了十來個人的名字，然後說道：「你們留下，餘者退下。」節堂上一陣腳步雜亂，沒有點到名字的文武官吏紛紛告退，大堂上頓時清靜了許多，楊浩返身走到帥椅前坐下，緩聲道：「諸位，請坐吧。」

眾人紛紛就坐，种放拱手道：「不知太尉有何大事商量？」

楊浩道：「這件事，就是我楊浩、乃至我夏州今後的立場。」

他展了展自己的袍袖，苦笑道：「如今，我楊浩還穿著朝廷的官衣，還是朝廷欽封的橫山節度使、檢校太尉、河西隴右兵馬大元帥，可是……我卻正在和朝廷的大軍開戰。朝廷指斥我勾結府州屬將，吞併府州，我們迄今為止，還沒有正面應對這個罪名，以前我沒有回來，我的人可以悶頭打仗，不去理會這件事。如今，我已經回返夏州，該如何面對這個問題呢？」

眾人一下子明白了楊浩的話，不錯，這個問題才是眼下亟待解決的問題，也是關係到楊浩麾下每一個人的大問題，身分不正，這仗終究打得不明不白，立場未決，光是防就防得理不直氣不壯，更遑論主動出擊，進逼宋國領土了，局縮於一隅施展不得，這樣的話，他們先天就失了人和，放不開手腳。

立場！

太尉回來了，首先需要決定的，就是他應該以什麼身分、什麼立場來面對東京汴梁的那位皇帝。他們不約而同地想到了其中的厲害之處：立場，什麼樣的立場？

丁承宗的心忽然變得火熱起來，他呼吸有些急促，緊張地嚥了口唾沫，剛要開口點破這個大家都有心捅破，卻又都不敢去捅破的薄薄一層窗戶紙，穆羽忽然未經宣召，急急衝入節堂，叫道：「大人，折姑娘來了！」

《步步生蓮》卷二十二慣看青荷完